D1324600

À Marie

Ouvrage publié originellement par The Bodley Head,
un département de Random House Children's Books
sous le titre *The Spook's Mistake*
Texte © 2008, Joseph Delaney
Illustrations © 2008, David Frankland
Illustration de couverture © 2008, David Wyatt

Pour la traduction française
© 2009, Bayard Éditions
18, rue Barbès, 92128 Montrouge Cedex
ISBN 13 : 978-2-7470-2797-7
Dépôt légal : janvier 2009
Quatrième édition

L'ERREUR DE L'ÉPOUVANTEUR

Traduit de l'anglais par Marie-Hélène Delval

JOSEPH DELANEY

bayard jeunesse

Le point le plus élevé du Comté
est marqué par un mystère.
On dit qu'un homme a trouvé la mort à cet endroit,
au cours d'une violente tempête,
alors qu'il tentait d'entraver une créature maléfique
menaçant la Terre entière.
Vint alors un nouvel âge de glace.
Quand il s'acheva, tout avait changé,
même la forme des collines
et le nom des villes dans les vallées.
À présent, sur ce plus haut sommet des collines,
il ne reste aucune trace de ce qui y fut accompli,
il y a si longtemps.
Mais on en garde la mémoire.
On l'appelle *la pierre des Ward.*

1

Le shilling du roi

J'entrai dans la cuisine pour y prendre un sac. Il ferait nuit dans moins d'une heure ; j'avais juste le temps de descendre au village et d'en rapporter nos provisions de la semaine. Il ne nous restait que quelques œufs et une petite portion de fromage.

Deux jours plus tôt, l'Épouvanteur était parti dans le sud du Comté pour mettre fin aux agissements d'un gobelin. C'était la seconde fois en un mois que mon maître s'en allait sans moi, et cela me contrariait. Dans l'un et l'autre cas, il avait prétendu qu'il s'agissait d'un travail de routine, qui ne m'apprendrait rien de nouveau. Selon lui, il m'était plus utile de rester à la maison, à bûcher mon latin. Ça ne m'enchantait guère, mais je n'avais pas discuté. En vérité, je le savais, il cherchait à me protéger.

À la fin de l'été, l'obscur fait chair, le Diable en personne, avait surgi dans notre monde à l'évocation des sorcières de Pendle. Pendant deux jours, il avait dû se soumettre à leur volonté, et elles l'avaient lancé à mes trousses avec l'ordre de me détruire. Je n'avais trouvé le salut qu'en me réfugiant dans la chambre que maman avait préparée pour moi. Le Malin agissait désormais à sa guise, mais rien ne garantissait qu'il ne me poursuivrait pas de nouveau. De toute façon, avec une telle créature en liberté, le Comté était devenu un endroit des plus dangereux, en particulier pour ceux qui combattent l'obscur. Je ne pouvais pourtant pas rester caché indéfiniment ! Si je n'étais encore qu'un apprenti, j'étais destiné à devenir un jour épouvanteur. J'affronterais alors les mêmes périls que mon maître, John Gregory. J'aurais aimé qu'il tienne compte de ça.

J'entrai dans la pièce où Alice recopiait un livre de la bibliothèque. Issue d'une famille de Pendle, elle avait été initiée pendant deux ans à la magie noire par sa tante, Lizzie l'Osseuse. Cette sorcière – une pernicieuse – était à présent enfermée au fond d'un puits, dans le jardin de l'Épouvanteur. Alice m'avait causé de multiples ennuis, avant de devenir mon amie. Elle vivait à présent avec nous, et retranscrivait les précieux volumes de mon maître pour payer sa pension.

Craignant qu'elle ne tombe sur quelque texte qu'elle n'aurait pas dû lire, l'Épouvanteur lui interdisait l'accès à sa bibliothèque et ne lui confiait qu'un ouvrage à la fois. Néanmoins, il appréciait son travail de scribe. Il tenait beaucoup à ses livres, qui recelaient une mine d'informations, réunies par des générations d'épouvanteurs. Les posséder en double exemplaire le rassurait quant à la sauvegarde de cette connaissance.

Alice était assise devant la table, la plume à la main, deux livres ouverts devant elle. D'une écriture soignée, elle recopiait les lignes du premier sur les pages blanches du second. Levant les yeux, elle me sourit. La lumière de la chandelle allumait des reflets dans ses épais cheveux bruns, soulignait l'arrondi de ses pommettes, et je la trouvai particulièrement jolie.

Quand elle découvrit que j'étais en manteau, le bâton à la main, son sourire s'effaça.

– Je descends au village acheter des provisions, annonçai-je.

Posant sa plume, elle protesta d'une voix inquiète :

– Tu n'as pas besoin d'y aller, Tom. Reste donc étudier ici. J'irai, moi.

Cela partait d'un bon sentiment, mais je dus me mordre les lèvres pour retenir une remarque cinglante. Elle se montrait aussi protectrice que mon maître. Je refusai avec fermeté :

– Non, Alice. Voilà des semaines que je suis confiné à la maison, j'ai besoin de me changer les idées. Je serai de retour avant la nuit.

– Laisse-moi au moins t'accompagner ! J'ai bien envie d'une récréation, moi aussi. Ces livres poussiéreux me donnent de l'urticaire. Je n'ai rien fait d'autre que manier la plume, ces derniers temps.

C'était un faux prétexte, et je répliquai, agacé :

– Tu as vraiment envie de marcher jusqu'au village ? Par ce sale temps ? Tu es bien comme l'Épouvanteur ! À vous entendre, je n'ai même plus le droit de mettre un pied dehors. Penses-tu que...

– Le Malin circule en liberté, voilà ce que je pense !

– Que tu m'accompagnes ou non, ça ne fera guère de différence. S'il décide de s'en prendre à moi, John Gregory lui-même n'y pourra rien.

– Il n'y a pas que ça, Tom, tu le sais parfaitement. Le Comté est plus dangereux que jamais. Non seulement l'obscur y monte en puissance, mais il faut compter avec les maraudeurs et les déserteurs. Trop de gens souffrent de la faim. Certains te couperaient la gorge pour moitié moins que ce que tu rapporteras dans ton sac !

Le pays était en guerre, et des nouvelles de défaites nous venaient du Sud, où se déroulaient de terribles batailles. En plus de la dîme qu'ils devaient payer à l'Église, les paysans avaient vu la moitié de leurs récoltes réquisitionnées pour ravitailler l'armée. La nourriture manquait, les prix montaient en flèche et la famine menaçait les plus pauvres. Il y avait du vrai dans les paroles de mon amie. Je n'avais pas l'intention de changer d'avis pour autant.

– Non, Alice, j'irai seul. Ne t'inquiète pas, je serai vite de retour.

Sans lui laisser le temps d'argumenter davantage, je quittai la pièce et gagnai la sortie. Laissant le jardin derrière moi, je m'engageai d'un pas vif sur l'étroit chemin qui menait au village. Malgré le froid et l'humidité de cette soirée d'automne, j'appréciais de ne plus être enfermé entre quatre murs. Les toits d'ardoise grise de Chipenden apparurent bientôt, et je descendis la pente jusqu'à la grande rue pavée.

Il régnait dans le village un calme inhabituel. L'été précédent, des femmes ployant sous le poids de leurs paniers remplis de provisions y discutaient bruyamment. À présent, les passants étaient rares et, en entrant à la boucherie, je constatai que j'étais le seul client.

– La commande de M. Gregory, comme d'habitude, dis-je.

Le boucher était un gros homme rougeaud à la barbe rousse. Il avait été l'âme de sa boutique, lançant blague sur blague pour la plus grande joie de ses habitués. Il affichait à présent un visage morne, comme s'il avait perdu le goût de vivre :

– Désolé, mon garçon, je n'ai pas grand-chose pour toi, aujourd'hui. Deux poulets et quelques tranches de lard, c'est tout ce que je peux t'offrir. Et j'ai eu du mal à te les garder ! J'aurai peut-être autre chose demain, si tu passes avant midi.

Je le remerciai, le priai d'inscrire la note sur notre compte, mis les articles dans mon sac et continuai mon chemin. Chez l'épicier, je n'obtins que des carottes et des pommes de terre qui ne nous feraient pas la semaine, et trois malheureuses pommes. Il me donna le même conseil : tenter de nouveau ma chance le lendemain, au cas où il aurait été réapprovisionné.

À la boulangerie, je pus acheter deux miches de pain, et je quittai la boutique en balançant mon sac sur mon épaule. Je m'aperçus alors qu'on me fixait, depuis le trottoir d'en face. C'était un gamin efflanqué, aux yeux élargis par la faim, qui ne devait pas avoir plus de quatre ans. Il me fit pitié. Je traversai la rue, fouillai dans mon sac et lui tendis une de mes pommes : il en avait plus besoin que moi ! Il me l'arracha presque des mains. Puis, sans un merci, il tourna les talons et disparut.

Le ciel s'assombrissait. Je repris le chemin de la colline, pas mécontent à l'idée de retrouver bientôt la chaleur et le confort de la maison. Mais, quand j'atteignis les faubourgs et que la chaussée pavée laissa place à la boue du chemin, je sentis que quelque chose n'allait pas. Ce que j'éprouvais n'était pas le froid intense annonçant l'approche d'un être venu de l'obscur, mais un malaise bizarre. Mon instinct me criait : danger !

Je lançai de fréquents coups d'œil en arrière, persuadé qu'on me suivait. Était-ce le Malin ? Aurais-je dû écouter Alice et l'Épouvanteur ? Je hâtai le pas, courant presque. Des nuages noirs filaient au-dessus de ma tête, et, dans moins d'une demi-heure, le soleil se coucherait.

« Calme-toi ! me dis-je. Ton imagination te joue des tours. »

Quelques pas de plus m'amèneraient à la bordure du jardin ouest ; cinq minutes plus tard, je serais sain et sauf dans la maison de mon maître.

Soudain, je m'arrêtai. Quelqu'un m'attendait au bout du sentier, dissimulé dans l'ombre des arbres.

Obligeant mes jambes flageolantes à avancer, je découvris que cet individu n'était pas seul. Quatre costauds et un jeune garçon me regardaient venir. Que me voulaient-ils ? Que faisaient ces étrangers si près de la demeure de l'Épouvanteur ? Étaient-ce des voleurs ?

En me rapprochant, je fus rassuré : ils restaient sous le couvert des branches, sans tenter de me barrer le chemin. Que devais-je faire ? Leur adresser un signe de tête ? Je choisis de continuer tout droit en les ignorant. Dès que je les eus dépassés, je soupirai de soulagement. J'entendis alors un bruit, derrière moi. On aurait dit le tintement d'une pièce de monnaie rebondissant sur une pierre.

Ma poche était-elle trouée ? Je me retournai. L'un des hommes se détacha de l'arbre, s'agenouilla sur le sentier et ramassa un petit objet.

– C'est à toi, gamin ? demanda-t-il en me tendant une pièce.

Je n'en étais pas sûr, mais tout me portait à croire que j'avais réellement perdu de l'argent. Je posai donc mon sac et mon bâton et fourrai ma main gauche dans ma poche, avec l'intention d'en sortir ma monnaie pour la compter. Je sentis alors qu'on me glissait quelque chose dans la main droite. Je découvris avec étonnement, au creux de ma paume, un shilling en argent. Cette pièce ne m'appartenait pas. Je secouai la tête :

– Non, elle n'est pas à moi.

– Eh bien, elle l'est, maintenant ! Je te l'ai donnée, et tu l'as acceptée. Pas vrai, les gars ?

Ses compagnons s'avancèrent, et mon cœur se mit à battre à grands coups. Ils portaient un uniforme de soldat. Et ils étaient armés, même le garçon. Trois d'entre eux tenaient un gros gourdin ; un autre, à la veste ornée d'un galon de caporal, brandissait un couteau.

Épouvanté, je me tournai vers celui qui m'avait tendu la pièce. Il s'était relevé, et je pus le dévisager. Deux petits yeux cruels brillaient dans son visage buriné. Les cicatrices qui traversaient son front et l'une de ses joues en disaient long sur ses états de service. Des galons de sergent ornaient son épaule gauche, et un coutelas était passé dans sa ceinture. Je me trouvais face à des agents recruteurs. La guerre tournait mal, et ils arpentaient le Comté, enrôlant de force hommes et jeunes gens pour remplacer ceux qui étaient tombés au combat.

Avec un rire aussi moqueur que déplaisant, le sergent déclara :

– Tu as accepté le shilling du roi.

– Je n'ai rien accepté ! protestai-je. Vous avez dit que ça m'appartenait, et je comptais ma monnaie...

– Pas d'excuse, petit ! On est tous témoins, pas vrai, les gars ?

– Aucun doute là-dessus, approuva le caporal.

Ils m'encerclèrent, ne me laissant aucune chance de m'esquiver.

– Pourquoi est-il vêtu comme un prêtre ? demanda le garçon, qui devait avoir un an de plus que moi tout au plus.

Le sergent rugit de rire et ramassa mon bâton :

– Ce n'est pas un prêtre, jeune Toddy ! Tu ne sais donc pas reconnaître l'apprenti d'un épouvanteur ? Ces gens-là te prennent ton argent si durement gagné pour éloigner de prétendues sorcières. Voilà ce qu'ils font ! Et il y a des tas de nigauds assez crédules pour les payer !

Il lança mon bâton à Toddy en ordonnant :

– Prends ça ! Il n'en aura plus besoin, et ça fera au moins du bois à brûler.

Il ramassa ensuite mon sac et en examina le contenu :

– Il y a là-dedans de quoi remplir nos estomacs ce soir, s'exclama-t-il, la mine satisfaite. N'avais-je pas raison ? Mieux valait l'attraper au retour qu'à l'aller. Ça valait le coup de poireauter. Votre sergent est un finaud, pas vrai, les gars ?

J'étais piégé. Mais je m'étais déjà tiré de situations bien plus périlleuses : j'avais échappé aux griffes de créatures pratiquant la magie noire. Je décidai donc de prendre mon mal en patience et d'attendre la première occasion de filer. Le caporal sortit un bout de corde de son sac et me lia les poignets derrière le dos. Cela fait, il me poussa rudement sur le chemin, et nous nous mîmes en route à bonne allure, Toddy portant mon sac à provisions en plus de mon bâton.

Nous marchâmes environ une heure, vers l'ouest d'abord, puis en remontant vers le nord. Apparemment, ils ne connaissaient pas la route la plus directe pour atteindre les collines, et je me gardai bien de la leur indiquer. Je devinai que nous nous dirigions vers Sunderland. Là, on me mettrait sur un bateau en direction du sud, où la guerre faisait rage. Plus le voyage serait long, plus j'aurais de chances de prendre la fuite.

Et je devais fuir, sinon, mon apprentissage auprès de l'Épouvanteur s'achèverait bel et bien ici.

2
La vérité des choses

Quand l'obscurité nous empêcha de voir où nous mettions les pieds, nous fîmes halte dans une clairière. J'étais prêt à prendre mes jambes à mon cou à la première occasion, mais les soldats m'obligèrent à m'asseoir, et l'un d'eux fut chargé de me surveiller pendant que les autres ramassaient du bois.

En temps ordinaire, j'aurais eu bon espoir que l'Épouvanteur parte à ma recherche et tente de me secourir. Même dans le noir, c'était un excellent pisteur, il n'aurait eu aucun mal à suivre cette bande à la trace. Malheureusement, le temps qu'il mette ce gobelin hors d'état de nuire et qu'il revienne, je serais déjà à bord d'un bateau, trop loin pour qu'il me rattrape. Je ne pouvais plus compter que sur Alice. Elle allait s'inquiéter de ne pas me voir revenir après la tombée de la nuit. Elle aussi serait capable de me retrouver, j'en étais sûr. Mais que pourrait-elle faire contre cinq hommes armés ?

Bientôt, un feu flamba, et mon bâton fut négligemment jeté au milieu du brasier avec d'autres branches. C'était mon premier bâton, un cadeau de mon maître, et sa perte m'était douloureuse. Il me semblait que mes jours d'apprentissage auprès de l'Épouvanteur se consumaient avec lui.

Les soldats, ayant vidé mon sac, mirent les poulets à rôtir sur une broche. Ils se coupèrent des tranches de pain qu'ils firent griller. Quand le repas fut prêt, à mon grand étonnement, ils me délièrent les mains et me servirent plus que je ne pouvais avaler. Mais ce n'était pas par pure bonté d'âme.

– Mange, petit ! m'ordonna le sergent. Il faut que tu sois en forme quand on te remettra aux autorités. Tu es le dixième qu'on prend en deux semaines, et la cerise sur le gâteau. Un jeune gars comme toi, pétant de santé, nous vaudra une belle récompense.

– Ça n'a pas l'air de te réjouir, s'esclaffa le caporal. C'est pourtant la meilleure chose qui puisse t'arriver. On va faire de toi un homme, petit !

Plastronnant devant sa troupe, le sergent m'asticota :

– Tu en tires une tête ! On ne t'enverra pas forcément au combat. Ils manquent aussi de marins. Sais-tu nager ?

Je fis signe que non.

– Bah, ça n'empêche pas d'être matelot ! De toute façon, si tu passes par-dessus bord, tu ne tiens pas le coup longtemps. Si tu ne meurs pas gelé, les requins te croquent les pieds !

Le repas terminé, on m'attacha de nouveau. Tandis qu'ils discutaient, je m'allongeai, fermai les yeux et simulai le sommeil. En réalité, je ne perdais pas un mot de leur conversation : ils en avaient plus qu'assez de l'armée et parlaient de déserter.

– Après celui-là, grommela le sergent, on arrête. On ramasse notre paye, on file vers le nord et on prépare des coups plus intéressants.

Ainsi, j'étais le dernier qu'ils capturaient ! « C'est bien ma veine », pensai-je.

– Pas sûr qu'on trouve mieux ! intervint une voix plaintive. Il n'y a plus de travail nulle part. C'est pour ça que mon vieux père a signé mon engagement.

C'était Toddy. Un silence embarrassé suivit ses paroles. Apparemment, le sergent n'aimait pas être contredit, car il répliqua enfin d'un ton aigre :

– Ça dépend quel genre de travail... D'ailleurs, j'ai un boulot pour toi : il y a un épouvanteur qui va chercher un nouvel apprenti. Tu feras très bien l'affaire !

Le garçon s'agita, mal à l'aise :

– Ça ne me plairait pas trop. J'ai peur des sorcières...

– Les sorcières n'existent pas. Ce sont des contes de bonnes femmes. Voyons, Toddy ! As-tu jamais vu une sorcière ?

– Il y en avait une, autrefois, dans mon village. Une vieille avec une verrue au menton et un chat noir, qui n'arrêtait pas de marmonner.

– La vieille ou le chat ?

– La vieille.

– Une vieille avec une verrue au menton ! On tremble tous dans nos pantalons, hein, les gars ? s'esclaffa le sergent. Tu vois, petit, il faut que tu t'engages chez l'épouvanteur, et quand tu auras terminé ton apprentissage, tu nous débarrasseras de cette horrible créature !

– Ce n'est pas la peine, répliqua Toddy. Elle est déjà morte. On lui a attaché les mains et les pieds, et on l'a jetée dans la mare pour voir si elle flottait...

Les hommes hurlèrent de rire. Ça n'avait pourtant rien de drôle. La victime avait été ce que l'Épouvanteur appelait une « faussement accusée », une malheureuse qui ne méritait pas un aussi triste sort. Celles qui coulaient étaient déclarées innocentes, mais la plupart se noyaient, ou finissaient par mourir de pneumonie quand on les avait tirées de l'eau à temps.

– Eh bien, Toddy, demanda le sergent. A-t-elle flotté ?

– Oui, mais le visage dans l'eau. Quand les gens l'ont repêchée pour la brûler, elle était déjà morte. Alors, ils ont brûlé le chat à sa place.

Il y eut une nouvelle explosion de rires. Puis la conversation prit un tour décousu avant de cesser tout à fait. J'avais fini par m'assoupir, car je fus soudain réveillé par une sensation de froid intense. Avant que je m'endorme, un aigre vent d'automne secouait le bois, agitant les sapins et faisant craquer les branches mortes. À présent, il n'y avait plus un souffle, et le sol s'était couvert de gelée blanche, qui scintillait à la lumière de la lune.

Dans les cendres du foyer, seules quelques braises rougeoyaient encore. Une bonne réserve de bois était empilée à côté. Pourtant, en dépit du froid mordant, personne ne s'était occupé d'entretenir le feu. Les cinq soldats se contentaient de regarder fixement les tisons.

Soudain, j'eus conscience d'une présence. Les soldats aussi car, d'un seul mouvement, ils sautèrent sur leurs pieds et scrutèrent l'obscurité. Une ombre se matérialisa entre les arbres. Elle progressait sans bruit, semblant flotter plutôt que marcher. À mesure qu'elle avançait, je sentais une boule d'angoisse grossir dans ma poitrine. Je me levai d'un bond.

Tout mon corps était glacé, et je connaissais cette sensation. Étant le septième fils d'un septième fils, je perçois des choses indiscernables pour les autres. Je vois les spectres et les fantômes, j'entends les voix des morts. Et je ressens ce froid particulier annonçant l'approche d'une créature de l'obscur. Je ne l'avais jamais éprouvé avec une telle intensité, et j'étais terrifié. Je me mis à trembler de la tête aux pieds. Était-ce le Malin ? Venait-il pour moi ?

Une particularité de l'inquiétante apparition me perturbait grandement : bien qu'il n'y eût pas un souffle de vent, ses cheveux semblaient remuer de façon absurde.

La silhouette continuait d'approcher ; quand elle pénétra dans la clairière, un rayon de lune l'éclaira pour la première fois...

Ce n'était pas le Malin. Devant moi se tenait une sorcière, une puissante, une pernicieuse. Ses prunelles brûlaient comme des charbons ardents ; son visage suait la haine et la perversité. Mais le plus effroyable était sa tête : sa chevelure était un amas de serpents dont les noirs anneaux se tordaient en tous sens, d'affreux reptiles aux langues fourchues, aux crocs luisants de venin.

Une plainte animale, un gémissement de pure terreur s'éleva à ma droite. Il sortait de la gorge du sergent, l'homme qui ne croyait pas aux sorcières. Les yeux lui sortaient de la tête. Blême d'effroi, il ouvrit la bouche pour crier. Il ne put émettre qu'un nouveau gémissement, monté du fond de ses entrailles. Soudain, il tourna les talons et fila ventre à terre entre les arbres. Ses hommes s'élancèrent à sa suite, ainsi que Toddy. J'entendis le bruit de leur cavalcade affolée diminuer peu à peu, jusqu'à ce que la nuit les eût avalés.

Le silence retomba, et je restai seul face à la sorcière, les mains liées derrière le dos, sans rien pour me défendre, ni sel, ni limaille de fer, ni bâton. Néanmoins, je respirai profondément, m'efforçant de contrôler ma peur. C'est la première chose à faire quand on est confronté à l'obscur.

Or, je n'eus pas à combattre. Le froid reflua. Le regard de braise s'éteignit soudain, et la sorcière me sourit. Ses traits hideux se détendirent pour redevenir ceux d'une jolie fille ; les serpents ne furent plus qu'une masse de cheveux noirs. Baissant les yeux, je remarquai des souliers pointus que je ne connaissais que trop bien. C'était Alice.

Incapable de lui rendre son sourire, je continuais de la dévisager avec une expression horrifiée.

— Remets-toi, Tom ! me lança-t-elle. Tu n'as plus rien à craindre. Je leur ai fichu la frousse de leur vie, ils ne nous poursuivront pas !

— Comment as-tu fait ça ? bégayai-je. J'ai senti l'approche de l'obscur ; tu avais l'apparence d'une pernicieuse. Tu as usé de magie noire !

— Penses-tu ! Ce n'était qu'un jeu de lumière, et leur frayeur a déteint sur toi, voilà tout.

Elle s'approcha pour dénouer mes liens. Épouvanté, je reculai d'un pas :

— La lumière de la lune révèle la vérité des choses, tu le sais, Alice. C'est toi qui me l'as appris, le jour où nous nous sommes rencontrés. Ce que je viens de voir, est-ce ta véritable nature ?

— Ne sois pas idiot, Tom ! Ce n'est que moi, Alice, ton amie ! Tu me connais donc si mal ? Je t'ai sauvé la vie à plusieurs reprises. Ce n'est pas juste de m'accuser ainsi, alors que j'ai accouru à ton aide, une fois de plus. Tu veux que je te dise où tu serais, si je n'étais pas intervenue ? En route pour le champ de bataille ! D'où tu ne serais peut-être jamais revenu.

Je secouai la tête, désemparé :

— Si l'Épouvanteur avait vu ça...

Oui, si mon maître avait été témoin de ce phénomène, Alice n'aurait pas vécu une heure de plus avec nous. Il l'aurait enfermée au fond d'un puits pour le restant de ses jours.

– Viens, Tom ! Retournons à Chipenden. La nuit est froide, je suis gelée jusqu'aux os.

Sur ces mots, nous rebroussâmes chemin. Je me chargeai du sac contenant le peu qui restait de nos provisions, et nous marchâmes en silence. Je n'arrivais pas à me remettre de cette vision horrifique.

Le lendemain, en m'attablant pour le petit déjeuner, je ne me sentais toujours pas dans mon assiette.

Le gobelin domestique de l'Épouvanteur s'occupait de nos repas. Il restait généralement invisible, prenant à l'occasion l'apparence d'un gros chat roux. Ce matin-là, il avait préparé mon menu préféré – des œufs au bacon –, mais c'était peut-être les pires qu'il nous eût jamais servis. Le bacon était brûlé, et les œufs nageaient dans la graisse. Il cuisinait toujours mal quand il était perturbé ; il semblait savoir les choses sans qu'elles aient été dites. Je me demandai si son trouble avait la même origine que le mien : Alice.

– La nuit dernière, quand tu es entrée dans la clairière, lui dis-je, tu m'as terrifié. Vraiment. J'ai cru voir une sorcière, une des plus pernicieuses, d'un type que je ne connaissais pas. Tes cheveux s'étaient transformés en serpents, et une expression cruelle déformait ton visage.

– Cesse de me harceler, Tom. Ce n'est pas gentil. Laisse-moi déjeuner tranquille.

– Je te harcèlerai jusqu'à ce que je sache ! Qu'as-tu fait ? Raconte-moi !

– Je n'ai rien fait ! Rien ! Fiche-moi la paix ! Je ne supporte pas que tu me parles sur ce ton.

– Et moi, je ne supporte pas que tu me mentes, Alice ! Tu as employé un maléfice ; je veux savoir lequel.

Je marquai une pause, la fusillant du regard, et les mots m'échappèrent avant que j'aie pu les retenir :

– Si tu ne me dis pas la vérité, je ne te ferai plus jamais confiance.

– D'accord, cria-t-elle, les yeux brillants de larmes. Je vais te la dire, la vérité. Je n'avais pas le choix, Tom ! Où serais-tu, maintenant, si je n'étais pas intervenue ? C'était eux que je voulais effrayer, pas toi !

– Qu'as-tu utilisé ? La magie noire ? Un sortilège que Lizzie l'Osseuse t'a enseigné ?

– Rien d'extraordinaire. Un procédé similaire à la fascination et à la séduction, c'est tout. On l'appelle l'horrification. Les gens sont terrifiés et ils s'enfuient, persuadés qu'on en veut à leur vie. Toutes les sorcières connaissent ce tour. Qu'y a-t-il de mal à ça ? Ça a marché, non ? Tu es libre, et personne n'a été blessé.

Les sorcières utilisent la fascination pour manipuler quelqu'un. Quant à la séduction, elle les fait paraître jeunes et belles, en créant autour d'elles une aura capable d'aveugler n'importe quel homme. La sorcière Wurmalde y avait eu recours l'été précédent, quand elle tentait d'unir les clans de Pendle. Elle était morte, à présent. Mais les deux hommes qui étaient tombés dans son piège étaient morts, eux aussi, ayant compris trop tard à quel point elle était dangereuse. Si l'horrification dont Alice s'était servie était une déclinaison de ces procédés de magie noire, c'était inquiétant. Très inquiétant, même. Je la prévins :

– L'Épouvanteur ne doit surtout pas l'apprendre. Il ne comprendrait pas. À ses yeux, rien ne justifie la pratique de la magie noire.

– Alors, ne lui en parle pas ! Tu as envie qu'il me renvoie ?

– Bien sûr que non ! Mais je n'aime pas mentir.

– Raconte-lui seulement que j'ai créé une diversion, ce qui t'a permis de t'enfuir. Ce n'est pas faux.

J'acquiesçai en silence, malheureux et pas très convaincu.

L'Épouvanteur fut de retour ce soir-là et, bien que me sentant coupable de lui dissimuler la vérité, je m'en tins à la version d'Alice.

– J'ai fait beaucoup de bruit, tout en restant à distance, ajouta-t-elle. Ils m'ont poursuivie, mais, dans le noir, je n'ai pas eu de mal à les semer.

– Ils n'avaient laissé personne pour garder leur prisonnier ? s'étonna mon maître.

– Ils lui avaient attaché les mains et les pieds, il ne pouvait pas se sauver. J'ai pris un chemin détourné avant de revenir couper ses liens.

John Gregory fourragea dans sa barbe, l'air dubitatif :

– Et vous êtes sûrs qu'ils ne vous ont pas suivis ?

– Ils voulaient se rendre dans le Nord, lui dis-je. Ils en avaient assez de l'armée, et parlaient de déserter.

Il soupira :

– C'est bien possible, petit. Mais on ne peut pas courir le risque de voir ces hommes revenir te chercher. Et d'abord, pourquoi étais-tu descendu au village ? As-tu perdu ton bon sens ?

Le rouge de la colère me monta aux joues :

– J'avais l'impression d'étouffer, enfermé dans mon cocon ! Et je peux me débrouiller seul.

– Vraiment ? Ces soldats ont pourtant eu vite raison de toi, non ? rétorqua mon maître d'un ton cinglant. Il est temps que je t'envoie quelques mois chez Bill Arkwright. D'ailleurs, mes vieux os me font trop mal pour que je te donne les leçons de combat dont tu as grand besoin. Bill est sévère, et il a éduqué plus d'un de mes apprentis. C'est exactement ce qu'il te faut. Autant que tu sois loin d'ici, si jamais ce gang de recruteurs revenait prendre de tes nouvelles !

– Le gobelin ne les laisserait jamais passer ! protestai-je.

En plus de ses tâches domestiques, le gobelin empêchait tout intrus et toute créature de l'obscur de pénétrer dans les jardins et dans la maison.

– C'est vrai. Mais tu ne restes pas toujours sous sa protection, il me semble. Non, mieux vaut t'éloigner d'ici.

C'était ferme et sans réplique. Je me tus, non sans grommeler intérieurement. Depuis plusieurs semaines, mon maître envisageait de m'envoyer chez Bill Arkwright, l'épouvanteur qui travaillait au nord de Caster. Il organisait ce stage pour chacun de ses apprentis. À son avis, un entraînement intensif sous la direction d'un autre maître offrait une nouvelle vision de notre métier, ce qui était toujours bénéfique. L'affaire des recruteurs n'avait fait que hâter sa décision.

Il écrivit aussitôt une lettre à son collègue, tandis qu'Alice boudait, assise près du feu. La perspective de notre séparation la désolait, mais ni elle ni moi n'y pouvions rien.

Le pire, c'est que l'Épouvanteur lui confia la lettre à poster. À elle, pas à moi. Je commençais à me demander si mon départ n'était pas une bonne chose, finalement. Bill Arkwright, lui, m'accorderait peut-être un peu plus de liberté.

3

Une réponse tardive

L a réponse se fit attendre près de deux semaines. Ces derniers temps, à mon grand dépit, Alice avait été chargée des provisions. Elle allait également chaque soir au village pour voir si une lettre d'Arkwright était arrivée, tandis que je restais confiné à la maison. Ce soir-là, elle était enfin revenue avec la missive.

Quand elle entra dans la cuisine, l'Épouvanteur se chauffait les mains devant l'âtre. Elle lui tendit l'enveloppe, et il lut les mots griffonnés dessus :

Pour M. Gregory, à Chipenden

— Je reconnaîtrais cette écriture entre mille, commenta mon maître. Merci, jeune fille. Maintenant, laisse-nous.

Alice fit la moue, mais elle obéit. Elle connaîtrait la réponse d'Arkwright bien assez tôt.

L'Épouvanteur décacheta l'enveloppe et se mit à lire. J'avais du mal à contenir mon impatience. Quand il eut terminé, il me tendit la lettre avec un soupir :

— Autant que tu voies ça, petit. Ça te concerne...

À mesure que je lisais, mon cœur sombrait lentement dans ma poitrine.

Cher Monsieur Gregory,

Ma santé n'a pas été fameuse, ces temps-ci, et j'ai été très occupé. Mais, bien que le moment soit mal choisi pour que je me charge d'un apprenti, je ne peux refuser votre demande, car vous avez été un excellent maître, et votre enseignement m'a toujours été d'un grand secours.

Amenez-moi le garçon à dix heures, le 18 octobre. Je vous attendrai sur le premier pont qui traverse le canal au nord de Caster.

Votre dévoué et respectueux

Bill Arkwright

— Pas besoin de lire entre les lignes pour comprendre que je ne suis pas le bienvenu, commentai-je.

L'Épouvanteur approuva de la tête :

– Oui, ça me paraît clair. Mais Arkwright s'est toujours montré pessimiste, soucieux de sa santé. La situation est probablement moitié moins sérieuse qu'il le prétend. Néanmoins, c'est un bûcheur, et il a terminé son apprentissage. Je ne peux en dire autant de tous les garçons que, pour mon malheur, j'ai eu à former.

C'était vrai. J'étais le treizième apprenti de M. Gregory, et la plupart n'avaient pas été au bout de leur temps. Certains, pris de peur, s'étaient enfuis, d'autres étaient morts. Arkwright, lui, avait tenu le coup, et remplissait sa tâche avec succès depuis plusieurs années. Donc, malgré son peu d'enthousiasme pour me recevoir, il avait sûrement beaucoup à m'apprendre.

– Depuis qu'il est à son compte, reprit mon maître, il a de belles réussites à son actif. As-tu entendu parler de l'éventreur de Coniston ?

Les éventreurs étaient des gobelins d'une espèce particulièrement dangereuse. L'apprenti qui m'avait précédé avait été tué par l'un d'eux : la créature lui avait mangé les doigts, et le pauvre garçon était mort d'hémorragie.

– Le bestiaire que vous avez dans votre bibliothèque lui consacre un chapitre, dis-je.

– Exact, petit. Il a tué une douzaine de personnes. C'est Arkwright qui lui a réglé son compte.

Interroge-le sur cette affaire, à l'occasion. Il doit être fier de sa victoire, et il y a de quoi. Ne parle pas de ce que tu sais, laisse-le te raconter l'histoire lui-même. Cela t'aidera à instaurer de bonnes relations.

L'Épouvanteur désigna la missive avant de poursuivre :

– Cette lettre est arrivée juste à temps. Nous nous coucherons tôt, ce soir, pour nous mettre en route à l'aube.

En effet, le rendez-vous avec Arkwright était fixé deux jours plus tard, au matin, et il y avait une grosse journée de marche jusqu'à Caster en traversant les collines. L'idée de devoir partir si vite n'était pas pour me réjouir. Mon maître dut remarquer ma mine lugubre, car il déclara :

– Courage, petit ! Arkwright n'est pas un mauvais bougre...

Son expression changea soudain ; il venait de comprendre :

– Ah, je vois ! C'est la fille, hein ?

Je hochai la tête. Alice n'avait rien à faire chez Arkwright, et nous serions séparés plusieurs mois. Elle allait me manquer cruellement.

– Pourrait-elle au moins nous accompagner jusqu'au pont ? demandai-je.

Je m'attendais à un refus. Bien qu'Alice nous eût sauvé la vie à plusieurs reprises, mon maître ne lui accordait toujours pas sa confiance et ne l'incluait que rarement dans nos activités. Par chance, il ne savait rien de son apparition sous la forme d'une pernicieuse, quelques jours plus tôt !

Je fus donc fort surpris de l'entendre acquiescer :

– Pourquoi pas ? Va donc le lui annoncer tout de suite !

Craignant qu'il ne change d'avis, je quittai aussitôt la cuisine à la recherche d'Alice. Je pensais la trouver dans la pièce voisine, occupée à son travail d'écriture. Or, elle était à l'extérieur, assise sur une marche, fixant le jardin d'un air sombre.

– Il fait froid, dehors, Alice, murmurai-je. Tu ferais mieux de rentrer. J'ai quelque chose à te dire...

– Mauvaise nouvelle, hein ? Arkwright accepte de te prendre ?

Nous avions tous deux espéré qu'Arkwright tardait à répondre parce qu'il refusait la demande de l'Épouvanteur.

– Nous partons demain à l'aube, annonçai-je. La bonne nouvelle, c'est que tu nous accompagnes jusqu'à Caster.

– Pour moi, ça reste une mauvaise nouvelle, assaisonnée d'une pincée de consolation. Je ne comprends pas pourquoi le vieux Gregory est si pressé de t'expédier là-bas. Il est peu probable qu'on voie revenir les recruteurs.

– D'accord sur ce point. Mais il prévoyait de m'envoyer là-bas, de toute façon. Maintenant ou plus tard, qu'est-ce que ça change ? Je peux diffi-cilement refuser...

Je devinai qu'une des intentions de mon maître était de m'éloigner d'Alice. J'avais remarqué son regard, quand il nous surprenait en train de rire ou de bavarder ensemble, et il m'avait maintes fois recommandé de garder mes distances. Évidemment, je ne m'en ouvris pas à mon amie.

– Je suppose qu'il n'y a rien à faire, soupira-t-elle tristement. Mais tu m'écriras, Tom ? Tu le promets ? Si tu m'écris chaque semaine, j'aurai l'impression que le temps passe plus vite. Ça ne va pas être gai, la vie dans cette maison, en tête à tête avec le vieux Gregory !

J'acceptai d'un signe, tout en me demandant comment ce serait possible. Envoyer du courrier coûtait cher. L'Épouvanteur ne me donnait de l'argent que pour des besoins précis. Je devrais donc lui en demander, et je craignais sa réaction. Je décidai d'attendre et de voir de quelle humeur il se montrerait le lendemain, au petit déjeuner.

– Voilà un des meilleurs repas que j'aie jamais mangés ! m'écriai-je en sauçant mon assiette avec une tranche de pain. Ces œufs au bacon étaient parfaits.

– C'est vrai, enchérit l'Épouvanteur avec un sourire. Mes félicitations au cuisinier !

Un léger ronronnement monta de dessous la grosse table de bois : le gobelin appréciait le compliment.

– Pourrais-je vous emprunter un peu d'argent pour mon séjour chez M. Arkwright ? lançai-je. Il ne m'en faut pas beaucoup...

– Emprunter ? répéta mon maître en levant les sourcils. C'est un mot que tu n'avais encore jamais employé. Cela signifie que tu as l'intention de me rembourser ?

– Il y a de l'argent dans une des malles de maman, repris-je. Je vous payerai la prochaine fois que nous irons à Pendle.

Ma mère était repartie dans son pays, la Grèce, pour y combattre la montée de l'obscur. Mais elle m'avait laissé trois malles. Dans l'une d'elles, qui contenait aussi des potions et des livres, j'avais trouvé trois gros sacs emplis d'argent. Le tout était à présent en sécurité dans la tour Malkin, sous la garde des deux sœurs de ma mère, des sorcières lamias. Sous leur apparence domestique, les lamias étaient des femmes comme les autres, à part une ligne d'écailles jaunes et vertes le long de leur colonne vertébrale. Mais les deux sœurs étaient des lamias sauvages, puissantes et dangereuses, avec des ailes d'insectes et des griffes redoutables, tout à fait capables de tenir les sorcières de Pendle à distance. J'ignorais quand nous retournerions là-bas, mais cela arriverait un jour ou l'autre.

– C'est faisable, admit l'Épouvanteur. Pourquoi as-tu besoin d'argent ?

– J'aimerais écrire à Alice chaque semaine.

– Envoyer du courrier coûte cher. Ta mère n'apprécierait sûrement pas que tu gaspilles la somme qu'elle t'a laissée. Tu écriras à la fille une fois par mois, ce sera suffisant. Et tu mettras un mot pour moi dans la même enveloppe, ce sera plus économique. Tu me tiendras ainsi informé des événements.

Du coin de l'œil, je remarquai la bouche pincée d'Alice. Nous savions tous deux que ce n'était pas la dépense qui souciait mon maître. Il voulait surveiller notre courrier. Mais j'aurais eu mauvaise grâce à protester. Une lettre par mois, c'était mieux que rien. Nous devrions nous en contenter.

Après le petit déjeuner, l'Épouvanteur m'emmena dans la pièce où il remisait ses bottes, ses manteaux et ses bâtons.

– Il est temps de remplacer ton bâton qui a brûlé, petit, me dit-il. Tiens, examine celui-ci ! La taille te convient-elle ?

Il m'en tendit un, taillé dans une longue branche de sorbier, un bois particulièrement efficace contre les sorcières. Je le pris, étudiai son équilibre. Il était parfait. Je remarquai alors une encoche, à portée d'index.

– Je suppose que tu en connais l'usage ? reprit mon maître. Fais jouer le mécanisme, voyons s'il est en bon état de marche !

J'obéis. Il y eut un claquement sec, et une pièce de métal jaillit à l'autre bout, pointue, tranchante. Le bâton qu'on m'avait volé n'était pas équipé d'une lame rétractable. Une fois, j'avais utilisé celui de l'Épouvanteur. Aujourd'hui, je possédais le mien.

Je souris :

– Merci ! J'en prendrai grand soin.

– Plus grand soin que le précédent, j'espère ! Souhaitons que tu n'aies pas à t'en servir, mais précaution vaut mieux que regret.

J'approuvai en silence, puis testai la pointe de la lame en l'appuyant sur le plancher avant de la replacer d'un *clic* dans son logement.

Une heure plus tard, l'Épouvanteur avait verrouillé la porte de la maison, et nous étions en route. Mon maître et moi portions chacun notre bâton et, comme à l'habitude, j'étais chargé de nos deux sacs. Nous étions équipés contre le froid, tous deux enveloppés dans nos capes, et Alice dans son manteau de laine noir, dont le capuchon lui tenait les oreilles au chaud. J'avais même enfilé ma veste en peau de mouton, bien que le temps ne fût pas si mauvais. L'air était piquant, mais le soleil brillait et il faisait bon marcher vers les collines.

Quand nous entamâmes la grimpée, Alice et moi partîmes en tête, de façon à pouvoir parler sans être entendus.

– Ça aurait pu être pire, dis-je. Si M. Gregory avait décidé de rejoindre sa maison d'hiver, il t'aurait emmenée avec lui, et nous nous serions trouvés aux deux extrémités du Comté.

Habituellement, l'Épouvanteur passait la mauvaise saison à Anglezarke, loin au sud. Mais il m'avait confié que, cette année, il resterait dans sa confortable habitation de Chipenden. Je n'avais pas fait de commentaire. Je supposais qu'il avait pris cette décision parce que Meg Skelton, l'amour de sa vie, n'était plus à Anglezarke, et que la maison, là-bas, lui rappelait de trop douloureux souvenirs. Meg et sa sœur, Marcia, étaient des sorcières lamias, et mon maître avait été contraint de les renvoyer en Grèce, même si cela lui avait brisé le cœur.

– De toute façon, on sera trop loin pour se voir, alors, quelle importance ? répliqua Alice avec amertume. Anglezarke ou Chipenden, ça revient au même.

– Ma situation ne vaut guère mieux que la tienne, répliquai-je. Crois-tu que j'ai envie de passer les six prochains mois avec Arkwright ? Tu aurais dû lire sa lettre ! Il me prend chez lui à contrecœur, uniquement pour rendre service à M. Gregory.

– Et crois-tu que je me réjouis de rester à Chipenden avec le vieux Gregory ? Il n'aura jamais confiance en moi. Il n'acceptera jamais d'oublier ni qui je suis ni d'où je viens.

— Tu es injuste, Alice ! Il t'a offert un toit. Et s'il apprenait à quoi tu as joué l'autre nuit, tu finirais au fond d'un puits.

— J'en ai assez de te répéter *pourquoi* j'ai agi ainsi. Ne sois pas si ingrat ! Je ne suis pas complice de l'obscur et ne le serai jamais, rassure-toi. Juste une fois, j'ai utilisé ce que Lizzie m'a enseigné parce que je n'avais pas d'autre solution. Je l'ai fait pour toi, Tom, pour te sauver. Tu pourrais me remercier, conclut-elle sèchement.

Elle jeta un regard derrière elle pour vérifier que mon maître était à bonne distance, et nous continuâmes en silence, ruminant de sombres pensées que la belle lumière matinale n'arrivait pas à dissiper. Au fil des heures, nous progressions vers le nord. L'automne était déjà bien avancé, les jours diminuaient. Nous entamions la descente vers Caster quand le soir tomba. Nous dûmes nous réfugier dans une combe pour y passer la nuit. L'Épouvanteur et moi ramassâmes du bois tandis qu'Alice capturait un couple de lapins, qu'elle dépouilla de leur peau. Bientôt, ils rôtissaient sur une broche, au-dessus des braises.

— À quoi ressemble le pays, au nord de Caster ? demandai-je à mon maître.

Nous étions assis en tailleur près du feu. Alice tournait la broche. J'avais proposé de l'aider, mais elle avait refusé. Elle avait faim, et voulait que les lapins soient cuits à point. Elle connaissait mes médiocres talents de cuisinier.

– On dit que c'est le plus beau paysage du Comté, répondit l'Épouvanteur, et ce n'est pas moi qui prétendrais le contraire. Il y a des lacs, des montagnes, la mer au sud. À l'extrême nord du Comté s'étend le lac de Coniston, et à l'est le Grand Étang, qui...

– Est-ce là qu'habite M. Arkwright ? le coupai-je.

– Non, il n'est pas si loin. Un long canal coule vers le nord depuis Priestown jusqu'à Kendal en traversant Caster. Sa maison est sur la rive ouest. C'est un vieux moulin désaffecté, qui lui convient très bien.

– Et en ce qui concerne l'obscur ? demandai-je. Y a-t-il dans cette région un type de créatures que je ne connais pas ?

– Le lait te sort encore du nez, petit ! ironisa l'Épouvanteur. Il existe bien des manifestations que tu n'as jamais affrontées, et il n'est pas besoin d'aller à Caster pour les rencontrer ! Sache qu'en raison de la présence du lac et du canal, le danger vient principalement de l'eau. Arkwright est expert en sorcières et autres créatures qui font leur demeure dans la vase et les marécages. Mais il t'apprendra tout ça. C'est à lui de te former, à présent.

Nous nous tûmes, tandis qu'Alice continuait de tourner la broche. Ce fut elle qui rompit le silence.

– Je n'aime pas l'idée que Tom reste seul par ici, dit-elle d'une voix où perçait l'inquiétude. Le Malin erre dans le monde, désormais. Que se passera-t-il s'il s'attaque à Tom pendant notre absence ? Comment se défendra-t-il ?

– Il faut considérer le bon côté des choses, répliqua l'Épouvanteur. Rappelons-nous que le Démon a déjà maintes fois visité cette terre.

– C'est vrai, mais ses passages ont toujours été courts. Il y a des tas d'histoires à ce sujet. Toutes racontent que ce vieux Satan ne restait jamais longtemps au même endroit, juste assez pour rendre service à une sorcière en échange d'une âme. Cette fois, c'est différent. Il a tout le loisir d'agir à sa guise.

– Certes, jeune fille. Mais il est bien assez occupé par ses propres affaires. Crois-tu qu'il apprécie d'être soumis à la volonté d'un clan de sorcières ? À présent qu'il est libre, il fait ce qui lui plaît, pas ce qu'elles lui ordonnent. Il va s'amuser à diviser les familles, à monter les maris contre leur femme, les fils contre leur père. Il va susciter la cupidité et la perfidie dans les âmes, vider les églises de leurs fidèles, faire pourrir le grain dans les greniers et décimer les troupeaux. Il va transformer la guerre en marée de sang, ôter aux soldats toute humanité. Bref, il va augmenter le fardeau de la misère, et les sentiments d'amour et de fraternité vont se dessécher comme une vigne rongée par le mildiou. Oui, chacun va en pâtir. Mais Tom n'est probablement pas plus en danger que n'importe lequel d'entre nous, qui font métier de combattre l'obscur.

Ce tableau m'avait rendu plus que nerveux.

– Pouvez-vous m'en dire plus ? demandai-je. De quoi dois-je me méfier en particulier, si jamais il s'en prend à moi ?

L'Épouvanteur garda si longtemps le silence que je crus qu'il ne répondrait pas. Puis il soupira et se mit à récapituler les pouvoirs du Démon :

– Comme tu le sais, on dit qu'il peut prendre n'importe quelle taille et n'importe quelle apparence. Il utilise la ruse pour parvenir à ses fins, surgissant de nulle part ou regardant par-dessus ton épaule sans que tu t'en doutes. Parfois, il laisse sa marque sur le sol : des empreintes de brûlures en forme de sabots fourchus, probablement pour le seul plaisir de terrifier les gens. On dit aussi que son aspect véritable est si horrible qu'un seul regard sur lui suffit à vous faire mourir de terreur. Mais ce n'est peut-être qu'un conte destiné à effrayer les enfants et les obliger à dire leurs prières.

– Eh bien, moi, ça me fait peur, avouai-je en scrutant l'obscurité de la combe.

– Le plus grand pouvoir du Diable, cependant, continua l'Épouvanteur, c'est son art de fausser le déroulement du temps. Il peut l'accélérer au point qu'une semaine semble passer en moins d'une heure. Ou, inversement, l'étirer de telle sorte qu'une minute paraisse durer une éternité. Certains disent qu'il peut aussi l'arrêter, mais, à ma connaissance, on n'en a aucune preuve.

Mon maître parut alors remarquer l'angoisse d'Alice, qui l'écoutait, bouche ouverte.

– Inutile de s'affoler, déclara-t-il. Nous ne sommes pas plus en danger les uns que les autres, et Bill Arkwright saura protéger Tom.

Visiblement, ces paroles ne la convainquaient pas plus que moi. Mais les lapins étaient cuits, et je fus bientôt trop occupé à manger pour me tourmenter davantage.

– Quelle belle nuit ! dit l'Épouvanteur en levant les yeux.

J'acquiesçai, la bouche pleine de viande juteuse. Le ciel scintillait d'étoiles, et la Voie lactée était une étole d'argent jetée à travers le firmament.

Au petit matin, le brouillard recouvrait la colline. Ce n'était pas une mauvaise chose, car nous devions encore contourner Caster. Le clergé local tenait les épouvanteurs et leurs apprentis pour des ennemis de l'Église, et mieux valait ne pas s'attarder dans les environs.

Nous dépassâmes la ville par l'est et arrivâmes au premier pont sur le canal juste avant que sonnent dix heures. Le brouillard traînait au-dessus de l'eau, et tout était silencieux. Le canal était plus large que je ne m'y étais attendu. Vingt grands pas séparaient une rive de l'autre. L'eau, immobile et sombre, semblait profonde. Il n'y avait pas un souffle de vent, et la surface reflétait l'arche du pont, formant un ovale. En me penchant, je vis mon propre visage, qui me regardait.

Un chemin de halage longeait chaque rive, bordé de l'autre côté par une haie d'aubépine. Quelques tristes arbres dénudés déployaient leurs branches noires. Au-delà, les champs disparaissaient dans la brume.

Arkwright n'était pas là. Nous patientâmes près d'une heure, gelés jusqu'aux os. Personne n'apparut.

– Ce n'est pas normal, déclara enfin l'Épouvanteur. Arkwright a ses défauts, mais ce n'est pas son genre d'arriver en retard à un rendez-vous. Je n'aime pas ça...

4

Le moulin

L'Épouvanteur allait nous entraîner vers Kendal
quand nous entendîmes le battement régulier
de lourds sabots mêlé au bruissement de l'eau.
Alors, émergeant du brouillard, apparurent deux
énormes chevaux de trait, attelés l'un derrière
l'autre. Menés par un homme en veste de cuir,
ils tiraient une longue embarcation étroite.

Lorsqu'il nous vit, l'homme arrêta les bêtes, attacha leur bride à un pieu et monta sur le pont sans
se presser, roulant des épaules d'un air assuré.
Il était grand, robuste, avec de larges mains. En
dépit du froid, le col de sa chemise, sous sa veste,
était déboutonné, révélant une épaisse toison brune.

La plupart des gens préfèrent traverser la rue plutôt que de passer près d'un épouvanteur. Mais l'homme affichait un large sourire. Il s'avança résolument vers mon maître et lui tendit la main :

– Monsieur Gregory, je suppose ? Je suis Matthew Gilbert. Bill Arkwright m'a demandé de récupérer le garçon.

Ils échangèrent une poignée de main, et mon maître lui rendit son sourire :

– Enchanté, monsieur Gilbert. Arkwright est-il trop malade pour venir le chercher lui-même ?

– Non, ce n'est pas ça, même si sa santé n'est pas très bonne, expliqua Matthew Gilbert. Mais on vient de tirer un corps de l'eau, le troisième en deux mois. Il a été vidé de son sang, comme les autres. L'obscur semble montrer sa vilaine figure plus souvent qu'à l'ordinaire, et Bill a été très occupé, ces temps-ci. Il est parti dans le Nord pour enquêter.

L'Épouvanteur hocha la tête d'un air pensif, mais ne fit pas de commentaire. Posant la main sur mon épaule, il me présenta :

– Voici Tom Ward. Il s'attendait à finir la route à pied. Je suis sûr qu'il appréciera d'être transporté.

M. Gilbert me serra la main :

– Content de te connaître, jeune Tom. Fais tes adieux tranquillement, je t'attends en bas.

Il désigna la barge d'un mouvement de menton et redescendit sur le chemin.

– Eh bien, petit, me recommanda mon maître en me remettant quelques pièces d'argent, n'oublie pas d'écrire. Tu nous enverras une lettre à la fin de la première semaine, pour nous raconter comment ça se passe.

Puis il me tendit une guinée :

– Et voilà de quoi payer ton séjour auprès de Bill Arkwright. Travaille aussi sérieusement pour lui que pour moi, et tout ira bien. Pendant quelque temps, tu vas avoir un autre maître, avec sa propre façon d'agir. C'est à toi de t'adapter à lui, pas le contraire. Tiens ton cahier à jour, note soigneusement tout ce qu'il t'enseignera, même si cela diffère de ce que je t'ai appris. C'est toujours intéressant d'avoir un autre point de vue, et Arkwright est un spécialiste des créatures de l'eau.

Là-dessus, l'Épouvanteur m'adressa un petit salut et tourna les talons. Alice attendit qu'il ait quitté le pont pour s'approcher. Jetant ses bras autour de mon cou, elle se serra contre moi :

– Tom ! Oh, Tom, tu vas me manquer !

– Toi aussi, tu vas me manquer, dis-je, la gorge serrée.

Elle se détacha de moi et me tint à bout de bras :

– Prends bien soin de toi ! S'il t'arrivait quelque chose, je ne le supporterais pas...

– Il ne m'arrivera rien, affirmai-je désireux de la rassurer. Je suis capable de me débrouiller, tu sais.

Elle jeta un bref coup d'œil par-dessus son épaule, puis me souffla :

– En cas d'urgence, si tu as besoin de me contacter, utilise un miroir !

Choqué, je la repoussai. Les sorcières se servent des miroirs pour communiquer, et j'avais vu Alice le faire, une fois. Si l'Épouvanteur avait entendu ça, il aurait été horrifié. Ces pratiques appartenaient à l'obscur, et il n'approuverait sûrement pas que j'y aie recours.

– Ne me regarde pas comme ça, Tom, protesta Alice. Il te suffira de placer tes deux mains contre un miroir et de penser très fort à moi. Si ça ne marche pas du premier coup, insiste.

Je refusai avec colère :

– Non. Je ne ferai jamais une chose pareille ! Ce serait pactiser avec l'obscur, et je suis ici pour le combattre.

– Ce n'est pas si simple, Tom. Il faut parfois combattre l'obscur par l'obscur. Souviens-t'en, quoi qu'en pense le vieux Gregory. Et sois prudent. C'est une région du Comté où il ne fait pas bon séjourner. J'ai vécu ici, autrefois, avec Lizzie l'Osseuse.

Nous habitions au bord du marécage, pas très loin du moulin d'Arkwright. Alors, prends bien garde à toi !

Je hochai la tête. Puis d'un geste impulsif, je me penchai et l'embrassai sur la joue. Elle recula, et je vis des larmes briller dans ses yeux. La séparation était douloureuse pour nous deux. Elle se détourna et partit en courant. L'instant d'après, le brouillard l'avait avalée.

Je rejoignis tristement le chemin de halage. Matthew Gilbert m'attendait. Il désigna à l'avant de la barge une banquette où je m'assis. Derrière moi, il y avait deux trappes, fermées par un cadenas. Nul doute que cette embarcation transportait des marchandises, stockées dans la cale.

Quelques instants plus tard, nous repartions vers le nord. Je levai les yeux vers le pont, espérant contre toute vraisemblance qu'Alice se montrerait une dernière fois. Elle n'apparut pas, et ma poitrine se serra à l'idée de l'abandonner ainsi.

De temps en temps, nous croisions une barge voguant dans l'autre sens. À chaque rencontre, M. Gilbert échangeait de chaleureux saluts avec les bateliers. Ces embarcations, de tailles variables, étaient toutes longues et étroites, munies d'une ou plusieurs trappes. Certaines étaient pimpantes et bien entretenues ; d'autres, noires et sales, couvertes d'une poussière grasse, transportaient certainement du charbon.

Vers une heure de l'après-midi, M. Gilbert arrêta ses chevaux, les débarrassa de leurs harnais et les attacha près d'un talus herbeux, le long du canal. Les laissant paître, il bâtit rapidement un feu pour nous cuisiner un repas. Je proposai de l'aider, mais il refusa :

– Les invités ne mettent pas la main à la pâte. Si j'étais toi, je me reposerais. Bill Arkwright mène la vie dure à ses apprentis. Mais il n'est pas mauvais bougre, et c'est un bon épouvanteur. Il a beaucoup fait pour le Comté. Un opiniâtre, Bill ! Quand il a refermé ses dents sur une proie, il ne la laisse jamais échapper.

Il pela des pommes de terre et des carottes, qu'il mit à bouillir dans une marmite. Nous nous assîmes à l'arrière de la barge, les pieds pendant au-dessus de l'eau, et mangeâmes avec nos doigts dans des écuelles de bois. Les légumes n'étaient pas assez cuits, mais j'avais si faim que j'aurais pu avaler les deux chevaux avec leurs harnais.

Après un moment de silence, je relançai la conversation par politesse :

– Connaissez-vous M. Arkwright depuis long-temps ?

– Depuis plus de dix ans. Bill a d'abord vécu au moulin avec ses parents, qui sont morts il y a des années. Du jour où il est devenu l'épouvanteur local, il a été un de mes bons clients. Je lui livre cinq tonneaux de sel chaque mois. Je lui fournis aussi des chandelles, des provisions de toutes sortes. Et du vin. Il aime picoler, Bill. Et pas du jus de pissenlit ! Du bon rouge, qu'on fait venir par bateau jusqu'à Sunderland, puis par la route jus-qu'à Kendal, où j'en embarque régulièrement une cargaison. Il me paye bien.

La quantité de sel m'intriguait. Mêlé à la limaille de fer, il sert à tapisser l'intérieur des fosses où on enferme les gobelins. C'est aussi une arme effi-cace contre les créatures de l'obscur. Mais on ne l'utilise habituellement qu'en petites quantités, que l'on achète à l'épicerie du village. Pourquoi Bill Arkwright avait-il besoin de cinq tonneaux de sel par mois ?

– C'est ça, votre cargaison, aujourd'hui ? demandai-je. Du sel et du vin ?

– Non, ma cale est vide. Je viens de livrer un chargement d'ardoises à un entrepreneur de Caster, et je retourne en chercher un autre. Dans ce boulot, on est amené à acheminer des marchandises très diverses. Je transporte de tout, sauf du charbon. Ça prend beaucoup de place, et c'est si bon marché qu'il n'est même pas nécessaire de verrouiller la trappe pour décourager les voleurs ! Et puis, cette saleté de poussière noire s'introduit partout. Je laisse ça aux mariniers spécialisés.

– Le moulin de M. Arkwright est au bord du canal ?

– Pas loin. Tu ne le verras pas depuis la barge, il est caché par un rideau d'arbres. Mais on pourrait jeter une pierre dans le jardin depuis la rive. C'est un endroit isolé, tu devras t'y faire.

Le silence retomba. Une chose qui m'avait frappé pendant le voyage me revint alors à l'esprit :

– Pourquoi y a-t-il autant de ponts au-dessus de ce canal ?

M. Gilbert hocha la tête :

– Bonne remarque ! Quand le chenal a été creusé, il coupait bien des domaines en deux. Les fermiers ont été dédommagés pour leur bande de terre, mais il a fallu leur permettre l'accès à leurs champs de l'autre côté de l'eau. Il y a une autre raison : les chevaux qui tirent les barges vers Caster empruntent la berge de gauche. Au retour, les ponts permettent de changer de rive. Bien, repartons ! Mieux vaut que tu atteignes le moulin avant la nuit.

M. Gilbert rattacha les bêtes à l'embarcation, et nous reprîmes notre lent voyage vers le nord. Le soleil n'avait pas dissipé les brumes matinales.

Un brouillard dense s'était formé. J'apercevais la croupe du cheval le plus proche, mais son compagnon et leur maître étaient hors de vue. Le claquement régulier des sabots lui-même paraissait étouffé. De temps à autre, nous passions sous un pont. À part ça, il n'y avait rien à observer, et je commençais à m'ennuyer.

Nous stoppâmes environ une heure avant la nuit.

– Nous y voici ! s'écria M. Gilbert avec jovialité. Il désigna un point invisible dans le brouillard :

– Le moulin est là, tout droit.

Empoignant mon sac et mon bâton, je sautai à terre. M. Gilbert attacha le cheval de tête à un haut poteau, une sorte de potence où pendait une cloche.

– Trois coups annoncent à Bill qu'on a besoin de ses services d'épouvanteur, m'expliqua le marinier. Je sonne cinq coups quand il s'agit d'une livraison. Bill vient chercher sa commande. Si elle est trop lourde ou trop encombrante, je l'aide parfois à la transporter jusqu'à la lisière du jardin. Il est imprudent pour quiconque de s'aventurer au-delà.

En cela, Bill Arkwright était bien comme mon maître. Les gens devaient sonner la cloche au carrefour, et, le plus souvent, il m'envoyait leur demander ce qu'ils voulaient.

Je ne distinguais, au-delà du poteau, qu'une masse grise de brouillard, mais un ruisseau glougloutait en contrebas. À cet endroit, le canal surplombait les champs. Une pente herbeuse longeait le chemin de halage et se perdait dans la brume.

– Une centaine de pas mènent à la bordure du jardin, m'expliqua M. Gilbert. Un peu plus bas, il y a un ruisseau. Suis-le. Il coule sous la maison. Son courant actionnait la roue, au temps où le moulin était encore en activité. Bonne chance, petit ! Je te verrai sans doute à ma prochaine livraison de sel ou... de vin.

Il m'adressa un clin d'œil. Puis il détacha le cheval et s'enfonça dans le brouillard. La barge disparut. Je restai là, immobile, jusqu'à ce que le claquement des sabots ne me parvienne plus. À part les gargouillements du ruisseau invisible, il régnait un profond silence. Je frissonnai. Je m'étais rarement senti aussi seul.

Je dégringolai la pente et parvins sur la berge d'un cours d'eau rapide, qui s'enfonçait par un sombre tunnel sous le canal, pour réapparaître probablement de l'autre côté. La visibilité était un peu meilleure en bas, mais ne dépassait pas une douzaine de pas. Je suivis un sentier boueux, m'attendant à chaque instant à voir la maison surgir du brouillard. Mais rien ne m'apparaissait, que des saules dont les longues branches traînaient à terre. J'étais obligé de marcher courbé, ce qui me ralentissait. J'atteignis enfin la lisière du jardin, un fourré impénétrable de buissons et d'arbustes aux branches nues. Mais, d'abord, il y avait un autre obstacle à franchir.

Le jardin était entouré d'une clôture de fer rouillée mesurant bien six pieds de haut. L'extrémité des poteaux, reliés par trois rangées de barres horizontales, était garnie de pointes acérées. Une telle barrière serait difficile à escalader, et je n'avais aucune envie de m'empaler au sommet ! Je longeai donc la clôture, espérant trouver un portail. J'en voulais un peu à M. Gilbert. Il m'avait dit de suivre le ruisseau jusqu'au jardin, mais ne m'avait pas expliqué comment atteindre la maison.

Je progressais ainsi depuis quelques minutes quand le sentier devint marécageux, parsemé de touffes d'herbes spongieuses et de flaques. Je dus marcher en frôlant la clôture de l'épaule pour trouver un sol plus ferme. Enfin, je découvris un étroit passage.

Je fis quelques pas avant d'être arrêté par une tranchée emplie d'une eau boueuse. Difficile d'en estimer la profondeur. Et, comme elle mesurait au moins neuf pas de large, il était impossible de la franchir d'un saut, même en prenant son élan. Je regardai de droite et de gauche, sans trouver moyen de la contourner. J'y enfonçai donc mon bâton, et constatai que l'eau m'arriverait aux genoux.

Ce n'était pas assez profond pour empêcher d'accéder au moulin. Alors, à quoi cette tranchée servait-elle ?

Perplexe, je traversai en pataugeant, trempant le bas de mon pantalon. De l'autre côté, un étroit passage s'ouvrait dans le fourré. Il débouchait sur un large espace d'herbe rase, où poussaient les plus gros saules que j'eusse jamais vus. Ils émergeaient du brouillard tels des géants dont les longs doigts humides frôlaient mes vêtements et s'accrochaient à mes cheveux.

Je perçus de nouveau les babillements du ruisseau, avant d'entrapercevoir enfin le moulin d'Arkwright. S'il était plus grand que la maison de Chipenden, son aspect n'avait rien d'accueillant. C'était une construction en bois, délabrée et bancale. Le toit et les murs formaient des angles bizarres ; les ardoises étaient mangées de lichens, et l'herbe poussait dans les gouttières. Le bâtiment avait fait son temps ; la première tempête de l'hiver n'aurait aucun mal à l'abattre.

Le ruisseau disparaissait sous un tunnel noir, creusé sous la maison, pour se jeter en grondant contre la grande roue, qui restait immobile malgré les efforts furieux du torrent. En y regardant de plus près, je compris que, brisée, pourrie, elle n'avait pas dû tourner depuis de longues années.

La première porte que je remarquai était condamnée par des planches, de même que les trois fenêtres les plus proches. Je revins sur mes pas et atteignis un porche abritant une porte massive. C'était sûrement l'entrée principale. Je frappai. Peut-être Arkwright était-il de retour ? Personne ne venant, je cognai plus fort. Finalement, je tournai la poignée, mais la porte était verrouillée.

Que faire ? M'asseoir sur le seuil et attendre, dans le froid et l'humidité ? Les lieux n'étaient déjà guère hospitaliers, qu'est-ce que ce serait, la nuit venue ? Je n'avais aucune garantie qu'Arkwright rentrerait avant le soir. L'enquête sur le corps repêché dans l'eau pouvait le tenir occupé plusieurs jours.

J'avais un moyen de résoudre le problème. Je possédais une clé spéciale, forgée par Andrew, le serrurier, frère de John Gregory. Elle ouvrait presque toutes les serrures, et celle que j'avais devant moi ne présenterait aucune difficulté. Néanmoins, je répugnais à l'utiliser. Il me semblait incorrect de pénétrer chez une personne sans sa permission. Je décidai donc de patienter, au cas où Arkwright reviendrait. Bientôt, gelé jusqu'aux os, je changeai d'avis. Après tout, j'étais attendu, et censé habiter cette maison plusieurs mois.

La clé tourna aisément dans la serrure, mais les gonds émirent un grincement de protestation quand je poussai la porte. L'intérieur du moulin me parut sinistre. Une odeur de moisissures et de renfermé flottait dans l'air, mêlée à des relents de vinasse. Je m'immobilisai, le temps que mes yeux s'habituent à la pénombre.

Au fond de la pièce, sur une grande table, je repérai un bougeoir de cuivre. Posant mon bâton, je coinçai le battant de la porte avec mon sac pour laisser entrer un peu de lumière. Je sortis de ma poche mon briquet à amadou et allumai la chandelle. Je remarquai alors une feuille de papier, coincée sous le chandelier. Je compris au premier coup d'œil que la lettre m'était adressée. Je lus :

Cher Tom Ward,

Tu as dû faire preuve d'initiative, sinon tu aurais passé la nuit dehors, dans le noir, une expérience des plus désagréables. Les choses, ici, ne sont pas comme à Chipenden.

Bien que je remplisse la même fonction que M. Gregory, nos façons de travailler diffèrent. La maison de ton maître est un refuge, où rien de mauvais ne peut pénétrer. Ici, avec ma permission, errent des morts qui n'ont pas trouvé le repos. Ils ne te feront aucun mal, aussi, laisse-les aller à leur guise. N'interviens surtout pas.

Tu trouveras des provisions dans le garde-manger, et du bois pour allumer le fourneau près de la porte. Dîne à ta faim et dors bien. Il serait sage que tu passes la nuit dans la cuisine en attendant mon retour. Ne t'aventure pas dans les sous-sols de la maison, et n'essaye pas d'entrer dans la pièce du haut, qui est fermée à clé.

Respecte ces consignes, cela vaudra mieux pour toi et pour moi.

Bill Arkwright

5

Un cri perçant

J'étais intrigué par l'attitude d'Arkwright envers les âmes errantes. Pourquoi les laissait-il hanter ainsi sa demeure ? N'était-ce pas son devoir de les renvoyer en paix vers la lumière ? C'est certainement ce que l'Épouvanteur aurait fait. Mais mon maître m'avait prévenu : Arkwright avait sa propre manière d'agir, et c'était à moi de m'adapter.

J'examinai la pièce plus attentivement. Ses fenêtres étaient condamnées ; pas étonnant qu'il y fasse aussi sombre. Il n'y avait pas de cheminée ; la table et deux chaises poussiéreuses composaient tout le mobilier. Plusieurs caisses de vin étaient alignées le long d'un mur, ainsi qu'une rangée de bouteilles vides. Des toiles d'araignées festonnaient le plafond. L'endroit devait servir d'entrepôt, au temps où le moulin était en activité. Au fond, une autre porte était entrouverte.

Je refermai la porte de devant à clé, pris mon sac et, la chandelle à la main, pénétrai dans ce qui se révéla être la cuisine. La fenêtre, au-dessus de l'évier, n'était pas condamnée, mais, à l'extérieur, le brouillard était toujours aussi dense, et le jour commençait à baisser. Sur le rebord de la fenêtre était posé le plus grand couteau que j'eusse jamais vu. Certainement pas un couteau de cuisine ! Cependant, l'endroit était plus propre que je n'avais osé l'espérer. Les assiettes, les bols et les casseroles étaient soigneusement rangés dans un placard ; pas un grain de poussière ne salissait la petite table entourée de ses trois chaises. Le garde-manger contenait du fromage, du jambon, du bacon et la moitié d'une miche de pain.

Il n'y avait pas de cheminée, mais un fourneau trapu, avec deux portes et un tuyau coudé qui disparaissait dans le plafond. L'une des portes, ouverte, laissait voir une poêle à frire. Derrière l'autre, je découvris un tas de bûches et de paille prêt à être allumé. C'était à l'évidence le moyen le plus aisé de se chauffer et de cuisiner dans une maison en bois.

J'utilisai de nouveau mon briquet. Tandis qu'une agréable chaleur se répandait dans la pièce, je me fis griller trois généreuses tranches de bacon. Le pain était sec, mais encore assez bon pour en faire des toasts. Je ne trouvai pas de beurre, néanmoins, ce petit repas me réconforta.

J'avais envie de dormir. Je décidai donc de monter à l'étage visiter les chambres, espérant repérer celle qui m'était destinée. J'emportai la chandelle, ce qui se révéla une bonne initiative : l'escalier n'aurait pas pu être plus sombre. Au premier étage, je comptai quatre portes. La première menait à un débarras empli de boîtes vides, de draps sales, de vieilles couvertures et de divers débris, d'où montait une désagréable odeur de moisi. Des taches d'humidité maculaient les murs. Les deux portes suivantes ouvraient sur des chambres. Dans la première, les draps froissés indiquaient qu'on avait dormi dans le lit. La seconde, glaciale, n'était meublée que d'un sommier et d'un matelas nu. Était-ce la mienne ? Si c'était le cas, je souhaitais être illico de retour à Chipenden !

La quatrième pièce était équipée d'un lit à deux places, dont les draps et les couvertures gisaient par terre en tas informe. Je perçus aussitôt quelque chose d'anormal, et mes cheveux se hérissèrent sur ma nuque. Levant la chandelle, j'approchai du lit, qui me parut mouillé. Quand je le touchai du bout des doigts, je découvris qu'il était trempé, à croire qu'on avait déversé dessus une demi-douzaine de seaux d'eau. J'examinai le plafond, sans distinguer aucun trou ni signe d'une quelconque fuite. Comment était-ce arrivé ? Je fis demi-tour en hâte et refermai soigneusement la porte derrière moi.

Il y avait encore un étage, mais Arkwright m'ayant recommandé de m'en tenir éloigné, je décidai de suivre son conseil et de dormir par terre, dans la cuisine. Au moins, j'y serais au chaud jusqu'au matin.

Juste après minuit, je m'éveillai en sursaut. Arkwright venait-il de rentrer ?

La cuisine était plongée dans l'obscurité, à part un faible rougeoiement venu du fourneau.

Soudain, un frisson me parcourut, et les cheveux de ma nuque se dressèrent de nouveau. Était-ce dû à la présence des âmes tourmentées qui hantaient la maison ?

Un grondement sourd monta alors des profondeurs du moulin et fit vibrer les murs, de plus en plus puissant. Que se passait-il ?

Quoique intrigué, je ne me levai pas. Arkwright m'avait recommandé de ne pas intervenir, et ce n'était pas mes affaires. Cependant ce bruit m'effrayait un peu et m'empêchait de me rendormir. Je finis par en comprendre l'origine : la roue du moulin tournait !

Puis un cri s'éleva, un cri si déchirant, si chargé d'angoisse que je me couvris les oreilles de mes mains. Bien sûr, ça ne servait pas à grand-chose, car il résonnait à l'intérieur de ma tête. C'était l'écho d'une chose terrible, qui s'était déroulée ici des années plus tôt, l'expression d'une douleur insupportable.

Enfin, le cri s'éteignit et le silence revint. Ce que je venais d'entendre aurait suffi à faire fuir n'importe qui loin de cette bâtisse. Moi-même, bien qu'apprenti d'un épouvanteur et accoutumé à de telles manifestations, je contenais difficilement mes tremblements. La lettre d'Arkwright m'assurait que les morts ne me feraient pas de mal. Mais je pressentais qu'il y avait là plus qu'un simple phéno-mène de maison hantée.

Je finis cependant par me calmer et me rendormis.

Je dormis bien. Trop bien. Le soleil était levé depuis longtemps quand je m'éveillai pour décou-vrir que je n'étais plus seul dans la cuisine.

– Eh bien, petit ! s'exclama une grosse voix. Tu es trop facile à surprendre. Il est imprudent de dormir aussi profondément en ces lieux. On n'y est pas en sécurité.

Je m'assis vivement, puis sautai sur mes pieds. Devant moi se tenait un épouvanteur, son bâton dans la main gauche, un sac dans la droite. Et quel sac ! Il aurait pu contenir les affaires de mon maître et les miennes. Puis je remarquai l'extrémité du bâton. Le mien et celui de M. Gregory étaient équipés d'une lame rétractable. La partie tranchante de celui-ci était bien visible : une méchante pièce de métal d'au moins douze pouces de long, munie de dents acérées, trois de chaque côté.

– Monsieur Arkwright ? demandai-je. Je suis Tom Ward.

– Oui, c'est moi, Bill Arkwright. Content de te connaître, Tom Ward. Ton maître m'a vanté tes qualités.

Je le fixai, tâchant de réactiver mon cerveau ensommeillé. Plus petit que mon maître, il avait un corps noueux, d'où émanait une grande force physique. Des yeux verts perçaient son visage émacié surmonté d'un crâne chauve, et il était rasé de près. Une blessure à peine cicatrisée traversait sa joue gauche.

Je remarquai aussi des taches pourpres sur sa bouche. M. Gregory, lui, ne buvait pas. Pourtant, une fois, alors qu'il était en proie à une terrible fièvre, il avait avalé une pleine bouteille de vin. Après quoi, ses lèvres avaient pris cette même teinte violacée.

Arkwright laissa son bâton contre le mur et posa son sac. Il y eut un tintement de verre quand il toucha le carrelage de la cuisine. Puis il vint me serrer la main.

– M. Gregory pense aussi le plus grand bien de vous, lui assurai-je.

Fouillant dans ma poche, j'en tirai la guinée :

– Il vous envoie ceci, pour couvrir mes frais de séjour.

Arkwright prit la pièce, l'examina soigneusement, mordit dedans et hocha la tête en signe d'approbation. Qu'il ait ainsi vérifié s'il s'agissait bien d'une pièce en or me contraria. Croyait-il mon maître capable de le payer en fausse monnaie ? Ou bien était-ce moi qu'il soupçonnait de malhonnêteté ?

– Tâchons de nous faire mutuellement confiance, Tom Ward, déclara-t-il alors, comme s'il avait deviné mes pensées. Et donnons-nous le temps de nous jauger l'un l'autre.

– Mon maître m'a dit que vous auriez beaucoup à m'apprendre sur ce qui se passe au nord du Comté, déclarai-je, tâchant de dissimuler mon irritation. En particulier sur les créatures de l'eau...

71

— Oui, je t'enseignerai ça. Avant tout, je t'endurcirai. Es-tu fort, Tom Ward ?

— Assez pour mon âge, répondis-je, pas très sûr de moi.

Il m'examina de la tête aux pieds :

— Vraiment ? Es-tu bon au bras de fer ?

— Je n'ai jamais essayé…

— Alors, essayons tout de suite. Ça me permettra de t'évaluer. Assieds-toi ! m'ordonna-t-il en se dirigeant vers la table.

Chez nous, étant le benjamin, je n'avais pas participé à ces jeux. Mais je me souvenais de mes frères, Jack et James, se défiant au bras de fer dans la cuisine familiale. Jack gagnait toujours, parce qu'il était l'aîné, le plus grand, le plus fort. Face à Arkwright, je ne pèserais pas lourd.

Je m'assis, et nous plaçâmes nos bras gauches l'un contre l'autre, les coudes sur la table, les mains entrelacées. Mon avant-bras était plus court que le sien. Je résistai de mon mieux. Mais, en dépit de mes efforts, il eut vite le dessus.

— C'est tout ce dont tu es capable ? demanda-t-il. Et si je t'aide un peu ?

Il se leva, alla fouiller dans son sac et revint, un gros livre à la main.

— Tiens, glisse ça sous ton coude.

De cette façon, ma main était à peu près à la hauteur de la sienne. Aussi, quand je sentis la première pression, je bandai toutes mes forces pour résister. À ma grande satisfaction, je réussis à repousser légèrement son bras, et je lus de l'étonnement dans ses yeux. Mais, de nouveau, il me fit toucher la table. Il se releva avec un grognement, tandis que je frictionnais mon poignet endolori.

– C'était mieux, reconnut-il. Mais il faut que tu te muscles, si tu veux survivre dans ce métier. Je suppose que tu as faim ?

J'acquiesçai.

– Parfait ! Je vais préparer le petit déjeuner. Après quoi, nous ferons plus ample connaissance.

Il tira de son sac deux bouteilles vides, ainsi que diverses provisions : du fromage, des œufs, du jambon et deux gros poissons.

– Ceux-là, s'exclama-t-il, je les ai attrapés ce matin. Ils frétillent encore ! On va en manger un tout de suite, et garder l'autre pour demain. Tu sais cuisiner le poisson ?

Je fis signe que non.

– C'est vrai, soupira-t-il d'un air désapprobateur. Vous vous payez le luxe d'employer un gobelin pour les tâches ménagères ! Ici, on se débrouille seuls. Alors, observe bien comment je m'y prends, parce que c'est toi qui prépareras l'autre demain. Tu es prêt à remplir ta part des corvées, n'est-ce pas ?

– Bien sûr, m'écriai-je. J'espère seulement ne pas vous décevoir. M. Gregory n'a pas une haute opinion de mes talents de cuisinier.

– Peu importe ! Quand nous serons restaurés, je te ferai visiter le moulin. On verra si tu es aussi brave que ton maître le prétend.

6

La présence de l'eau

L e poisson était bon, et Arkwright d'humeur causante.

– La première chose à se rappeler, à propos du territoire que je protège, m'expliqua-t-il, c'est qu'il y a de l'eau partout. L'eau, ça mouille, voilà le problème...

Je souris, croyant qu'il plaisantait. Il me jeta un regard sévère :

– Il n'y a pas de quoi rire, Tom Ward ! Par ce mot, je veux dire que l'eau s'immisce partout. Elle s'introduit dans le sol, dans les corps et même dans les âmes. Elle imprègne ce territoire, créant un environnement propice aux émanations de l'obscur.

Or, nous sommes des êtres terrestres, pas des créatures aquatiques. C'est pourquoi il est si difficile de lutter contre elles. La baie de Morecambe, par exemple, est comme une morsure que la mer a infligée au Comté. Des chenaux dangereux parcourent les sables mouvants qui en tapissent le fond. Les gens les franchissent à marée basse, mais le flot remonte vite et, parfois, un épais brouillard se forme, qui les égare. Chaque année, l'océan s'empare ainsi de chevaux, de voitures et de leurs passagers, qui disparaissent sans laisser de trace. Puis il y a les lacs du Nord, dont le calme est trompeur, et qui recèlent dans leurs profondeurs des choses redoutables.

Me rappelant le conseil de mon maître, je dis :

– M. Gregory m'a raconté que vous avez vaincu le gobelin de Coniston. Et qu'il avait tué une douzaine de personnes avant que vous ayez sécurisé les rives du lac.

À ces mots, Arkwright rayonna :

– Oui, Tom Ward ! C'était un vrai mystère, qui défiait l'entendement des autorités locales. La créature s'emparait des pêcheurs solitaires et les entraînait par-dessus bord. On a d'abord pensé que les malheureux s'étaient noyés accidentellement. Or, leurs corps n'étaient jamais retrouvés. Quand le nombre des victimes est devenu inexplicable, on a fait appel à moi. La tâche n'était pas simple.

Je soupçonnais qu'il s'agissait d'un éventreur, mais où était son repaire ? Où cachait-il les corps après les avoir vidés de leur sang ? Dans ce métier, Tom, il faut faire preuve de patience et de persévérance. J'ai fini par trouver.

Son antre était une grotte, sous la rive du lac. Il y tirait les malheureux qu'il avait capturés et s'abreuvait à loisir. J'ai donc creusé la surface pour atteindre la caverne. J'ai découvert une vision de cauchemar. L'endroit était plein d'ossements et de cadavres aux chairs pourrissantes, mêlés aux corps exsangues des dernières victimes. Je n'oublierai jamais cette puanteur ! J'ai guetté l'éventreur pendant trois jours et trois nuits, jusqu'à ce qu'il revienne enfin avec une nouvelle proie. Il était trop tard pour sauver le pêcheur, mais je suis venu à bout du monstre avec du sel et de la limaille de fer.

– Quand nous avons rencontré M. Gilbert au bord du canal, repris-je, il nous a expliqué que vous étiez parti dans le Nord, où on avait repêché un cadavre vidé de son sang. Était-ce une victime de cet éventreur ou y en a-t-il un autre ?

Arkwright se tourna vers la fenêtre et regarda fixement au-dehors, comme plongé dans ses pensées. Au bout d'un long moment, il finit par répondre :

– Non, c'était une sorcière des eaux. Leur nombre augmente, en ce moment. Le temps que j'arrive, elle était loin. Elle frappera de nouveau, c'est certain. Espérons seulement qu'elle se manifestera un peu plus près de chez moi, pour que je puisse la prendre en chasse. Mais nous n'avons pas que les éventreurs et les sorcières des eaux à surveiller. Il y a aussi les skelts. As-tu entendu parler des skelts ?

Je fis non de la tête.

– Ce sont des êtres très rares, qui vivent dans les crevasses, soit sous l'eau, soit juste à la surface. Au lieu d'une langue flexible, ils possèdent un long tube creux, au bout pointu, qui leur permet d'aspirer le sang de leurs victimes.

– C'est horrible !

– Horrible, en effet. Mais le prédateur peut devenir la proie. Il est parfois utilisé dans les rituels des sorcières des eaux. Elles attendent qu'il se soit empli du sang d'une victime, qu'elles ont choisie dans ce but. Puis elles démembrent le skelt et le dévorent encore palpitant. La magie du sang qu'elles en tirent est trois fois plus puissante que celle obtenue en s'abreuvant directement sur la proie.

Arkwright se leva, marcha jusqu'à l'évier et s'empara du grand couteau que j'avais remarqué à mon arrivée. Il le déposa devant moi sur la table.

– J'ai tué un skelt, avec ça, il y a moins de cinq ans. Je lui suis tombé dessus par surprise et lui ai tranché les pattes. Le métal de cette lame – comme celle de mon bâton – est un alliage d'acier et d'argent, qui en fait une arme très puissante. Depuis, j'en ai aussi attrapé un jeune, près du canal. Deux en cinq ans, cela signifie qu'ils se multiplient.

Nous avions terminé notre petit déjeuner, et Arkwright s'adossa à sa chaise en se frottant le ventre :

– Le poisson t'a plu, Tom Ward ?

– Oui, merci. Il était excellent.

– Une jambe de sorcière d'eau aurait été encore meilleure. Tu y goûteras probablement avant la fin de ton séjour.

Je le fixai, abasourdi. Il mangeait les sorcières ?

Il éclata alors de rire :

– Je plaisante, petit ! Même rôti à point, je ne toucherais pas un morceau de sorcière du bout d'une perche ! Mes chiens ne sont pas aussi chipoteurs, tu t'en apercevras un jour ou l'autre.

Je me demandais où il enfermait ses chiens. Je ne les avais ni vus ni entendus.

– Sache que le principal problème, ici, continua Arkwright, ce sont les sorcières aquatiques. Contrairement aux autres, elles peuvent traverser l'eau, surtout les eaux stagnantes. Elles tiennent des heures sans respirer, cachées sous la surface ; elles s'enfouissent dans la boue ou dans la vase, attendant qu'un imprudent passe à proximité. Aimerais-tu en voir une, Tom Ward ?

Je hochai la tête sans enthousiasme. Pendant l'été, mon maître et moi avions combattu les trois principaux clans de sorcières de Pendle. La tâche avait été rude, et nous avions eu de la chance de nous en tirer vivants. J'avais eu mon compte de cette engeance pour un bon moment. Cela dut se lire sur mon visage, car Arkwright eut un petit sourire :

– N'aie pas peur, elle ne mord pas ! Elle est hors d'état de nuire, comme tu pourras le constater. Je vais te faire visiter le moulin et te la montrer, mais, d'abord, nous allons préparer ta literie. Suis-moi !

Je le suivis en haut de l'escalier et jusque dans la petite chambre avec le matelas nu.

– Aide-moi à le descendre ! ordonna-t-il.

Nous transportâmes le matelas dans la cuisine. Après quoi, il repartit et revint avec des draps et des couvertures :

– C'est un peu humide, mais ça séchera vite, près du fourneau. Ensuite, on remontera tout ça dans ta chambre. Maintenant, j'ai deux ou trois choses à faire en haut. Je te rejoindrai dans une demi-heure. Profites-en pour noter ce que tu viens d'apprendre sur les sorcières d'eau et les skelts. Tu as apporté ton cahier, j'espère ?

Je fis signe que oui, et il conclut :

– Alors, au travail !

Je sortis donc de mon sac mon cahier, ma plume et ma bouteille d'encre, et me mis à l'ouvrage tandis qu'il remontait.

J'écrivis tout ce que j'avais retenu de cette première leçon, me demandant ce qui se passait à l'étage. Je crus un instant entendre des voix. Mais, quand mon nouveau maître redescendit, moins d'une demi-heure plus tard, son haleine sentait le vin.

Alors, saisissant son bâton et s'emparant d'une lanterne, il me fit signe de le suivre.

Nous traversâmes la pièce par laquelle j'étais entré. À part le chandelier, que j'avais emporté dans la cuisine, rien n'avait bougé depuis mon arrivée. Je revis la table, les deux chaises, les caisses de vin et les bouteilles vides, et les trois fenêtres condamnées. Puis la lumière de la lanterne me révéla une chose que je n'avais pas remarquée précédemment.

À droite de la porte d'entrée, il y avait une trappe. Arkwright me confia son bâton, il se pencha et, de sa main libre, empoigna l'anneau de fer et tira.

Des marches en bois s'enfonçaient dans l'obscurité, et on entendait le bruit de l'eau courant sur les cailloux.

– Habituellement, me dit Arkwright, l'endroit est sans danger. Mais je suis resté absent six jours, et la situation a pu évoluer. Par précaution, je te conseille de rester près de moi.

Sur ces mots, il entama la descente. Je le suivis, chargé de son bâton, nettement plus lourd que ceux que j'avais utilisés jusqu'ici. Une forte odeur de bois pourri assaillit mes narines, et je posai les pieds, non sur le sol carrelé d'une cave, mais sur la rive boueuse de la rivière souterraine. À notre gauche s'élevait l'énorme carcasse de la roue immobile.

– J'ai cru l'entendre tourner, cette nuit, chuchotai-je.

J'étais persuadé qu'elle n'avait pas réellement bougé, que c'était un phénomène de hantise, le souvenir d'un événement passé. Mais j'étais curieux d'en savoir plus.

Arkwright me lança un regard furieux.

– A-t-elle l'air en état de tourner ? gronda-t-il.

Impressionné, je reculai d'un pas. Il maugréa des paroles inaudibles et s'enfonça dans les soubassements du moulin.

Nous arrivâmes bientôt devant une fosse carrée. Arkwright s'arrêta, le bout de ses bottes dépassant du bord, et, d'un geste, m'ordonna de me pencher. Je me plaçai à ses côtés, prenant bien soin de laisser mes pieds sur le sol. C'était une fosse fermée par treize barres de fer, il n'y avait donc aucun danger de tomber dedans. Mais certaines sorcières particulièrement véloces étaient capables de passer la main entre les barres pour vous agripper la cheville. Pas question que je coure ce risque !

— Les sorcières d'eau aiment s'enterrer, m'expliqua Arkwright. Pour les en empêcher, je les emprisonne dans une cage en forme de cube, encastrée dans le sol.

Je connaissais ce type de cage. M. Gregory s'en servait pour les lamias, capables elles aussi de se creuser des terriers.

Arkwright tint sa lanterne au-dessus de la fosse :
— Regarde !

La lumière se refléta dans l'eau. Dans un coin de la fosse, il y avait une sorte de tablette. Une forme boueuse se tenait dessus, que je distinguais mal.

— Je ne vois pas bien, dis-je.

Avec un soupir d'impatience, Arkwright m'ôta le bâton des mains :

— Il faut avoir l'œil exercé. Si tu marches accidentellement sur une telle créature, elle referme ses dents sur toi et t'entraîne en quelques secondes au fond de ce qui deviendra ta tombe. Attends !...

Il introduisit lentement son bâton, la lame en premier, entre deux barres de fer, puis donna un coup bref. Il y eut un cri de douleur, et quelque chose sauta dans l'eau avec un bruit d'éclaboussure. J'eus le temps d'apercevoir de longs cheveux emmêlés et des yeux brûlants de haine.

— Elle va se terrer au fond de sa cage pendant une heure ou deux, maintenant. Mais ça l'a réveillée, hein ? fit-il avec un sourire narquois.

Je n'aimais pas la façon dont il avait blessé la créature juste pour me la montrer. C'était cruel et inutile. Mon maître n'aurait jamais agi ainsi.

— Habituellement, elle est plus rapide. Sachant que je serais absent plusieurs jours, je lui avais donné une bonne dose de sel pour qu'elle se tienne tranquille. Pas trop non plus, ça l'aurait tuée. Il faut bien mesurer. Le sel est efficace contre les skelts et toutes les créatures aquatiques. C'est pourquoi une douve entoure mon jardin. Elle est peu profonde, mais l'eau contient une forte concentration de sel. Cette sorcière mourrait en quelques secondes si elle s'échappait et tentait de la traverser. Et cela tient les êtres du marécage à l'écart. Vois-tu, jeune Tom, je n'ai pas le cœur aussi tendre que M. Gregory. Il enferme les sorcières dans des fosses parce qu'il ne peut se résoudre à les achever ; moi, je le fais pour les punir. Je leur inflige un an dans un puits pour chaque vie qu'elles ont prise. Deux ans si c'est celle d'un enfant. Puis je les repêche et je les tue. Maintenant, voyons si on peut jeter un coup d'œil sur ce skelt dont je t'ai parlé, celui que j'ai capturé près du canal...

Il me conduisit près d'une autre fosse presque deux fois plus large que la première, et qui me parut très profonde. Elle était également fermée par des barres de fer, mais plus nombreuses et plus serrées. Au-dessous, je ne distinguai qu'une surface d'eau fangeuse. Arkwright secoua la tête :

– Il s'est réfugié au fond. La dose de sel que je lui ai administrée l'a assommé. Mieux vaut ne pas réveiller un skelt endormi. Tu auras d'autres occasions de le voir, au cours de ton séjour. Bien, allons faire un tour au jardin !

En passant, je demandai, désignant de la tête la fosse de la sorcière :

– A-t-elle un nom ?

Arkwright s'arrêta et me dévisagea. À son expression, je compris que j'avais proféré une stupidité. D'une voix cinglante, il répondit :

– Ce n'est qu'une sorcière d'eau des plus ordinaires. Si elle se désigne de quelque manière, je l'ignore et ne veux pas le savoir. Ne pose pas de questions idiotes !

La moutarde me monta au nez.

– Il est parfois très utile de connaître leur nom, répliquai-je sèchement. M. Gregory tient une liste de toutes les sorcières dont il a entendu parler ou qu'il a affrontées en personne.

Arkwright approcha son visage si près du mien que je respirai son haleine aigre :

— Tu n'es plus à Chipenden, petit ! Pour l'heure, tu travailles sous ma direction. Et si tu me parles encore une fois sur ce ton, je te flanque la raclée de ta vie. Me suis-je bien fait comprendre ?

Je me mordis les lèvres pour contenir une réponse cinglante et fixai le bout de mes bottes. Qu'est-ce qui me prenait ? La vérité, c'est que je pensais qu'il avait tort. Et je n'aimais pas non plus le ton qu'il avait employé. Mais j'aurais dû maîtriser ma colère. Mon maître m'avait prévenu que j'aurais à m'adapter.

— Suis-moi, Tom Ward, reprit Arkwright d'une voix radoucie. Je vais te montrer mon domaine.

Au lieu de reprendre l'escalier, il se dirigea vers la roue du moulin. Je crus qu'il allait la dépasser, puis je remarquai une porte étroite, qu'il déverrouilla. Nous émergeâmes directement dans le jardin. Des lambeaux de brume traînaient encore ici et là. Nous fîmes un tour complet en longeant la douve. Arkwright pointa le doigt vers le sud-est :

— Là-bas s'étendent les marais du Monastère. Plus loin, on aperçoit le mont aux Moines. Ne t'aventure jamais seul dans ces marécages, ou du moins sans avoir soigneusement étudié la carte auparavant. Vers l'ouest, une haute digue de terre protège la baie de la marée.

Je m'efforçai de retenir ces informations.

– Maintenant, dit-il, je vais te présenter...

Portant deux doigts dans sa bouche, il émit un sifflement strident, puis un second. Presque aussitôt, une galopade résonna du côté du marais. Deux énormes chiens-loups surgirent et franchirent la douve d'un bond. J'avais côtoyé des chiens, à la ferme. Mais ceux-là avaient quelque chose de sauvage. Ils semblaient plus loups que chiens et, si j'avais été seul, je suis sûr qu'ils se seraient jetés sur moi. L'un avait un pelage gris rayé de noir ; son compagnon était noir comme du charbon, à part une tache claire au bout de la queue. Ils fonçaient, la gueule ouverte, les crocs luisants.

– Assis ! ordonna Arkwright.

Ils obéirent aussitôt et fixèrent leur maître, la langue pendante. Celui-ci me désigna la bête noire :

– Voici Griffe, la femelle. Ne lui tourne jamais le dos, elle est dangereuse. L'autre, c'est Croc. Il a meilleur caractère. Ce sont des travailleurs, pas des animaux domestiques. Ils acceptent mon autorité parce que je leur fournis leur pitance, et ils savent qu'ils ne doivent pas me contrarier. Mais ils n'ont d'affection que l'un pour l'autre. Ils sont inséparables.

– J'ai été élevé dans une ferme, confiai-je. Nous aussi, nous employions des chiens.

– En ce cas, tu comprends ce que je veux dire. On ne fait pas de sentiment avec eux. On les traite bien, on les nourrit bien. En retour, ils nous servent. Toutefois, les chiens de ferme n'ont pas grand-chose en commun avec ces deux-là. La nuit, je les attache à la chaîne près de la maison, et ils aboient si quelqu'un approche. Pendant la journée, ils chassent les lapins aux abords du marais, et restent à l'affût de tout ce qui pourrait représenter une menace. Mais quand je pars m'occuper d'une affaire, ils m'accompagnent. Dès qu'ils ont flairé une piste, ils ne la lâchent plus. En cas de nécessité, ils tuent à mon commandement. Ils travaillent dur, et je sais les récompenser. Si j'abats une sorcière, je lui arrache le cœur et le leur jette en pâture. Comme ton maître te l'a sûrement enseigné, cela l'empêche de sortir de sa tombe ou de revenir dans notre monde en s'emparant d'un autre corps. Ainsi, je n'ai pas besoin d'enterrer les mortes. Ça me fait gagner du temps et de l'espace.

Tandis que nous remontions vers la maison, les chiens sur nos talons, je remarquai un détail insolite : deux colonnes de fumée montaient du toit du moulin. L'une provenait certainement du fourneau de la cuisine. Mais l'autre ? Je me demandai si un feu était allumé dans la pièce du haut, celle qui était fermée à clé et où Arkwright m'avait déconseillé d'entrer. Gardait-il dans cette chambre une personne dont il voulait dissimuler la présence ? Puis je me souvenais des morts qu'il laissait errer librement. Cet homme irritable n'appréciait sûrement pas les indiscrets, cependant j'étais trop intrigué.

– Monsieur Arkwright, risquai-je sur un ton poli, puis-je vous poser une question ?

– Tu es là pour ça, petit.

– C'est à propos de la lettre que vous m'aviez laissée. Pourquoi permettez-vous à des âmes sans repos de hanter la maison ?

Une contraction de colère lui tordit le visage :

– Ces morts sont mes parents, Tom Ward. Et je ne souhaite pas en discuter avec toi, ni avec quiconque. Alors, réfrène ta curiosité. Quand tu retourneras chez M. Gregory, interroge-le. Il te racontera ce qu'il sait. Moi, je ne veux plus entendre un mot à ce sujet, compris ?

J'acquiesçai, et nous regagnâmes la maison en silence. Si j'étais ici pour poser des questions, obtenir des réponses semblait être une autre paire de manches.

7

La nage de la grenouille

À la tombée du jour, nous prîmes un souper léger. Puis Arkwright m'aida à remonter la literie dans ma chambre. Les draps avaient séché, mais le matelas était encore humide. Je me gardai toutefois d'en faire la remarque.

Je m'installai donc dans la petite pièce nue. J'étais fatigué et j'avais grand besoin d'une bonne nuit de sommeil. Malheureusement, au bout d'une heure, je fus réveillé par les mêmes bruits inquiétants que la nuit précédente : le sourd grondement de la roue du moulin, et ce terrible cri, qui me donna la chair de poule. Cette fois, quand le cri se fut éteint, j'entendis des pas, dans l'escalier. Deux personnes montaient.

Arkwright étant couché, je compris que c'était les fantômes qui hantaient le moulin. Les pas résonnèrent sur le palier, passèrent devant ma porte. Celle de la chambre voisine s'ouvrit, puis les ressorts du sommier grincèrent, comme si quelqu'un cherchait une position confortable. Le silence revint. Pendant un long moment, rien ne se passa. Je commençais à m'assoupir quand des voix s'élevèrent de l'autre côté de la cloison :

« *Oh, si seulement je pouvais dormir dans un lit sec, juste une fois !* »

« *Pardon, Abe ! Pardon ! Cela me navre de t'imposer cette épreuve. C'est l'eau du moulin, l'eau dans laquelle je me suis noyée. J'ai beau essayer, je n'arrive pas à me débarrasser de l'eau. Mes os brisés me font souffrir, mais le pire, c'est cette eau. Tu ferais mieux de me quitter. Rester avec moi ne peut rien t'apporter de bon.* »

« *Te quitter ? Comment aurais-je le cœur de te quitter, mon amour ? Qu'est-ce qu'un peu d'inconfort tant que nous sommes ensemble ?* »

À ces mots, la femme se mit à pleurer, emplissant la maison de son désespoir. Quelques instants plus tard, de lourdes bottes claquèrent sur les marches : quelqu'un descendait du deuxième étage, et ce n'était pas un fantôme. J'avais cru Arkwright couché, mais il avait dû se rendre dans la pièce du haut.

Il traversa le palier et ouvrit la porte de la chambre voisine.

– S'il vous plaît, pria-t-il, montez ! Venez dans ma chambre ! Il y fait chaud, vous y serez bien. On bavardera. Vous me raconterez des histoires, comme au temps où on était heureux tous les trois.

Il y eut un silence, puis je l'entendis remonter. Je ne perçus pas les pas des fantômes. Pourtant, au bout d'un moment, le murmure de sa voix me parvint, comme s'il engageait une conversation. Je ne saisissais pas ce qu'il disait, mais il rit soudain, avec une gaieté feinte.

Je finis par me rendormir et, quand je me réveillai, un petit jour grisâtre emplissait la pièce.

Je me levai avant mon nouveau maître et réussis à préparer le poisson à sa convenance. Nous mangeâmes en silence. Je ne me sentais pas à l'aise avec lui, et je regrettais ma vie d'avant, en compagnie d'Alice et de l'Épouvanteur. John Gregory pouvait se montrer rude, mais je l'aimais. S'il m'arrivait d'être insolent, il me remettait vertement à ma place, mais jamais il n'aurait menacé de me battre !

Je n'étais pas pressé de reprendre les leçons, et je l'aurais été encore moins si j'avais su ce qui m'attendait.

– Sais-tu nager, Tom Ward ? me demanda Arkwright en se levant de table.

Je fis signe que non. Je n'avais pas eu l'occasion d'apprendre. Près de chez nous, il n'y avait que des ruisseaux et quelques mares, et un pont solide enjambait la rivière la plus proche. Quant à John Gregory, il n'avait jamais abordé le sujet. À mon avis, lui-même ne savait pas nager.

– Eh bien, nous allons remédier à cela. Suis-moi ! Et n'emporte pas ton bâton, le mien nous suffira. Laisse aussi ton manteau et ta veste, tu n'en auras pas besoin.

Nous traversâmes le jardin et marchâmes jusqu'au canal. Arrivé sur la berge, Arkwright désigna l'eau :

– Elle a l'air froide, hein ?

J'acquiesçai. Rien que de la regarder, j'en avais des frissons.

– On n'est qu'en octobre et, avec l'hiver qui approche, elle n'ira pas en se réchauffant. Pourtant, on n'a parfois pas d'autre choix que de plonger ! Cela peut te sauver la vie, dans cette région du Comté. Tu n'auras aucune chance contre une sorcière des eaux, si tu ne sais pas nager. Alors, saute, Tom Ward ! Seuls les débuts sont difficiles ; plus tôt tu t'y mettras, mieux ce sera.

Je fixai l'eau boueuse, incrédule. Il voulait vraiment que je saute là-dedans ? Je me tournai vers lui, m'apprêtant à protester. Avec un soupir, il retourna son bâton pour le saisir du côté de la redoutable lame et, d'un coup, me flanqua l'autre extrémité en pleine poitrine. Je perdis l'équilibre et basculai dans le canal avec un énorme *plouf*. Saisi par le froid, je poussai un glapissement, et l'eau m'envahit la bouche et le nez.

L'espace d'un instant, je perdis la notion du haut et du bas. Je compris seulement que je n'avais pas pied. Je battis des bras et des jambes, et ma tête émergea à la surface. Enfin, je revoyais le ciel ! J'entendis Arkwright me crier je ne savais quoi, mais, avant d'avoir repris mon souffle, je coulai de nouveau. Paniqué, je me démenai, essayant de me raccrocher à n'importe quoi qui m'aiderait à me tirer de là.

Pourquoi Arkwright ne venait-il pas à mon secours ? Ne voyait-il pas que je me noyais ? Un objet dur toucha alors ma poitrine. Je l'empoignai et le serrai de toutes mes forces. Je me sentis tiré vers le haut. Des doigts me saisirent par les cheveux et me ramenèrent à la surface.

Je me retrouvai accroché à la berge, le visage hilare d'Arkwright penché sur moi. Je voulus l'injurier, lui crier ma façon de penser. Il avait manqué me noyer, cet imbécile ! Mais je n'arrivais pas à reprendre mon souffle, et ce n'était pas des mots qui sortaient de ma bouche, mais un crachouillis d'eau.

— Écoute-moi, Tom Ward, me lança-t-il. Quand on désire plonger dans les profondeurs, le mieux est de se remplir les poches de pierres. Sinon, on ne descend pas, car il est plus facile de flotter que de couler. Notre corps flotte naturellement. Il suffit de garder la tête hors de l'eau et d'effectuer certains mouvements. As-tu déjà observé une grenouille qui nage ?

Je ne répondis pas, trop occupé à me remplir les poumons d'air. Que c'était bon de respirer !

— Je vais te tirer avec mon bâton, continua Arkwright. Et tu bougeras les jambes à la façon d'une grenouille. On travaillera les mouvements des bras demain.

Je voulus me hisser sur la rive, mais il ne m'en laissa pas le temps. Il commença à marcher le long du canal, tirant le bâton, et je fus forcé de suivre.

— Tu plies les jambes, tu les tends et tu les serres, expliqua-t-il.

Je grelottais ; je devais bouger pour combattre le froid. Je fis donc ce qu'il me demandait.

Au bout d'une centaine de pas, il repartit en sens inverse :

— Plie, tends, serre ! Allez, Tom Ward ! Plus fort ! Imagine qu'une sorcière te poursuit !

Un quart d'heure plus tard, il me tira enfin de l'eau. J'étais trempé, glacé. Mes bottes étaient pleines de vase. Arkwright grimaça :

— Évidemment, c'est plus facile sans lourdes bottes aux pieds ! Mais on n'a pas toujours le temps de les enlever. Rentrons au moulin, tu pourras te sécher.

Je passai le reste de la matinée enveloppé dans une couverture, près du fourneau, tâchant de me réchauffer. Arkwright monta à l'étage et me laissa seul. Je trouvais fort déplaisante sa méthode d'apprentissage de la natation, et j'appréhendais déjà la leçon du lendemain.

En fin d'après-midi, il m'ordonna de prendre mon bâton et me conduisit dans le jardin. Il s'arrêta dans un espace découvert et me fit face.

Je le regardai sans comprendre. Il avait levé son bâton comme prêt à me frapper. Toutefois, il le tenait de sorte que la dangereuse lame soit à l'autre extrémité.

— Retourne ton bâton, m'ordonna-t-il. La lame n'est pas sortie, mais inutile de risquer un accident, n'est-ce pas ? Maintenant, attaque ! Voyons un peu ce que tu as dans le ventre.

Timidement, je lui portai quelques coups, qu'il para avec aisance.

— C'est tout ce que tu sais faire ? Je dois te tester pour t'aider à t'améliorer. Vas-y ! Plus fort ! N'aie pas peur, tu ne me blesseras pas ! M. Gregory prétend que tu te bats bien. Prouve-le !

Je me déchaînai donc, abattant mon bâton de toutes mes forces jusqu'à perdre haleine. Puis je tentai une feinte que mon maître m'a enseignée : à la dernière seconde, on fait passer le bâton de la main gauche dans la droite. Cela m'a sauvé la vie quand j'ai affronté Grimalkin, la sorcière aux ciseaux. J'étais presque sûr de percer la défense d'Arkwright. Or, il contra mon attaque avec une facilité déconcertante.

Il parut toutefois satisfait de ma performance et commença à me montrer comment mieux placer mes pieds. La leçon dura jusqu'au crépuscule.

– Ceci n'est qu'un début, Tom Ward, conclut alors mon nouveau maître. Tâche de bien dormir cette nuit, car, demain, nous entamerons ton entraînement avec les chiens. Après quoi, tu prendras ta deuxième leçon de natation, suivie d'un nouveau combat au bâton. Et, cette fois, j'essayerai de te frapper. J'espère que tu sauras te défendre, car chaque attaque non parée te vaudra un bleu !

Nous rentrâmes nous préparer un souper bien mérité. La journée avait été éprouvante, c'était le moins qu'on puisse dire. Cependant, je devais l'admettre, Arkwright était un bon professeur. Ses méthodes étaient rudes, mais efficaces. J'avais déjà beaucoup appris.

8

La femme du pêcheur

Le lendemain, cependant, je ne repris pas l'entraînement. Alors que nous finissions notre petit déjeuner, une cloche sonna au loin. Trois coups.

– Il semble qu'on ait un problème, commenta Arkwright. Prends ton bâton, Tom Ward, et allons voir de quoi il s'agit.

Je le suivis jusqu'au canal. Un grand vieillard maigre nous attendait près de la potence, serrant contre sa poitrine une feuille de papier.

– Ainsi, vous avez pris une décision..., commenta Arkwright en s'approchant.

L'homme hocha sa tête grise. Il paraissait si frêle qu'un coup de vent aurait pu l'emporter. Il tendit le papier pour qu'Arkwright puisse le lire. Il y avait deux colonnes avec des noms, dix-neuf d'un côté et trois de l'autre. D'une voix plaintive, il expliqua :

– Nous avons voté hier, à une large majorité. Nous ne voulons pas d'elle près de chez nous. Ce n'est pas bon, pas bon du tout...

– Je vous l'ai déjà dit, reprit Arkwright sur un ton irrité. Rien ne prouve qu'elle en soit *une*. Ont-ils des enfants ?

– Non, pas d'enfants. Mais, si c'en est *une*, vos chiens le sentiront, non ?

– Peut-être. Mais ce n'est pas toujours aussi simple que ça. Quoi qu'il en soit, j'irai voir, et je tirerai les choses au clair, d'une façon ou d'une autre.

Le vieux remercia d'un signe de tête et s'éloigna.

Après son départ, Arkwright soupira :

– Voilà bien le genre de boulot que je déteste. Un groupe d'honnêtes villageois soupçonnent un pêcheur du coin de vivre avec une selkie.

Il avait prononcé le mot « honnêtes » sur un ton sarcastique. Il continua :

– Voilà près d'un an qu'ils tergiversent. À présent qu'ils se sont décidés, ils veulent que je m'en occupe.

– Une selkie ? Qu'est-ce que c'est ?

– Une créature souvent appelée femme-phoque, capable de changer d'apparence. Elle vit habituellement dans la mer, mais s'entiche parfois d'un homme, un pêcheur qu'elle observe en train de diriger son bateau ou de réparer ses filets. Plus elle s'attache à lui, plus elle prend forme humaine. En une journée, elle devient une très jolie femme. Le pêcheur en tombe fou amoureux au premier regard et il l'épouse. Bien qu'ils ne puissent avoir d'enfants, c'est toujours un mariage heureux. Je ne vois pas où est le mal, mais, si une plainte est déposée, je dois intervenir, pour que les gens se sentent en sécurité. Ça fait partie de mon travail. Et je suis obligé d'utiliser les chiens. Les selkies vivent parfois pendant des années parmi les humains sans que ceux-ci aient la plus petite ombre de soupçon. Ce sont presque toujours les femmes qui poussent leurs maris à porter plainte. Par jalousie. Car, en plus de leur exceptionnelle beauté, les selkies ne vieillissent qu'à peine.

– Un pêcheur dont la femme est une selkie, est-ce qu'il le sait ?

– Il finit par s'en douter, mais aucun ne s'en plaint jamais...

Sur ces mots, Arkwright lança un long sifflement. Presque aussitôt, des aboiements retentirent au loin. En quelques bonds, les chiens furent là, langues pendantes.

Il s'engagea le long du canal en direction du nord, Griffe et Croc sur ses talons. Je marchais quelques pas derrière. Nous dépassâmes rapidement le vieil homme qui retournait vers son village. Arkwright ne lui adressa pas même un signe de tête.

Le travail qui nous attendait ne me disait rien qui vaille, et Arkwright, malgré sa rudesse, s'y préparait visiblement à contrecœur. Les selkies me rappelaient les lamias, qui pouvaient elles aussi prendre forme humaine. Je pensais à Meg, que mon maître avait aimée ; à ma mère, qui était certainement une lamia, comme ses sœurs. J'imaginais trop bien ce que l'Épouvanteur et mon père auraient ressenti si on avait lancé des chiens contre elles ! Exactement ce que le pêcheur allait éprouver quand nous pourchasserions son épouse ! Cette idée me rendait malade. Pourquoi s'en prendre à des êtres qui ne faisaient de mal à personne ?

Nous quittâmes la berge du canal pour nous diriger vers la côte et, bientôt, une longue ligne de sable ocre apparut. L'air était glacial, la mer, au loin, scintillait sous un soleil pâle qui ne procurait aucune chaleur. Ma curiosité était en éveil ; aussi, contournant prudemment les chiens, je vins marcher aux côtés d'Arkwright.

– Les selkies ont-elles des pouvoirs particuliers ? demandai-je. Pratiquent-elles la magie noire ?

Sans m'adresser un regard, il répondit d'un ton morose :

– Leur seul pouvoir est de se changer en femmes. Mais elles reprennent leur forme première en un instant si elles sont menacées.

– Appartiennent-elles à l'obscur ?

– Pas par nature. En ce sens, elles sont semblables aux humains, qui peuvent choisir leur voie.

Nous traversâmes un hameau de six ou sept maisons. Une odeur de poisson flottait dans l'air, des filets séchaient sur des perches et quelques bateaux étaient amarrés près du rivage. Mais la rue était déserte. Rien ne bougea aux fenêtres, pas une main ne souleva les rideaux de dentelle. Les gens avaient dû voir approcher l'épouvanteur et se terraient chez eux.

À la sortie du hameau, j'aperçus un cottage isolé. Assis sur une butte, un pêcheur réparait un filet. Une femme sortit de la maison, portant un panier de linge fraîchement lavé, qu'elle se mit à accrocher sur un fil avec des pinces de bois.

– Voyons ça de plus près, grommela Arkwright.

Il siffla, et les chiens bondirent.

– Sois sans crainte, Tom Ward, me dit-il. Ils sont bien entraînés. Si elle est humaine, ils ne feront que lui lécher les mains.

Il s'élança lui aussi vers la maison. À cet instant, le pêcheur leva les yeux et se redressa. Il avait les cheveux blancs et paraissait âgé. Je compris alors que mon maître ne courait pas vers la femme, mais vers lui. En voyant arriver les chiens, la femme laissa tomber son linge, remonta ses jupes et galopa vers la mer.

Sans réfléchir, je suivis les bêtes à la poursuite de leur proie. Était-elle une selkie ? Sinon, pourquoi fuyait-elle ? Peut-être avait-elle reçu des menaces de ses voisins et s'attendait-elle à avoir des ennuis. Peut-être avait-elle simplement peur des chiens. D'ailleurs, Griffe et Croc avaient de quoi terrifier n'importe qui ! Mais sa façon de foncer droit vers le rivage me troublait.

Elle paraissait jeune, bien plus jeune que son mari, assez jeune pour être sa fille. Elle courait vite, ses longs cheveux volant derrière elle, ses pieds martelant le sol. Elle n'avait cependant aucune chance de semer les chiens. La mer était encore loin.

Je remarquai alors un chenal, juste devant nous, une sorte de rivière coulant à travers le sable, que la marée montante emplissait rapidement. Griffe avait presque rattrapé la fuyarde. Ses mâchoires claquèrent. La femme força l'allure, distançant la bête.

Elle commença alors à arracher ses vêtements, et, soudain, elle plongea. J'avais atteint le bord du chenal, et je fixai l'eau agitée. Je ne vis aucun signe d'elle. Avait-elle coulé ? Avait-elle préféré se noyer plutôt que d'être déchiquetée par les chiens ?

Les bêtes hurlaient, allant et venant le long du chenal. Puis un visage et des épaules émergèrent de l'eau. La femme me lança un bref regard, et je sus...

Elle n'avait déjà plus visage humain. Son crâne s'était allongé, sa peau était devenue lisse. C'était bien une selkie. À présent, elle était saine et sauve, dans son territoire marin. Mais l'attitude des chiens me surprenait. Pourquoi n'avaient-ils pas plongé pour la rattraper ?

La selkie remonta le courant, nageant puissamment vers le large. Je la suivis des yeux un moment jusqu'à ce qu'elle disparaisse. Je revins à pas lents vers le cottage, et les chiens me suivirent, la tête basse. Je voyais de loin Arkwright qui retenait fermement le pêcheur, l'empêchant de courir au secours de celle qui avait été sa femme.

Enfin, il le lâcha. Vu de près, le pauvre homme me parut encore plus vieux.

– Quel mal faisions-nous ? gémissait-il, les larmes roulant sur son visage ridé. Ma vie est finie, maintenant. Elle était tout pour moi. Nous étions ensemble depuis vingt ans, pourquoi êtes-vous venu briser ça ? Parce que des voisins jaloux se sont plaints ? Quel genre d'homme êtes-vous donc ? Elle était bonne et gentille, et n'aurait jamais blessé quiconque.

Arkwright hocha la tête sans répondre. Puis, se détournant, il repartit vers le village et je lui emboîtai le pas. De sombres nuages de pluie montaient à l'horizon. Les portes s'entrouvrirent à notre approche, les rideaux se soulevèrent. Toutefois, une seule personne s'avança à notre rencontre, le vieil homme maigre qui avait tiré la cloche. Il tendit une poignée de pièces, à croire que les villageois avaient fait une collecte pour payer l'épouvanteur. Ils étaient bien pressés de régler leur facture ! John Gregory recevait rarement son dû dès le travail terminé. Cela prenait souvent des mois ; il fallait même parfois attendre la récolte de l'année suivante.

Un instant, je crus qu'Arkwright allait refuser cet argent. Et, lorsqu'il l'eut en main, il sembla prêt à le jeter au visage de l'homme. Néanmoins, il l'empocha et remonta la rue sans un mot.

Comme nous repartions vers le canal, je demandai :

— Ne va-t-elle pas revenir, après notre départ ?

— Elles ne reviennent jamais, Tom Ward, me répondit-il d'un air sombre. On ignore pourquoi, mais désormais, elle va passer au fond de la mer le reste de sa longue vie. À moins qu'elle ne s'amourache d'un autre humain, si elle se sent trop seule...

— Pourquoi les chiens ne l'ont-ils pas poursuivie dans l'eau ?

Il haussa les épaules :

– S'ils l'avaient rattrapée avant, elle serait morte, à présent. Mais, dans son élément, elle est trop puissante, capable de se défendre, et je ne veux pas risquer inutilement la vie des chiens. Avec une sorcière d'eau, c'est différent. Mais une femme-phoque ne représente une menace pour personne. Enfin, les villageois dormiront tranquilles, ce soir. Nous avons fait notre travail.

Cette conclusion me parut bien amère, et j'étais malheureux d'avoir pris part à ce qui me semblait un acte inutile et cruel. Ce couple avait vécu ensemble pendant vingt ans, et le malheureux pêcheur devrait affronter une vieillesse solitaire. Je me jurai à moi-même que, lorsque je serais à mon tour épouvanteur, il y aurait des tâches que je n'accepterais pas...

9

Des bleus et des bosses

Nous fûmes de retour au moulin en début d'après-midi, alors qu'il commençait à pleuvoir. J'espérai que nous déjeunerions, mais Arkwright me dit de prendre mon cahier et de m'asseoir à la table de la cuisine.

Il sortit alors de la pièce, et je l'attendis un moment. Il finit par revenir, tenant une lanterne allumée et une bouteille de vin, déjà à moitié vide. Venait-il d'engloutir tout ça ? La mine renfrognée, l'œil aussi noir qu'un ciel d'orage, il ne paraissait pas d'humeur à jouer son rôle de professeur.

– Note tout ce que je t'ai appris ce matin, déclara-t-il en déposant la lanterne au centre de la table.

J'en fus étonné. La cuisine était un peu sombre, mais on y voyait assez pour écrire. Il s'assit, avala une goulée de vin et fixa les torrents d'eau qui se déversaient derrière les carreaux.

Tout le temps que j'écrivais, éclairé par un large cercle de lumière jaune, Arkwright resta immobile, le regard vide, portant de temps en temps sa bouteille à ses lèvres. Quand j'eus fini de noter tout ce dont je me souvenais, il l'avait vidée.

– Tu as terminé, Tom Ward ? demanda-t-il en me voyant poser ma plume.

J'acquiesçai avec un petit sourire. Sans se dérider, il aspira les dernières gouttes de vin et se leva :

– Prends ton bâton et suis-moi. C'est un bon moment pour les bleus et les bosses.

Je déglutis difficilement. Je n'aimais pas du tout la petite flamme perverse qui s'était allumée dans ses yeux. Il empoigna la lanterne et, son bâton à la main, traversa la cuisine d'une démarche belliqueuse. Saisissant mon propre bâton, je m'élançai à sa suite.

Il me conduisit par le couloir jusqu'à une porte. Les lourdes barres de fer qui la fermaient avaient été retirées et reposaient à terre.

– Déjà entré ici, Tom Ward ?

– Non, dis-je.

Il poussa le battant, fit quelques pas dans la pénombre avant de suspendre la lanterne à un crochet, au milieu du plafond. Le premier détail qui me frappa fut qu'il n'y avait pas de fenêtre. C'était une pièce basse, carrée, d'environ dix pieds de côté, au sol dallé.

– Qu'entendez-vous par « les bleus et les bosses » ? le questionnai-je.

– C'est ainsi que je désigne l'entraînement au bâton. Je sais qu'avec John Gregory, tu as pratiqué le lancer de chaîne, et que tu as appris à planter ton bâton dans une souche. Hier, nous avons franchi l'étape suivante, quand tu as tenté de me frapper, sans succès. Nous allons passer à un exercice un peu plus douloureux. Cette fois, je vais réellement t'attaquer. Ça te vaudra quelques contusions, mais tu y gagneras de nouveaux réflexes. En place, Tom Ward ! Voyons de quoi tu es capable !

Sur ces mots, il abattit son bâton, visant ma tête. Je n'eus que le temps de sauter en arrière ; la dure extrémité de bois me frôla le nez. Il recommença, me forçant à reculer.

L'Épouvanteur m'avait souvent obligé à utiliser toutes les capacités physiques nécessaires pour combattre l'obscur. Sous sa direction, j'avais parfois travaillé jusqu'à l'épuisement. Ce dur entraînement s'était révélé payant ; cela m'avait sauvé la vie à plusieurs reprises. Mais je n'avais jamais combattu ainsi, bâton contre bâton. De plus, Arkwright avait bu, ce qui lui échauffait les sangs.

Je réussis à parer un coup brutal, et le choc se répercuta dans mes bras et mes épaules. Je fis prudemment retraite, me demandant s'il avait vraiment l'intention de me blesser ou s'il me poussait seulement dans mes retranchements.

J'eus vite la réponse. Il feinta vers la droite, et balança son bâton en arc de cercle pour me frapper à l'épaule gauche. L'impact fut si violent que je laissai échapper mon bâton.

– Ramasse-le ! aboya-t-il. On vient à peine de commencer...

J'obéis. Ma main gauche tremblait. L'épaule me brûlait et j'avais des fourmillements dans tout le bras.

– Te voilà déjà en fâcheuse posture, railla mon entraîneur. Tu aurais pu pallier une telle éventualité, si tu t'étais entraîné à te battre de la main droite.

Je levai mon bâton dans une attitude de défense, le tenant à deux mains, et contrai à grand-peine trois attaques furieuses. Si je n'y avais pas réussi, c'était mon crâne qui aurait résonné comme du bois. Arkwright haletait, le visage rouge, les yeux exorbités, les veines saillant sur les tempes. Il avait un regard de tueur. Il m'asséna une grêle de coups, au point que je ne pouvais plus les compter. Je ne sus que les parer, incapable de jamais atteindre mon adversaire. La colère me prit. Quelle espèce d'homme était-il ? Était-ce une façon, pour un épouvanteur, d'entraîner son apprenti ?

C'était un homme mûr, bien plus fort que moi, qui étais encore presque un enfant. Peut-être me restait-il un avantage : la vitesse...

En tout cas, je devais tenter ma chance. À peine avais-je envisagé cette possibilité que l'occasion se présenta. Il balança son bâton. Je me baissai. Il perdit légèrement l'équilibre – peut-être était-ce un effet du vin –, se déporta sur le côté, et je l'atteignis à l'épaule gauche, juste gratification pour la meurtrissure qu'il m'avait infligée.

Mais Arkwright, lui, ne lâcha pas son arme. Il riposta plus rudement que jamais. Il me toucha à l'épaule droite, puis au bras, et c'est mon bâton qui roula de nouveau sur les dalles. La prochaine fois, il me frapperait à la tête. Je fis un pas en arrière, mais un éclair explosa sous mon front, et je tombai à genoux.

– Relève-toi ! exigea-t-il. Je ne t'ai pas frappé si fort. Juste une petite semonce, pour te montrer ce qui serait arrivé dans un véritable combat. Tu n'aurais probablement pas revu la lumière du jour. La vie est rude, Tom Ward, et bien des ennemis voudraient te voir six pieds sous terre. C'est mon devoir de t'y préparer, de te donner une chance de leur résister. Quelques ecchymoses, ce n'est pas cher payé.

Je fus soulagé quand il déclara enfin la leçon terminée. La pluie avait cessé, et Arkwright alla faire sa ronde du côté du canal avec les chiens, m'ayant ordonné de réviser mes déclinaisons latines pendant son absence. J'avais le sentiment qu'il n'appréciait guère de s'occuper de moi, et qu'il aurait été heureux de me renvoyer chez mon maître.

Je me mis au travail docilement, mais j'avais bien du mal à me concentrer. Un bruit résonna soudain au-dessus de ma tête. Cela venait-il du premier ou du deuxième étage ?

Je me postai en bas des escaliers pour mieux écouter. Au bout d'un moment, cela recommença. Je n'arrivais pas à déterminer ce que c'était : ni des pas, ni des chocs, plutôt des sortes de grattements. Y avait-il quelqu'un en haut ? Était-ce l'un des fantômes que j'avais entendus la nuit d'avant ? Celui de l'un des parents d'Arkwright ?

Je savais qu'il était imprudent de monter, mon nouveau maître me l'aurait sûrement interdit. Mais j'étais furieux contre lui ; je n'avais pas digéré la « petite semonce » qu'il m'avait infligée. Et j'en avais soupé de ses secrets de famille.

Il était sorti ; quoi que je fasse, il n'en saurait rien. Je m'engageai donc prudemment dans l'escalier, m'efforçant de ne pas faire craquer les marches. Je m'arrêtai sur le premier palier, devant la chambre au grand lit, et tendis l'oreille. Je crus percevoir une sorte de froissement. Je poussai la porte et entrai. La pièce était vide. Je m'approchai et tâtai la literie. Les draps et le matelas étaient toujours aussi trempés.

Frissonnant, j'allai jeter un coup d'œil dans les trois autres pièces, sans rien découvrir de particulier. Je me tenais dans ma propre chambre quand le bruit se fit de nouveau entendre. Ça venait du dernier étage.

Ma curiosité en éveil, je montai jusqu'au palier supérieur. Une seule porte y donnait, fermée à clé. J'aurais dû faire demi-tour et redescendre. Arkwright m'avait ordonné de me tenir à l'écart de cette pièce. Mais j'étais irrité par la façon dont il m'avait traité, et par son refus de répondre à mes questions. Aussi, cédant à une impulsion, je tirai mon passe-partout de ma poche et l'introduisis dans la serrure.

Les deux chandelles qui éclairaient la pièce me révélèrent qu'elle était très grande. Elle s'étendait sur toute la surface de la maison. La deuxième chose que je notai fut la présence d'un fourneau encore plus gros que celui de la cuisine, qui dispensait une bonne chaleur. D'un seau à charbon posé à côté dépassaient un tisonnier et une paire de pincettes. Deux des murs étaient couverts de livres. Arkwright avait donc lui aussi une bibliothèque.

Un tapis en laine de mouton recouvrait le plancher, et trois chaises étaient disposées face au fourneau. Quelque chose attira alors mon regard...

En entrant, j'avais cru que les chandeliers étaient posés sur deux longues tables, au fond de la pièce. Je me trompais. Il s'agissait de deux cercueils, alignés côte à côte et supportés par des tréteaux. Les cheveux de ma nuque se hérissèrent. Je m'approchai lentement. Peu à peu, la température baissait, du moins, c'est ce qu'il me semblait. Ce froid m'annonçait que les morts n'étaient pas loin.

Des plaques de cuivre gravées étaient vissées aux couvercles des cercueils. Sur la première, bien astiquée, je lus :

Abraham Arkwright

Contrairement au premier cercueil, qui paraissait neuf, le second était pourri, couvert de moisissures. De la vapeur s'en élevait. Sur la plaque de cuivre ternie je déchiffrai avec difficulté :

Amelia Arkwright

Près de la plaque reposait un mince anneau d'or. Une alliance. Sûrement celle de cette Amelia.

Derrière mon dos, un bruit métallique m'alerta. Je me retournai. Je vis la porte du fourneau s'ouvrir.

Le tisonnier remua les charbons rougeoyants, produisant le bruit que j'avais entendu en bas : le crissement d'un feu qu'on ranime !

Paniqué, je courus jusqu'à la porte et dévalai l'escalier. De quelle sorte de fantôme s'agissait-il ? Les gobelins sont capables de manipuler les objets, de lancer des pierres, de casser des assiettes et de déplacer les casseroles. Pas les fantômes. S'ils effrayent les gens, poussant parfois les plus impressionnables au bord de la folie, ils sont incapables de vous infliger la moindre blessure. Au pire, ils vous tirent les cheveux ; certains fantômes étrangleurs referment leurs mains autour de votre cou. Mais celui qui hantait la pièce était d'une sorte dont on ne m'avait jamais parlé et que je n'avais jamais rencontrée. Il avait soulevé le lourd tisonnier de fonte, ouvert la porte du fourneau et fourgonné dans l'âtre.

Or, le pire était à venir. Au pied des escaliers se tenait Arkwright, une bouteille à moitié vide à la main, une lueur de rage au fond des yeux.

– Voilà un moment que j'écoute ce qui se passe en haut, et je ne peux en croire mes oreilles. Tu ne t'es pas contenté de monter dans ta chambre, Tom Ward, n'est-ce pas ? Tu as été fouiner. Tu as fourré ton nez dans des affaires qui ne te concernent pas.

Je m'immobilisai sur la dernière marche :

– J'avais entendu un bruit...

Il me barra le passage :

– Il y a des tas de bruits, dans cette maison, tu le sais. Des morts qui n'ont pas trouvé le repos errent ici, des gens de ma famille. Et ça ne te regarde pas !

Avec un calme inquiétant, il ajouta :

– Attends-moi là.

Sans lâcher sa bouteille, il me repoussa rudement et grimpa les marches deux par deux. Je l'entendis marcher sur le palier et pénétrer dans trois des chambres. Puis il grimpa au dernier étage, et une explosion de rage me parvint. J'avais oublié de refermer la porte à clé. Il était furieux parce que j'avais pénétré dans sa pièce privée, parce que j'avais vu les cercueils...

Il dévala aussitôt les escaliers et fila droit sur moi. Je crus qu'il allait m'assommer d'un coup de bouteille. Mais il me lança une gifle de sa main droite. En voulant esquiver le coup, je perdis l'équilibre et m'étalai sur le carrelage de la cuisine. Je restai étendu, le souffle coupé, nauséeux, la tête bourdonnante. Arkwright leva sa lourde botte, et je crus qu'il allait me flanquer un coup de pied. Au lieu de ça, il s'accroupit, plongea ses yeux flamboyants dans les miens et me souffla son haleine aigre au visage.

– Que cela te serve de leçon, siffla-t-il. Je sors de nouveau avec les chiens pour inspecter le marais.

Retourne à tes cahiers ! Si tu recommences, tu n'auras même pas le temps de comprendre d'où tombe la correction que tu prendras !

Après son départ, je marchai de long en large dans la cuisine, meurtri de partout et bouillonnant de colère. On n'avait pas le droit de traiter ainsi un apprenti !

Ma décision fut vite prise : mon séjour auprès d'Arkwright avait assez duré ; j'allais rentrer à Chipenden. L'Épouvanteur ne serait sûrement pas ravi de me revoir si tôt. J'espérais seulement qu'il me croirait quand je lui ferais le récit de mes mésaventures, et qu'il prendrait mon parti.

Sans plus attendre, je bouclai mon sac, pris mon bâton et sortis. Au milieu du jardin, je marquai un temps d'hésitation : les chiens ! Que se passerait-il s'ils flairaient ma trace ?

Je tendis l'oreille. Je n'entendis que la plainte du vent dans les roseaux du marécage. Quelques minutes plus tard, je traversai le fossé d'eau salée, soulagé de laisser derrière moi ce vieux moulin insalubre. Dans deux jours, j'aurais retrouvé Alice et mon maître.

10

La lettre de l'Épouvanteur

A rrivé sur le chemin de halage, je longeai le canal en direction du sud. Je marchai d'abord à vive allure, craignant qu'Arkwright ne se lance à ma poursuite et me ramène de force au moulin. Au bout d'un moment, mes inquiétudes se calmèrent. Il ne serait pas mécontent d'être débarrassé de moi. Au fond, n'était-ce pas ce qu'il avait tenté de faire depuis le début : me chasser de chez lui ?

Au bout d'une heure ou deux, ma colère s'apaisa, ainsi que mon mal de tête. Le soleil baissait à l'horizon, mais le ciel était clair, l'air piquant, et on ne voyait pas trace de brouillard. Mon moral remontait. Bientôt, je retrouverais Alice ; je reprendrais mon entraînement avec l'Épouvanteur. Le souvenir des derniers événements s'effacerait comme un mauvais rêve.

Il me fallait trouver un abri pour dormir, car il gèlerait sûrement pendant la nuit. Quand nous étions en voyage, mon maître et moi, nous nous réfugiions généralement dans une grange ou une étable. Ici, il y avait quantité de ponts, au-dessus du canal. Je résolus de m'envelopper dans mon manteau et de m'installer sous le prochain que je rencontrerais.

Quand il apparut, le crépuscule tombait. C'est alors qu'un grondement sourd, sur ma droite, me figea sur place. Sous la haie d'aubépine qui bordait le chemin était accroupi un énorme chien noir. Je le reconnus au premier regard : c'était la féroce femelle, celle qu'Arkwright appelait Griffe. Que faire ? Battre en retraite ? Tenter de passer près d'elle et de continuer ?

Je fis un pas prudent. La bête me fixait, mais elle ne bougea pas. Un deuxième pas m'amena à sa hauteur. Elle grogna. Sans la quitter des yeux, je risquai encore un pas, un autre. L'instant d'après, je l'avais dépassée. Je l'entendis alors bondir sur le chemin et trotter derrière moi. Je me rappelai l'avertissement d'Arkwright : *Ne lui tourne jamais le dos, elle est dangereuse…*

Je pivotai, et constatai qu'elle me suivait à distance. Dormir sous ce pont me parut imprudent. Je décidai de continuer. D'ici là, Griffe se serait peut-être lassée et aurait regagné le moulin. Quand j'atteignis le pont suivant, j'eus la désagréable surprise de voir surgir un second chien-loup. Il s'avança vers moi avec un grondement menaçant. C'était Croc.

Un chien devant moi, un autre derrière ! Je n'en menais pas large. Très lentement, je déposai mon sac sur le sol et préparai mon bâton. Un mouvement brusque, et ils attaqueraient. J'avais peu de chances de venir à bout des deux bêtes, mais je n'avais pas le choix. J'appuyai sur l'encoche, et la lame jaillit avec un claquement sec.

Une voix monta alors dans l'obscurité :

– Je n'essayerais même pas, si j'étais toi, Tom Ward ! Ils te déchireraient la gorge avant que tu aies pu faire un geste.

Arkwright surgit de l'arche du pont. Même dans la faible lueur du crépuscule, je pus voir son rictus railleur.

– Tu retournes à Chipenden, petit ? Tu as à peine tenu trois jours ! Aucun de mes apprentis ne m'avait encore quitté si vite. Je te croyais plus coriace. Tu n'es pas celui que John Gregory m'avait vanté.

Tout ce que j'aurais pu répondre n'aurait fait qu'attiser sa colère. Je préférai donc me taire. J'allais sans doute prendre encore une volée ; peut-être lancerait-il même les chiens sur moi. Je fis donc simplement rentrer la lame et attendis. Comptait-il me traîner de force jusqu'au moulin ?

Il siffla, et les deux bêtes vinrent se placer à ses côtés. Il s'avança alors vers moi, plongea une main dans la poche de son manteau et en sortit une enveloppe :

– C'est une lettre que ton maître m'a adressée. Lis-la, et prends ta décision. Soit tu retournes à Chipenden, soit tu poursuis ton entraînement ici.

Il me tendit la missive et repartit sur le chemin. Dès qu'ils furent hors de vue, lui et ses chiens, je déchirai l'enveloppe. Je reconnus l'écriture de l'Épouvanteur. Ce n'était pas facile de la déchiffrer dans l'obscurité. Cependant, je lus la lettre deux fois :

À Bill Arkwright

Je vous ai demandé d'entraîner mon apprenti, Tom Ward, aussi vite que possible. C'est urgent. Comme je vous le disais dans mon précédent courrier, le Malin est en liberté, et la présence de l'obscur plus préoccupante que jamais. Mais, bien que j'aie fait en sorte de le tenir éloigné, je crains que Satan ne tente encore une fois de détruire le garçon.

Je suis obligé de me montrer inflexible. Après la brutalité dont vous avez fait preuve avec le précédent apprenti, j'avais décidé de ne plus jamais vous confier quiconque. Mais la tâche doit être menée à bien. Chaque jour qui passe augmente la menace qui pèse sur Tom. Même si Satan ne s'attaque pas directement à lui, il pourrait lui envoyer quelque autre suppôt de l'obscur. Dans un cas comme dans l'autre, le garçon doit s'aguerrir. Il est urgent de lui enseigner l'art de la traque et du combat. S'il survit, il se révélera être une arme puissante contre l'obscur, peut-être la plus redoutable jamais venue au monde depuis plusieurs décennies.

Aussi, en espérant ne pas commettre une grave erreur, je le laisse entre vos mains – quoique à contrecœur – pour une période de six mois. Faites ce qu'il faut. Quant à vous, Bill, je vous donne le même conseil qu'au temps où vous étiez mon apprenti : combattre l'obscur est votre devoir. Mais que vaut ce combat si vous devez y perdre votre âme ? Vous avez beaucoup de choses à enseigner à ce garçon. Instruisez-le bien, comme je vous ai instruit. J'espère que, ce faisant, vous apprendrez *vous-même beaucoup. Abandonnez la bouteille une fois pour toutes. Mettez votre amertume de côté, et devenez l'homme que vous êtes supposé être.*

John Gregory

Je remis la lettre dans l'enveloppe, que je fourrai dans ma poche. Après quoi, je m'enfonçai sous l'ombre du pont, m'enveloppai dans mon manteau et m'allongeai sur le sol dur et froid. J'eus beaucoup de mal à m'endormir, trop de questions se bousculaient dans ma tête.

L'Épouvanteur m'avait dissimulé ses craintes de son mieux, sans y réussir complètement. Il craignait réellement que Satan s'attaque de nouveau à moi, c'est pourquoi il m'avait gardé chez lui comme dans un cocon. Il s'était décidé à m'envoyer chez Arkwright afin de parfaire mon entraînement. Mais était-ce une raison pour que je me laisse couvrir d'ecchymoses par un ivrogne ? Mon maître lui-même avouait sa réticence. Il semblait qu'Arkwright se soit déjà comporté avec brutalité envers un autre garçon. Si M. Gregory souhaitait néanmoins me confier à ce maître inflexible, ce n'était sûrement pas sans raison. Je me souvenais de la violente réaction d'Alice, après l'attaque de la mère Malkin, quand je l'avais empêchée de brûler cette sorcière : *Endurcis-toi, si tu veux survivre ! Si tu te contentes de suivre les conseils du vieux Gregory, tu mourras, comme les autres.*

Plusieurs apprentis avaient été tués au cours de leur formation. C'était un travail dangereux, plus encore aujourd'hui, alors que le Malin errait dans notre monde. Mais que signifiait s'aguerrir ? Devenir aussi brutal qu'Arkwright ?

Je roulai ces pensées indéfiniment, jusqu'à ce que je finisse par tomber dans un sommeil sans rêves. En dépit du froid, je dormis profondément jusqu'aux premières lueurs de l'aube. Le paysage était de nouveau brumeux ; mon esprit, lui, était clair. À mon réveil, j'avais pris ma décision. Je retournerais chez Arkwright et poursuivrais mon entraînement.

Quand j'arrivai au moulin, la porte n'était pas verrouillée. Avant même d'avoir pénétré dans la cuisine, je fus accueilli par une odeur appétissante. Arkwright préparait des œufs au bacon sur le fourneau rougeoyant.

— Tu as faim, Tom Ward ? me demanda-t-il sans même se retourner.

— Une faim de loup, répondis-je.

— Tu dois être gelé et trempé. Voilà ce qu'on gagne à passer la nuit sous un pont au lieu de dormir au chaud. Enfin, n'en parlons plus. Tu es de retour, c'est l'essentiel.

Quelques minutes plus tard, nous étions attablés, prêts à attaquer ce qui se révéla être un excellent petit déjeuner. Arkwright semblait d'humeur plus causante que la veille.

– Tu as le sommeil profond, déclara-t-il. Bien trop profond, c'est ennuyeux...

Je le dévisageai, interloqué.

– Cette nuit, reprit-il, j'ai envoyé la chienne monter la garde auprès de toi. Au cas où quelque chose sortirait de l'eau. Tu as lu la lettre de ton maître : le Malin peut envoyer une créature à tes trousses à n'importe quel moment. Quand je suis retourné là-bas, juste avant l'aube, tu dormais toujours. Tu ne t'es même pas aperçu de ma présence. Ce n'est pas bien, Tom Ward. Même endormi, tu dois rester en alerte. Il va falloir remédier à ça...

Le repas avalé, Arkwright se leva :

– Quant à ta curiosité, elle pourrait te valoir de gros ennuis. Aussi, pour te décourager de fourrer de nouveau ton nez dans ce qui ne te regarde pas, je vais t'expliquer ce qui se passe ici. Après quoi, je ne veux plus entendre la moindre allusion à ce sujet. Est-ce clair ?

– Tout à fait clair, dis-je en repoussant ma chaise.

– Très bien Tom Ward. Alors, suis-moi...

Il me conduisit directement dans la chambre au grand lit imprégné d'eau.

– Deux fantômes hantent ce moulin, déclara-t-il avec tristesse. Les esprits de mon père et de ma mère, Abe et Amelia. Ils dorment ensemble dans ce lit. Elle est morte dans l'eau, c'est pourquoi tout est trempé. C'était un couple très uni et, même dans la mort, ils refusent d'être séparés. Mon père réparait le toit quand il s'est produit un affreux accident. Il est tombé, et il s'est tué. Ma mère n'a pas supporté de l'avoir perdu. Incapable de vivre sans lui, elle s'est jetée sous la roue du moulin. Elle a eu une mort horrible. La roue l'a entraînée et lui a brisé tous les os. Mais, parce qu'elle a attenté à ses jours, elle ne peut passer de l'autre côté, et mon pauvre père reste auprès d'elle. Elle est forte, malgré ses souffrances, bien plus forte que n'importe quel fantôme que j'ai pu croiser. Elle entretient le feu, pour tenter de réchauffer son corps glacé. Mais tous deux se sentent mieux quand je suis près d'eux.

J'aurais voulu dire quelque chose, mais pas un mot ne sortit de ma bouche. C'était une terrible histoire. Était-ce par excès de malheur qu'Arkwright était devenu aussi dur et insensible ?

– Il y a encore autre chose, Tom Ward. Je vais te montrer...

– Merci, je pense en avoir vu assez. Je compatis à votre deuil. Vous aviez raison, ça ne me regarde pas.

— Nous avons commencé, autant aller jusqu'au bout. Tu vas tout savoir.

Nous montâmes à l'étage supérieur, dans sa pièce personnelle. Il ne restait plus que des braises, dans le fourneau, mais il faisait chaud. Les pincettes et le tisonnier étaient rangés dans le seau à charbon.

Arkwright me conduisit devant les deux cercueils.

— Mes parents restent reliés à leur dépouille, me dit-il. Ils ne peuvent s'aventurer au-delà du moulin. Je les ai sortis de leur tombe pour les installer ici, où ils ont plus de confort. Cela vaut mieux pour eux que de hanter le cimetière balayé par les vents, au bord du marais. Ils sont incapables de faire du mal à qui que ce soit. Parfois, nous nous asseyons ici tous les trois pour bavarder. Ce sont les moments où ils sont le plus heureux.

— Ne peut-on rien faire pour eux ? demandai-je.

Arkwright se tourna vers moi, le visage blême de fureur :

— Crois-tu que je n'ai pas essayé ? C'est même pour cela que j'ai voulu devenir épouvanteur ! J'espérais découvrir un moyen de libérer leurs âmes. Mais rien n'y a fait. M. Gregory est venu ici en personne, voir s'il pouvait m'aider. Il a échoué lui aussi. Voilà, maintenant, tu sais tout.

Je hochai la tête en silence et baissai les yeux, incapable de soutenir son regard.

Sur un ton radouci, il reprit :

– Vois-tu, je me bats aussi contre un démon personnel, le démon Boisson, pour l'appeler par son nom. Il me rend mauvais, mais, pour le moment, je ne peux me passer de lui. Il éloigne le chagrin, me permet d'oublier ce que j'ai perdu. Je me suis laissé aller, c'est certain. Néanmoins, j'ai encore beaucoup à t'apprendre, Tom Ward. Tu as lu la lettre : il est de mon devoir de te préparer à affronter le Malin. La puissance de l'obscur augmente, c'est une évidence. Je n'ai jamais eu autant de travail. Des sorcières d'eau se manifestent un peu partout. Tout cela est peut-être dirigé contre toi. Tu dois donc te tenir prêt.

Je hochai de nouveau la tête.

– Nous avons pris un mauvais départ, mais donnons-nous une nouvelle chance. J'ai entraîné trois apprentis pour John Gregory, et aucun d'eux n'a eu l'audace de revenir. À présent que tu connais la situation, j'espère que tu n'entreras plus dans cette chambre. Le promets-tu ?

– Je vous le promets, dis-je. Je suis vraiment désolé.

– Très bien, c'est une affaire réglée. Revenons à ta formation. On a perdu du temps, hier, tu as des leçons à rattraper. Tu vas rester à la maison aujourd'hui et t'y atteler. Demain, nous reprendrons les travaux pratiques.

La perspective d'un autre combat au bâton ne m'enthousiasmait guère. Arkwright dut le lire sur mon visage, car il eut un demi-sourire :

— Ne t'inquiète pas. On va laisser à tes ecchymoses le temps de guérir avant de s'affronter de nouveau.

Les jours qui suivirent furent rudes, mais sans manipulation de bâton, et mes bleus s'effacèrent lentement.

Nous passions beaucoup de temps avec les chiens. Leur voisinage me rendait nerveux, cependant ils étaient bien dressés et intelligents, et je me sentais en sécurité tant qu'Arkwright était là. Il y avait des bois marécageux, à proximité, et nous y entraînions les deux bêtes à lever un gibier particulier : les sorcières d'eau. Ce qui m'effrayait le plus était de tenir le rôle de la sorcière en me cachant dans les broussailles. Arkwright appelait cet exercice la chasse à l'apprenti. Les chiens devaient m'encercler et me pousser jusqu'à l'endroit où il attendait, armé de son redoutable bâton. Cela me rappelait la façon dont nous rassemblions les moutons, à la ferme. Et, quand ce fut mon tour d'être le chasseur, j'y pris un certain plaisir.

Les leçons de natation, en revanche, étaient nettement moins attrayantes. Avant de retourner dans l'eau, je dus répéter les mouvements des bras et des jambes, en équilibre, le ventre sur une chaise. Arkwright m'apprit également comment inspirer et souffler. Au sec, je me montrai assez doué pour imiter la nage de la grenouille, mais, une fois dans le canal, ce fut une autre affaire.

Le premier jour, j'avalai tant de liquide vaseux que j'en eus la nausée. Du coup, Arkwright me rejoignit dans l'eau, prêt à me soutenir en cas de difficulté. Peu à peu, je pris confiance en moi, et réussis bientôt mes premières brasses sans aide. Dans l'ensemble, nous nous entendions mieux, et Arkwright s'efforçait de ne pas trop boire. Il ne sortait sa bouteille qu'après le dîner ; c'était pour moi le moment de monter me coucher.

À la fin de la semaine, je réussissais à effectuer cinq largeurs de canal, prenant mon élan chaque fois grâce à un fort coup de pied contre la rive. J'avais également appris « la nage du petit chien ». Ce n'était pas aussi efficace que la brasse, mais cela me permettait de rester sur place sans couler, un exploit pour quelqu'un d'aussi réfractaire que moi aux baignades forcées !

– Eh bien, Tom Ward, déclara Arkwright, tu fais de nets progrès. Demain, nous retournerons chasser avec les chiens, et, cette fois, nous tenterons un nouvel exercice. Il est temps que tu apprennes à te débrouiller dans les marécages.

11

Le doigt de la sorcière

Après le petit déjeuner, je débarrassai et fis la vaisselle, pendant qu'Arkwright montait passer une heure à l'étage. Quand il redescendit, il tenait une carte, qu'il étala sur la table :

– Nous allons reprendre l'entraînement à la chasse, mais dans un environnement nettement plus hostile. Les sorcières d'eau affectionnent les marécages, et il faut parfois s'y aventurer pour les en déloger.

Accompagnant ses explications d'un geste du doigt, il continua :

– Voici le canal et le moulin. Les marais s'étendent là, au sud-ouest. L'endroit le plus traître, qui

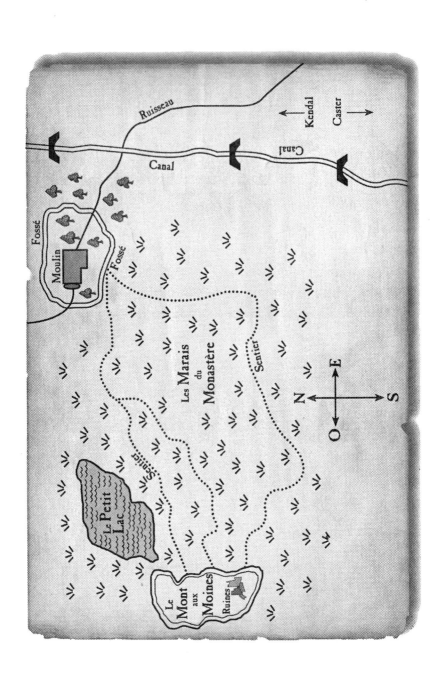

peut t'avaler en un clin d'œil, c'est l'étang. Ne t'en approche pas. Les gens du coin l'appellent le Petit Lac. Il n'est pas grand, en effet, mais entouré de tourbières, en particulier au sud et à l'ouest. Ailleurs, le terrain est difficile, mais tu devrais t'en sortir. Des tas de sentiers traversent les marais. Les trois plus importants sont dessinés sur la carte. À toi de décider du meilleur chemin à suivre. L'un d'eux pourrait même te permettre d'éviter les chiens...

Je lui jetai un regard affolé. Il eut un large sourire qui découvrit ses dents.

– C'est ici que tu te rends, dit-il en posant de nouveau son doigt sur le papier. Ce sont les ruines d'un monastère, sur le mont aux Moines. Il n'en reste que quelques murs et les fondations. Si tu l'atteins avant les chiens, tu auras gagné. Auquel cas, tu n'auras pas à recommencer demain. Et souviens-toi ! Bien connaître l'emplacement des tourbières pourra t'être fort utile. Je te laisse quelques minutes pour étudier la carte, puis nous nous mettrons en route.

Fort nerveux, je m'efforçai de mémoriser les tracés. Le chemin le plus au nord était aussi le plus direct ; si je l'empruntais, les chiens auraient moins de temps pour me rattraper. Il passait non loin du Petit Lac et de ses inquiétantes tourbières, mais ça valait le coup de tenter ma chance. Ayant décidé de mon itinéraire, je sortis dans le jardin, prêt au départ.

Arkwright était assis sur le seuil, les deux chiens à ses pieds :

– Eh bien, Tom Ward ? Tu sais ce que tu vas faire ?

Je hochai la tête en souriant.

– On peut remettre à demain, si tu veux, proposa-t-il. Le brouillard monte.

Je regardai au-delà du jardin. À l'ouest, une brume rampante déroulait ses longs tentacules gris. Mais je me sentais confiant, sûr d'avoir choisi le bon chemin. Autant en finir tout de suite.

– Non, dis-je, je préfère partir maintenant. J'aurai combien de temps d'avance ?

Les précédents exercices de chasse et de natation m'avaient donné du souffle et des muscles. J'avais envie de tester mes nouvelles capacités.

– Cinq minutes, grommela Arkwright. Et je commence à compter...

Je fonçai aussitôt.

– Eh ! me lança Arkwright. Tu n'auras pas besoin de ton bâton !

Sans ralentir, je jetai le bâton à terre et pataugeai dans le fossé d'eau salée. J'allais lui montrer ! Les chiens étaient rapides, mais cinq minutes d'avance me donnaient le temps de les distancer.

Je m'élançai bientôt sur le chemin que j'avais repéré, m'enfonçant dans la brume. Je courais depuis moins de deux minutes quand j'entendis des aboiements. Arkwright n'avait pas tenu parole ! Il avait déjà lâché les chiens ! Il me dispensait tout le savoir dont j'avais besoin, mais il voulait toujours gagner ! Contrarié, je forçai l'allure, mes pieds volant presque sur le sentier.

La visibilité se réduisit bientôt à quelques pas, m'obligeant à ralentir. Les chiens, guidés par leur flair, n'auraient pas ce handicap, et je commençai à comprendre que je ne les sèmerais pas. Pourquoi n'avais-je pas accepté de remettre au lendemain ? De la boue jaillissait sous mes semelles ; j'avais atteint le terrain dangereux, les environs de l'étang.

Des aboiements résonnaient derrière moi, étouffés par le brouillard ; il était difficile d'estimer la distance. Et j'étais obligé de m'en tenir à un trot régulier, beaucoup trop lent.

Je perçus alors un son étrange, plaintif, au-dessus de ma tête. Un oiseau ? Si oui, c'était une espèce inconnue, car je n'avais encore jamais rien entendu de semblable. Cela recommença. Ce cri venu de nulle part eut le don de m'irriter. Il avait quelque chose de surnaturel. Cependant je ne m'arrêtai pas, conscient que les chiens gagnaient du terrain.

Trois ou quatre minutes plus tard, une forme se dessina devant moi. Je ralentis, oubliant momentanément les chiens. En plissant les yeux, je distinguai une femme, marchant sur le sentier. De longs cheveux luisants flottaient sur ses épaules. Elle était enveloppée dans un châle vert, et l'ourlet de sa jupe brune balayait le sol. J'avançai plus vite pour la doubler ; je pourrais ensuite reprendre ma course. Sa présence brouillerait même peut-être ma piste.

Cependant, je ne voulais pas l'effrayer en surgissant brusquement derrière elle. Aussi, quand je ne fus plus qu'à une dizaine de pas, je lançai sur un ton amical :

– Bonjour ! Me permettez-vous de passer ? Le chemin n'est pas large mais, si vous ne bougez pas, je pourrai...

Je m'attendais à ce qu'elle se retourne pour voir qui lui parlait. Elle se contenta de s'arrêter, restant de dos. Les chiens paraissaient tout proches, à présent. Il *fallait* que je la dépasse ou ils seraient sur moi, et Arkwright aurait gagné.

Un frisson me parcourut alors, m'avertissant qu'un être venu de l'obscur était proche. Mais je l'avais senti trop tard...

La femme pivota soudain, et mon sang se glaça : j'avais devant moi une face de cauchemar. La bouche entrouverte laissait voir deux rangées de dents verdâtres, dont les canines étaient aussi longues que des crocs. Une haleine immonde m'emplit les narines, et une nausée me souleva l'estomac. L'œil gauche était fermé. Le droit avait une pupille verticale comme celle des reptiles, et le nez était un bec osseux, sans chair ni peau. Les mains étaient presque celles d'une femme, sauf qu'elles avaient en guise d'ongles de puissantes griffes recourbées.

Les cheveux de la créature luisaient parce qu'ils étaient trempés, et ce que j'avais pris pour un châle était une blouse couverte de mousse verte, tandis que le bas de la jupe déchirée était imprégné de vase. Ses pieds nus, salis de boue, n'étaient pas humains : elle avait des orteils palmés, terminés par une griffe pointue.

J'allais faire volte-face, prêt à fuir par où j'étais venu, quand elle porta deux doigts à son œil gauche, et la paupière se souleva.

Cet œil-là était rouge, pas seulement l'iris. Il semblait empli tout entier de sang. Je restai pétrifié, au sens propre : figé sur place telle une statue de pierre. L'œil rouge semblait grossir, grossir encore. J'en transpirais de terreur.

J'avais cessé de respirer. Un étau m'enserrait la gorge et la poitrine. Je n'arrivais pas à détourner les yeux de la sorcière. Si seulement je l'avais pu, peut-être la fascination aurait-elle cessé ? Je bandai chaque muscle de mon corps, sans résultat. J'étais incapable de bouger.

Tel un serpent, son bras gauche se tendit vers moi. La griffe de son index entra dans mon oreille droite. Une douleur aiguë éclata dans mon crâne.

La créature s'écarta du sentier, m'entraînant avec elle dans le marécage. Je sentis mes pieds s'enfoncer. Je battis l'air de mes bras, mais la griffe qui me transperçait l'oreille me faisait trop mal. Je ne pouvais qu'avancer dans son sillage, tandis que nous nous enfoncions de plus en plus profondément dans le marais.

Comme j'aurais voulu avoir mon bâton ! Je savais pourtant qu'il ne m'aurait pas servi à grand-chose, car j'avais été immobilisé par le pouvoir maléfique de l'œil rouge. Qu'était cette créature ? Une sorcière d'eau ? J'essayai de lancer des appels au secours. Je ne pus qu'émettre une plainte animale, un couinement de peur et de douleur.

Un grognement s'éleva alors du sentier, et une forme noire s'abattit sur ma ravisseuse. Je vis briller les crocs nus de la chienne. Puis la griffe de la sorcière fut arrachée de mon oreille et je tombai en arrière. La vase du marécage me couvrit la tête. Instinctivement, je fermai la bouche et retins ma respiration. Malgré tout, un liquide visqueux m'emplit les narines, et je sentis que je m'enlisais. Avoir appris à nager ne m'était d'aucune utilité. Je pataugeais, essayant désespérément de sortir la tête, quand des mains puissantes me saisirent par les épaules et me tirèrent en arrière.

Je restai allongé sur le dos, au milieu du sentier, Arkwright agenouillé près de moi. Et ce que je lus dans ses yeux ressemblait à de l'inquiétude. Puis il porta deux doigts à sa bouche et lança un fort sifflement. Les chiens arrivèrent aussitôt, puant la vase, le corps fumant. Griffe gémissait de douleur, mais elle tenait quelque chose dans sa gueule.

– Donne ! commanda Arkwright. Donne ça tout de suite !

La chienne laissa tomber ce qu'elle avait rapporté dans la main ouverte de son maître.

– C'est bien ! Tu es une bonne fille ! s'écria Arkwright, une note de triomphe dans la voix. Enfin ! Après toutes ces années ! On la retrouvera, maintenant. Elle ne nous échappera plus !

Je regardai ce qui reposait sur sa paume, et j'en crus à peine mes yeux.

C'était un index à la peau verdâtre, terminé par une longue griffe recourbée. La chienne avait tranché un doigt à la sorcière.

12

Morwène

De retour au moulin, Arkwright fila chercher le médecin le plus proche pour qu'il soigne mon oreille entaillée. Sans doute estimait-il ma blessure assez sérieuse, sinon il n'aurait jamais autorisé un étranger à pénétrer dans la maison. En vérité, je ne pensais pas que ce soit si grave. Je n'avais presque plus mal. Je craignais seulement que la plaie puisse s'infecter.

Tandis que le médecin me pansait, Arkwright ne le quitta pas des yeux. C'était un homme de grande taille, à la carrure athlétique et au visage buriné par la vie au grand air. Cependant, la présence d'un épouvanteur le rendait aussi nerveux que n'importe quel villageois, et il ne demanda aucune explication sur l'origine de l'accident. Jetant un coup d'œil anxieux aux deux chiens, qui grognaient sourdement, il m'avertit :

– Bien que j'aie nettoyé la plaie de mon mieux, tout risque d'infection n'est pas écarté. Enfin, tu es jeune, et la jeunesse a de la ressource. Tu garderas tout de même une cicatrice.

Après en avoir terminé avec moi, il s'occupa de la chienne. Arkwright dut la maintenir, car elle gémissait de douleur. Sa vie n'était pas en danger, mais les griffes de la créature avaient laissé des sillons sanglants sur son flanc et sur son dos. Le médecin les désinfecta avant de les enduire d'un onguent.

Reprenant son sac, il salua Arkwright :

– Je reviendrai après-demain, examiner l'état de mes patients.

– Ne perdez pas votre temps, docteur, grommela Arkwright en lui remettant une pièce. Le garçon est résistant, et je suis sûr qu'il se remettra très vite. Quant à la chienne, elle sera sur pattes dans deux ou trois jours. Je vous contacterai si nécessaire.

Ayant congédié le médecin, Arkwright le reconduisit jusqu'au fossé.

– Griffe t'a sauvé la vie, me déclara-t-il à son retour. Ne prends pas ça pour de l'affection de sa part. Il va falloir que tu apprennes à travailler avec ces bêtes. Nous verrons si elles acceptent que tu les nourrisses. Avant tout, nous devons avoir une petite conversation. Comment est-ce arrivé ? Comment la sorcière a-t-elle pu t'approcher d'aussi près ?

– Elle marchait devant moi sur le sentier, et je l'ai prise pour une femme du pays. Je courais, pour tâcher de distancer les chiens ; j'ai juste voulu la dépasser. Quand elle s'est retournée, il était trop tard. Elle a enfoncé sa griffe dans mon oreille avant que j'aie eu le temps de réagir.

– Tu as eu beaucoup de chance, Tom Ward. Oui, beaucoup de chance ! Rares sont ceux qui ont survécu après s'être fait crocheter de cette manière ! C'est la méthode employée par toutes les sorcières d'eau pour capturer leurs proies. Parfois, elles introduisent le doigt dans leur bouche pour leur transpercer la joue.

Il me désigna la cicatrice sur sa joue gauche :

– Oui, moi aussi, j'ai pu en réchapper. C'est la même sorcière qui m'a imprimé sa marque, il y a bientôt deux mois de ça. L'infection s'est installée ; j'ai dû garder le lit pendant trois semaines et j'ai failli mourir. Il arrive qu'elle accroche sa victime par une main, la gauche, le plus souvent. Ou bien elle lui perfore la mâchoire inférieure et referme son index sur ses dents. C'est ce qui lui donne la meilleure prise. Pour toi, elle ne pouvait pas tirer trop fort, car ton oreille se serait déchirée. Si elle t'avait attrapé par la mâchoire, elle t'aurait entraîné au cœur du marais bien avant que la chienne lui arrache le doigt.

– Mais qui est-elle, au juste ? demandai-je.

– C'est mon ennemie de toujours, Tom Ward. La plus vieille et la plus dangereuse des sorcières d'eau. Voilà des années que je la traque.

– Et d'où vient-elle ?

Sans répondre à la question, il continua :

– On dit qu'elle a plus de mille ans. J'ignore si c'est vrai, mais, d'après les récits qui courent sur elle, elle sévit dans le pays depuis des siècles. Les marécages forment son terrain de prédilection, mais elle se plaît également dans les lacs et les canaux. Je ne gratifie pas les sorcières d'eau communes d'un nom, car elles n'ont rien à voir avec les autres sorcières du Comté. La plupart sont des créatures bestiales, qui ont perdu l'usage de la parole. Celle-ci est différente ; on la désigne de deux façons. Son vrai nom est Morwène, et les gens du coin l'appellent Œil de Sang. Elle est particulièrement retorse. Elle s'attaque souvent à des proies faciles, comme les jeunes enfants. Mais elle est capable d'entraîner un homme dans l'eau et de le noyer lentement tout en s'abreuvant de son sang.

— Impossible de la combattre, alors ! Un seul regard, et on est perdu !

Arkwright secoua la tête :

— La situation n'est pas si désespérée qu'elle en a l'air. Certains, comme toi et moi, l'ont approchée et sont encore vivants. Vois-tu, il lui faut économiser son pouvoir pour s'en servir le moment venu. Son œil gauche reste presque toujours fermé, les paupières sont attachées l'une à l'autre par une aiguille d'os. D'autre part, il ne peut immobiliser qu'une personne à la fois.

— Vous en savez beaucoup sur elle, remarquai-je.

— Je la poursuis depuis plus de dix ans, mais c'est la première fois qu'elle s'aventure si près de chez moi. Qu'est-ce qui l'a poussée sur le sentier du marais ? Voilà ce que nous devons découvrir. Si c'est bien toi qu'elle guettait, c'est que les inquiétudes de John Gregory sont fondées.

— Vous voulez dire que...

— Oui, petit. Il est fort possible que le Malin l'ait envoyée à tes trousses. Et cela va lui coûter la vie. Maintenant que je suis en possession de son doigt, nous allons nous en servir pour la poursuivre jusque dans son repaire. Après tant d'essais infructueux, je vais enfin l'avoir !

— Les chiens peuvent flairer sa trace dans l'eau ? demandai-je, étonné.

Arkwright m'adressa un de ses rares sourires :

– Mes bêtes n'ont pas ce talent, Tom Ward ! N'importe quelle créature qui marche sur terre, ils sont capables de la pister, même dans la tourbière. Pas dans l'eau. Non, nous utiliserons une autre méthode. Pour cela, nous devrons être en pleine forme. Nous nous mettrons en chasse dans quelques jours, quand ta blessure et celles de Griffe seront guéries.

J'acquiesçai, content de ce délai, car mon oreille recommençait à me faire souffrir.

– J'ai un livre sur elle, reprit Arkwright. Je te suggère de t'asseoir près du feu et de le lire, pour savoir exactement à quoi t'attendre.

Sur ce, il monta à l'étage et redescendit presque aussitôt avec un volume relié en cuir, qu'il me tendit. Sur la couverture, je lus : *Morwène*.

Tandis qu'il sortait avec les chiens, je feuilletai les pages. Je reconnus l'écriture d'Arkwright. C'était lui l'auteur de cet ouvrage ! Je me plongeai dans sa lecture.

Il existe bien des récits et des légendes expliquant l'origine de Morwène. Certains pensent qu'elle est le rejeton d'une autre sorcière. D'autres croient qu'elle est née de la vase, engendrée par les entrailles

*de la Terre. La première hypothèse paraît la plus
vraisemblable. Mais, en ce cas, qui est sa mère ?
Je ne l'ai trouvée nommée nulle part, dans aucun
conte, aucune fable, aucune chronique.*

*Cependant, tous s'accordent sur un point : son
géniteur est le Malin, aussi appelé Satan, le Diable,
le Père du Mensonge ou le Prince des Ténèbres.*

Sous le choc de cette révélation, j'interrompis
ma lecture. Le Diable aurait envoyé sa propre fille
me tuer ! Je mesurai quelle chance j'avais eu de
survivre à cette terrible rencontre dans le marais.
Sans l'intervention de Griffe, je serais mort. Je poursuivis ma lecture, sautant les passages trop difficiles
à déchiffrer.

*De toutes les sorcières d'eau, Morwène est la plus
tristement célèbre. Elle compte à son actif un
nombre impressionnant de victimes. Elle se nourrit
de sang, source de son pouvoir maléfique.*

*Des récits historiques attestent que des sacrifices
humains lui sont offerts à la pleine lune, la
période où ses forces sont à son apogée. C'est le sang
de bébés nouveau-nés qui assouvit le mieux son
horrible avidité. Mais, si on ne peut se procurer
d'enfants, des adultes font l'affaire. Les plus jeunes*

sont jetés dans l'Étang Sanglant ; les plus âgés enchaînés dans une caverne souterraine jusqu'au moment propice.

Quand elle est particulièrement assoiffée, Morwène s'attaque à de gros animaux, des vaches ou des chevaux. Faute de mieux, elle se rabat sur des volailles, des rats ou même des souris.

Morwène quitte rarement l'eau ; on prétend qu'elle ne peut survivre plus d'une heure sur la terre ferme, où elle est alors particulièrement vulnérable.

Voilà qui méritait d'être retenu. Il fallait l'entraîner hors de son repaire. Et, si Arkwright et moi l'attaquions en même temps, l'un de nous échapperait à l'emprise de son œil de sang. On aurait alors une chance de la vaincre.

***

Le lendemain matin, mon oreille n'était presque plus douloureuse. Pendant que je préparais le petit déjeuner, Arkwright emmena les deux chiens sur le sentier du marais. Il resta absent plus d'une heure.

– Il n'y a pas un trou où une sorcière pourrait se cacher de ce côté, me dit-il à son retour. Après le repas, nous reprendrons les leçons. Et, tantôt, tu iras jusqu'au canal. J'attends une livraison de sel. Cinq barils. Ils seront lourds, tu devras donc les transporter un par un, en prenant garde qu'ils ne soient pas mouillés. Une certaine quantité servira pour la cuisine et les conserves, et je ne veux pas en gaspiller.

Donc, une heure environ après midi, je trottai en direction du canal pour guetter l'arrivée de M. Gilbert. Je n'étais pas seul. Arkwright avait envoyé Griffe avec moi, au cas où Morwène se serait tapie dans les eaux tranquilles.

J'étais au moulin depuis une semaine, c'était le moment d'envoyer de mes nouvelles à Alice et à l'Épouvanteur. J'avais donc emporté une plume, de l'encre, une enveloppe et du papier, et, tout en attendant le marinier, je rédigeai deux courtes lettres. La première s'adressait à Alice :

Chère Alice,

La vie, ici, n'est pas comme à Chipenden, et tu me manques beaucoup.

Être l'apprenti d'Arkwright n'est pas de tout repos. C'est un homme dur, parfois même cruel. Cependant, il connaît son travail et a beaucoup à m'apprendre sur les créatures de l'eau. Nous avons eu récemment une rencontre mouvementée avec une sorcière d'eau appelée Morwène. Nous avons l'intention de découvrir son repaire et de la mettre hors d'état de nuire une fois pour toutes.

J'espère te revoir bientôt.

Je t'embrasse,

Tom

J'écrivis ensuite à l'Épouvanteur :

Cher Monsieur Gregory,

J'espère que vous allez bien. Je dois vous avouer que mon séjour chez M. Arkwright n'a pas très bien commencé. Mais la situation s'est améliorée. Il a une grande connaissance des créatures maléfiques qui hantent les eaux, et j'ai déjà appris bien des choses.

Dernièrement, sur un chemin proche du moulin, j'ai été attaqué par une sorcière d'eau, une certaine Morwène. C'est une vieille ennemie d'Arkwright, et, jusqu'alors, elle ne s'était jamais aventurée si près de sa maison. Peut-être avez-vous entendu parler d'elle. Arkwright dit qu'elle est la propre fille du Diable, et qu'elle a sans doute été envoyée à mes trousses par son père. Nous allons bientôt la traquer et l'abattre.

J'attends avec impatience de travailler de nouveau avec vous au printemps prochain.

Votre apprenti,

Tom Ward

Cela fait, je glissai les deux missives dans l'enveloppe, que j'adressai à

M. Gregory, à Chipenden

Puis je m'installai sur la berge pour attendre M. Gilbert. Griffe se coucha à ma gauche, son regard passant constamment de moi à la surface de l'eau. Il faisait frisquet mais beau ; le canal n'avait rien de menaçant. Malgré tout, la présence de la chienne me rassurait.

Au bout d'une heure, je vis apparaître la barge. Après l'avoir amarrée, M. Gilbert détela les chevaux et les laissa paître le long du chemin.

— Eh bien ! lança-t-il avec jovialité, je n'ai pas besoin de sonner la cloche, aujourd'hui !

Je l'aidai à décharger les barils. Après quoi, il s'assit sur le rebord de son embarcation, les pieds sur le sentier.

— Comment ça se passe avec M. Arkwright ? me demanda-t-il. On dirait que tu as déjà été blessé !

Il désignait mon oreille pansée.

Je vins m'asseoir à côté de lui et répondis en souriant :

— Vous aviez raison, il mène la vie dure à ses apprentis ! J'ai même failli retourner chez M. Gregory. Mais ça va mieux, maintenant. Et je commence à m'habituer aux chiens.

Il approuva de la tête :

— Il faut du temps pour s'habituer à des bêtes comme celles-ci, ainsi qu'à leur maître. Plus d'un apprenti est reparti à Chipenden, la queue entre les jambes, tu n'es donc pas le premier. Si jamais tu décides de t'en aller, je passe ici tous les mercredis. J'emporte une cargaison de sel jusqu'à Priestown, au bout du canal. À l'allure où je vais, tu n'iras pas plus vite qu'à pied, mais tu économiseras tes jambes, et tu pourras gagner Caster par la route la plus directe. Tu auras même peut-être de la compagnie. J'ai un fils et une fille, qui m'accompagnent de temps à autre.

Je le remerciai de son offre et lui remis ma lettre, ainsi qu'une pièce pour payer l'envoi. Il me promit de la poster à Priestown. Tandis qu'il attelait ses chevaux, je soulevai l'un des barils. Il n'était pas gros, mais fort lourd. J'essayai de le tenir sous mon bras.

— Mets-le sur l'épaule, ça vaudra mieux ! me lança M. Gilbert.

Son conseil s'avéra judicieux. Une fois le baril bien positionné, il n'était pas trop dur à transporter. Il me fallut moins d'une demi-heure pour faire les cinq allers et retours entre le canal et le moulin, Griffe sur mes talons.

Cela fait, Arkwright m'ordonna :

– Va chercher ton cahier, Tom Ward !

J'obéis et le regardai, curieux d'entendre ce qu'il avait à me dire.

– Je veux que tu notes tout ce que je t'ai déjà appris sur Morwène, et ce que tu as retenu de tes lectures. Ces connaissances pourront t'être très utiles. Le temps de la traque approche. Nous possédons son doigt et saurons en faire bon usage.

– À quoi va-t-il nous servir ? demandai-je.

– Réfrène ton impatience, tu le sauras bien assez tôt ! Les blessures de la chienne ne semblent pas infectées, et ton oreille n'est pas tombée en lambeaux. Si votre état ne s'est pas aggravé, nous partirons demain pour Cartmel. Nous y apprendrons, j'espère, ce que nous avons besoin de savoir. Auquel cas, nous ne serons pas de retour avant un bon moment. Pas avant que nous ayons définitivement réglé son compte à Morwène.

13

L'ermite de Cartmel

Le lendemain, dès l'aube, accompagnés des chiens, nous prîmes la route de Cartmel. Le plus rapide était de couper par les sables de la baie de Morecambe. La journée s'annonçait belle, et j'étais heureux de m'éloigner du moulin pour un moment. J'étais curieux de découvrir le nord du Comté, ses montagnes et ses lacs.

Si j'avais voyagé avec l'Épouvanteur, j'aurais porté nos deux sacs. Mais Arkwright s'était chargé du sien. Nous n'eûmes pas longtemps à marcher avant d'atteindre Hest Bank, point de départ de la traversée. Nous trouvâmes là deux diligences et trois cavaliers, ainsi qu'un grand nombre de gens à pied. La large étendue de sable nue semblait nous inviter à nous y engager, et la mer était loin à l'horizon. Me demandant pourquoi tout le monde attendait, je posai la question.

– L'endroit paraît sûr, à cet instant, me dit Arkwright. Mais les sables de la baie sont traîtres. Un guide va mener le convoi, un homme qui connaît le terrain et les pièges de la marée comme le dessus de sa main. Nous devrons traverser deux rivières. La seconde est particulièrement dangereuse après les fortes pluies. Son lit peut se transformer en sables mouvants. Nous attendons la marée basse pour que les véhicules puissent traverser en toute sécurité. Ne tente jamais de franchir la baie sans guide, Tom Ward ! J'ai vécu dans le coin presque toute ma vie, et moi-même, je ne m'y risquerais pas. Même un très bon nageur ne survivrait pas s'il était pris dans le flux montant. L'eau envahit les chenaux si vite qu'elle t'emporte et te noie.

Un grand type coiffé d'un chapeau à large bord s'approcha. Il marchait pieds nus et portait un bâton.

– Voici M. Jenning, notre guide, dit Arkwright. Il arpente les sables depuis bientôt vingt ans.

– Bien le bonjour, Bill ! s'exclama M. Jenning. Qui t'accompagne ?

– Bonjour à toi, Sam ! Voici Tom Ward, mon apprenti pour six mois.

Le visage tanné et raviné du guide se fendit en un large sourire tandis qu'il me serrait la main. Il affichait l'air réjoui de l'homme qui aime son travail.

– Tu l'as mis en garde contre les dangers du sable, Bill ?

– Il est prévenu ; j'espère qu'il en tiendra compte.

– Je l'espère aussi ! Tout le monde n'a pas cette sagesse. On va pouvoir partir d'ici une demi-heure.

Sur ces mots, il s'éloigna pour bavarder avec d'autres voyageurs.

Enfin, le convoi s'ébranla, Sam Jenning marchant à grands pas devant les diligences, les cavaliers et les piétons restant à l'arrière. Le sable était humide, strié de sillons laissés par la marée. Une forte brise venue du nord-ouest nous soufflait dans la figure ; le soleil se levait, et la mer étincelait à l'horizon.

Les véhicules avançaient lentement, et nous les rattrapâmes pour franchir le lit de la première rivière. Sam descendit dans le chenal pour l'inspecter, de l'eau jusqu'aux genoux. Il barbota jusqu'à une centaine de pas vers l'est avant de siffler et d'agiter son bâton pour nous indiquer l'endroit où nous devions traverser. Puis il revint vers le premier coche.

– C'est le moment de se faire transporter, dit Arkwright.

Il sauta d'un bond à l'arrière du coche. Je l'imitai, et compris vite le pourquoi de sa manœuvre : au milieu du chenal, l'eau mouillait le ventre des chevaux. À pied, nous aurions été trempés. Cela ne sembla pas troubler les chiens, qui nagèrent vigoureusement et gagnèrent la rive opposée bien avant l'attelage.

Nous descendîmes et marchâmes un moment, jusqu'au chenal suivant, la rivière Kent, tout aussi profonde.

– Je n'aimerais pas être coincé ici à la marée montante, remarquai-je.

– Il ne vaudrait mieux pas, Tom Ward !

Désignant les terres, au loin, il ajouta :

– Tu vois ces collines ?

Je distinguai des pentes boisées, dominées par des bandes de terre rougeâtres.

– Ces landes, derrière Cartmel, c'est là que nous nous rendons. Nous y serons bientôt.

Il fallut parcourir neuf miles pour traverser la baie. Mais Arkwright m'expliqua que ce n'était pas toujours le cas. Le chemin le plus sûr changeait de place au gré des caprices de la rivière Kent. Malgré tout, et en dépit du danger, il était plus rapide de traverser la baie que de la contourner.

Nous atteignîmes un endroit appelé Kent Bank où, après avoir payé et remercié le guide, nous laissâmes les sables derrière nous pour monter vers Cartmel, ce qui nous prit presque une heure. Nous dépassâmes un grand prieuré, deux ou trois tavernes et une trentaine d'habitations. Cela me rappela le village de Chipenden, avec ses enfants mal nourris blottis dans l'encoignure des portes, les champs alentour désertés par les troupeaux. Les effets de la guerre se lisaient partout, et la situation n'irait qu'en empirant. Je pensais que nous ferions halte à Cartmel pour la nuit, mais notre tâche, apparemment, nous entraînait plus loin.

– Nous allons rendre visite à Judd Atkins, un ermite qui vit en haut de cette colline, m'expliqua Arkwright sans même me regarder.

Il gardait les yeux fixés sur la pente raide, devant nous.

Je savais qu'un ermite était habituellement un saint homme, ayant fait le choix de vivre à l'écart du monde. Je supposai donc qu'il ne serait pas enchanté de notre arrivée. Mais peut-être était-ce lui qui saurait utiliser le doigt tranché de Morwène pour localiser la sorcière ?

Je m'apprêtais à poser la question. Or, comme nous dépassions la dernière maison, une vieille femme en surgit et s'avança vers nous d'une démarche traînante.

– Monsieur Arkwright ! s'exclama-t-elle. Monsieur Arkwright ! Dieu soit loué, vous êtes venu !

Elle s'accrocha à sa manche, et il secoua le bras avec irritation :

– Laisse-moi, la mère ! Tu ne vois pas que je suis pressé ? J'ai du travail.

— Mais nous sommes terrorisés, gémit la vieille femme. Personne n'est plus en sécurité. Ils nous prennent tout, jour et nuit. Nous allons bientôt mourir de faim si personne n'intervient. Aidez-nous, monsieur Arkwright, s'il vous plaît !

— Qu'est-ce que tu racontes ? Qui vous prend tout ?

— Les recruteurs. Des fripouilles, oui ! Ça ne leur suffit pas d'envoyer nos garçons à la guerre. Ils nous volent le peu que nous avons. Ils ont leur repaire à la ferme de Saltcombe. On ne sait plus que faire.

S'agissait-il des recruteurs qui m'avaient capturé ? Ça semblait probable. Ils avaient parlé de se rendre dans le Nord et avaient fui dans cette direction après l'apparition d'Alice. Je n'avais aucune envie de me retrouver face à eux.

— C'est le travail du préfet de police, pas le mien, grommela Arkwright.

— Le préfet ? Il y a trois semaines, ils l'ont tellement battu qu'ils l'ont laissé pour mort. Il commence à peine à se relever, et ne tentera plus rien maintenant. Il a compris. Aidez-nous, je vous en supplie ! Il ne nous reste presque plus de nourriture, et s'ils continuent une fois l'hiver arrivé, nous n'aurons plus qu'à mourir de faim. Ils nous prennent tout, tout...

Arkwright libéra son bras de l'étreinte de la vieille :

— Si je repasse par ici, je verrai ce que je peux faire. Pour l'instant, je suis trop occupé.

Il repartit, les chiens courant devant, et la pauvre femme rentra tristement dans sa maison. J'étais plein de compassion pour elle et pour ce malheureux village, mais je trouvais étrange qu'elle ait demandé le secours d'Arkwright. Ce n'est pas la fonction d'un épouvanteur. Le croyait-elle vraiment capable d'affronter une bande armée ? Quelqu'un aurait dû porter un message au shérif de Caster. Il aurait sûrement envoyé un autre préfet de police. Et les hommes du village ? Ne pouvaient-ils se rassembler et organiser leur défense ? Tout cela me laissait perplexe.

Après environ une heure de montée, nous vîmes devant nous de la fumée, qui semblait sortir d'un trou dans le sol. Je compris soudain que la plate-forme rocheuse que nous traversions était le toit de l'ermitage. Après avoir descendu des marches de pierre usées, nous arrivâmes à l'entrée d'une vaste grotte.

Arkwright ordonna aux chiens de s'asseoir avant de pénétrer dans la pénombre. Une forte odeur de feu de bois emplissait la salle, et les yeux me piquèrent. Je discernai une silhouette accroupie devant le feu, le menton sur les mains.

– Comment vas-tu, vieil homme ? lança Arkwright. Tu te repens toujours de tes péchés ?

L'ermite ne répondit rien, ce qui n'empêcha pas le visiteur de s'asseoir à côté de lui.

— Je sais que tu aimes la solitude, aussi, finissons-en rapidement, et je te laisserai en paix. Jette un œil là-dessus, et dis-moi où je peux la trouver...

Il ouvrit son sac, en sortit un chiffon froissé et laissa tomber ce qu'il enveloppait sur le sol, entre l'ermite et le foyer.

Mes yeux s'accoutumant à la pénombre, je vis que Judd Atkins avait une barbe blanche et une chevelure grise emmêlée. Il resta immobile une bonne minute. Il semblait à peine respirer. Enfin, il ramassa le doigt de la sorcière, le tint près de son nez et l'examina longuement, l'air concentré.

— Peux-tu m'aider ? insista Arkwright.

— Les agneaux ne naissent-ils pas au printemps ? demanda l'ermite dans une sorte de coassement. Les chiens ne hurlent-ils pas à la lune ? Je suis sourcier depuis de longues années, et n'ai encore jamais été pris en défaut. Pourquoi cela changerait-il ?

— J'en étais sûr ! s'écria Arkwright avec enthousiasme.

— Oui, William, je ferai ça pour toi. Mais ça te coûtera un certain prix.

Arkwright parut stupéfait :

— Un prix ? Quel prix ? Tu as choisi une vie de pauvreté, vieil homme. Alors, que veux-tu en paiement ?

La voix de l'ermite monta d'un ton :

— Je ne réclame rien pour moi. D'autres sont dans le besoin. Au village, en bas, des gens affamés survivent dans la peur. Libère-les, et tu auras ce que tu désires.

Arkwright cracha dans le feu, et je vis ses mâchoires se contracter :

– Quoi ? Tu parles de cette bande de recruteurs qui occupent la ferme de Saltcombe ? Tu veux que je les fasse déguerpir, c'est ça ?

– Les temps sont troublés. Quand tout va de travers, il faut bien que quelqu'un remette de l'ordre. En cas de nécessité, le maréchal-ferrant n'hésite pas à réparer une porte, et le charpentier à ferrer un cheval. Qui avons-nous ici, pour remplir cette tâche, sinon toi ?

Il y eut un long silence. Enfin, Arkwright demanda :

– Combien sont-ils ? Que sais-tu d'eux ?

– Ils sont cinq en tout : un sergent, un caporal et trois soldats. Ils rançonnent le village depuis leur arrivée.

À cette description, je fronçai les sourcils.

– Un groupe de recruteurs a sévi près de Chipenden, dis-je. Ils m'ont capturé ; par chance, j'ai réussi à m'évader. Ils étaient cinq également ; j'ai bien l'impression qu'il s'agit des mêmes. L'un des soldats est un garçon à peine plus âgé que moi, et le sergent est une crapule. Ils sont armés de gourdins et de sabres. Dans un combat, vous n'aurez pas le dessus, monsieur Arkwright !

Il me regarda en hochant la tête, puis se tourna vers l'ermite pour protester :

– Je ne suis pas de taille. Nous ne sommes que trois et demi : moi, les deux chiens et un gamin qui sent encore le lait. Un travail urgent m'attend, et je ne suis pas préfet de police !

– Tu as été soldat, William. Et chacun sait que tu es encore capable de briser des crânes, surtout quand tu as descendu une bouteille ! Ça va te plaire, j'en suis sûr.

Arkwright sauta sur ses pieds et toisa l'ermite d'un air furieux :

– Prends garde à ton propre crâne, le vieux ! Je serai de retour avant la nuit. Pendant ce temps, occupe-toi de mon affaire ! J'ai déjà perdu assez de temps. As-tu une carte de la région des lacs ?

Judd Atkins fit signe que non. Arkwright fourragea donc dans son sac et en sortit une carte qu'il étala devant le vieil homme.

– Son repaire est quelque part par là, aboya-t-il. J'en suis certain. À proximité d'un des lacs du Sud.

Sur ces mots, il sortit de la caverne à grands pas.

14

Échauffourée

Nous avions à peine quitté l'ermitage qu'Arkwright s'arrêta, s'assit sur un talus et ouvrit son sac. Il en tira une bouteille, ôta le bouchon avec ses dents et s'envoya une lampée de vin.

Je restai debout, mal à l'aise, tandis qu'il continuait à boire. Je doutais que ce soit la meilleure préparation pour affronter cinq canailles aguerries, mais l'ermite avait raison sur ce point : Arkwright était nettement plus agressif avec un coup dans le nez.

Il dut remarquer mon air malheureux, car il me fit signe de m'asseoir d'un geste impatient :

– Repose tes jambes, Tom Ward ! Et, s'il te plaît, épargne-moi cette face de carême !

Voyant que son humeur s'assombrissait, j'obéis sans discuter. Le soleil baissait à l'horizon, et je me demandai s'il pensait profiter de l'obscurité pour attaquer les recruteurs. Cela semblait judicieux. À moins d'attendre les premières lueurs de l'aube, quand ils seraient encore abrutis de sommeil. Mais Arkwright était un impatient, qui ne choisissait pas forcément la solution la plus facile.

J'avais vu juste. Quand il eut vidé sa bouteille, nous nous remîmes en route. Au bout d'une dizaine de minutes, je vins marcher à ses côtés. J'étais curieux de savoir s'il avait un plan quelconque.

– Monsieur Arkwright..., commençai-je.

– Tais-toi ! siffla-t-il. Parle quand on t'y autorise, pas avant !

Je retournai derrière, mécontent et un peu vexé. Il m'avait semblé que ça allait mieux entre nous ; en réalité, les choses n'avaient guère changé. L'Épouvanteur m'imposait parfois le silence, lui aussi, déclarant que les réponses à mes questions viendraient plus tard, mais jamais avec autant de rudesse. Il était clair que la boisson n'arrangeait pas l'humeur de mon nouveau maître.

Nous arrivâmes en haut d'une crête, et Arkwright s'abrita les yeux de la main face au soleil couchant. J'aperçus une maison, en contrebas, à l'entrée d'une étroite vallée. Une fumée presque verticale montait de la cheminée. Ce devait être à l'origine la ferme d'un éleveur de moutons, mais on ne voyait pas un animal dans les pâtures.

– Saltcombe, grommela Arkwright. Nous y voilà. Descendons, et finissons-en...

Il dévala la pente à grands pas, sans faire le moindre effort pour se dissimuler, marchant droit vers la porte d'entrée. Je m'attendais à chaque instant à ce qu'elle s'ouvre pour lâcher sur nous la meute des recruteurs. Quand nous fûmes à moins de trente pas, il se retourna et désigna les deux chiens :

– Tiens-les fermement et ne les lâche pas avant que je t'en donne l'ordre ! Compris ?

Pas très sûr de moi, je fis signe que oui et empoignai les colliers. Les deux bêtes tendaient le cou, frémissantes. Si elles décidaient de bondir, je n'aurais pas la force de les en empêcher.

– Et si ça tourne mal ? demandai-je.

Ils étaient cinq hommes armés, dans la maison. Je me rappelai le récit de la vieille villageoise : le préfet de police avait manqué y laisser sa peau.

– Il y a une chose que je ne peux pas supporter, Tom Ward, fit-il d'un ton méprisant, c'est le pessimisme. Si tu crois à la victoire, la bataille est à moitié gagnée. Je vais régler cette affaire et m'occuper ensuite des miennes. Tiens, surveille ça !

Il déposa son sac à mes pieds et inclina son bâton, la redoutable lame en avant. Franchissant la distance qui le séparait de la porte, il l'ouvrit d'un violent coup de pied et pénétra dans la maison. J'entendis des jurons, suivis de cris de colère et de douleur.

Soudain, un grand type en uniforme déchiré, le front ensanglanté, jaillit à l'extérieur et courut dans ma direction, crachant ses dents cassées. Les chiens se mirent à gronder. L'homme s'arrêta et me fixa un instant. C'était le sergent au visage balafré. Il me reconnut, et la colère flamboya dans ses yeux. Je crus qu'il allait m'attaquer, malgré la présence des chiens, mais il me contourna et s'élança sur la pente.

Arkwright émit alors un sifflement. Avant que j'aie eu le temps de réagir, les deux bêtes m'avaient échappé et fonçaient vers la porte ouverte en aboyant furieusement.

À peine Griffe et Croc étaient-ils entrés dans la ferme que les quatre autres déserteurs en sortirent. Trois d'entre eux surgirent par la porte et s'enfuirent à la suite de leur sergent. Le quatrième sauta par une fenêtre et se précipita sur moi en brandissant un couteau. Les chiens n'étant plus là pour me défendre, je levai mon bâton et le pointai devant moi.

Les lèvres retroussées en un rictus moqueur, l'homme se campa sur ses jambes, le couteau tendu, et ricana :

– Tu as fait une grosse erreur en désertant, petit ! Je vais t'ouvrir le ventre et me tailler une ceinture dans tes boyaux !

Il bondit, et le couteau dessina un dangereux arc de cercle. Je m'écartai plus vite que je m'en serais cru capable. Les leçons d'Arkwright payaient, finalement ! Mon premier coup le frappa au poignet, l'obligeant à lâcher son arme. Le second l'atteignit à la tête. Il tomba sur les genoux en grognant de douleur.

Il ne riait plus, maintenant. Je lus de la peur dans son regard. Lentement, il se remit sur pied. J'aurais pu le frapper une troisième fois, mais je le laissai aller. Avec un juron, il détala à la suite de ses compagnons. Je les regardai escalader la colline comme s'ils avaient le Diable aux trousses.

Je rejoignis la maison, pensant que tout était terminé. Et je restai sur le seuil, bouche bée : avec des rugissements de rage, Arkwright cassait tout autour de lui, les meubles, la vaisselle, les vitres... Quand il eut dévasté la pièce, il y mit le feu.

Tandis que nous quittions la vallée, un épais rideau de fumée noire obscurcissait le couchant.

Avec un sourire satisfait, Arkwright déclara :

— Après ça, ils ne reviendront pas.

Une voix l'interpella alors du haut de la colline :

— Tu es un homme mort, épouvanteur ! Un homme mort ! On vous retrouvera, toi et le garçon. La prochaine fois, c'est nous qui vous tomberons dessus. Nous sommes au service du roi ! Et vous serez pendus !

— Ne prends pas cet air inquiet, Tom Ward, railla mon maître. C'est une grande gueule, mais s'il était aussi intrépide qu'il le prétend, il serait là, en ce moment, en train de se battre, au lieu de s'enfuir comme un lâche !

— Mais s'ils racontent ce qui s'est passé et envoient d'autres soldats contre nous ? Vous avez blessé un des soldats du roi, et détruit leurs biens.

— La guerre est loin d'être gagnée. L'armée a trop besoin de soldats pour en employer à poursuivre des types dans notre genre. D'ailleurs, je suis sûr que ces hommes sont des déserteurs. Ce sont eux qui risquent d'être pendus. Rouer de coups un préfet de police n'était pas dans les attributions d'un soldat, au temps où j'étais dans l'armée.

Là-dessus, Arkwright reprit le chemin de la caverne.

— Quand avez-vous été soldat ? demandai-je.

— Il y a longtemps. Après avoir terminé mon apprentissage auprès de John Gregory, je suis retourné au moulin, et j'ai tenté de libérer les âmes de mes parents. Mon échec m'a rendu si amer que j'ai abandonné le métier pour un temps et me suis engagé comme canonnier. Mais la paix est revenue, et il n'y avait plus personne sur qui tirer. Je suis donc revenu à ma vie d'épouvanteur. Les choses tournent bizarrement, parfois. En tout cas, je n'aurais jamais déserté un champ de bataille ! Pas comme cette bande de lavettes !

— Vous étiez canonnier ? Vous manipuliez un de ces gros canons ?

— Une pièce de dix-huit ! Le plus gros canon du Comté ! J'étais chef artilleur, avec le grade de sergent, par-dessus le marché.

— J'ai vu ce canon, dis-je. L'été dernier, des soldats l'ont fait venir de Colne pour ouvrir une brèche dans la tour Malkin.

— Ça leur a pris combien de temps ?

— Ils ont tiré de midi jusqu'au soir. Et le lendemain matin, ils ont achevé le travail en moins d'une heure.

— Vraiment ? Pas étonnant que la guerre aille si mal, dans le Sud ! Je connais cette tour, et je suis sûr que j'en aurais percé le mur en moins de deux heures. Tout est question d'entraînement et de technique, vois-tu, Tom Ward, déclara-t-il avec un sourire.

Je n'en revenais pas de le découvrir si amical et si loquace. À croire que cette échauffourée avec les déserteurs lui avait remonté le moral.

Toutefois, de retour à l'ermitage, la colère le reprit : Judd Atkins n'avait pas localisé le repaire de Morwène.

— J'ai acquitté ma part du contrat, gronda-t-il. À toi de remplir la tienne !

— Patience, William ! répondit calmement l'ermite. Moissonne-t-on les champs en hiver ? Chaque chose en son temps ! Je ne l'ai *pas encore* découvert. Ça ne signifie pas que j'en suis incapable. Et je m'en suis suffisamment approché pour conclure que tu as raison : il faut chercher au sud de la région des lacs. Mais il est difficile de dénicher une sorcière. Indubitablement, elle use de sortilèges pour se dissimuler. S'agit-il d'une créature particulièrement puissante ?

Arkwright hocha la tête :

— Il n'y en a guère de plus puissante. Son vrai nom est Morwène, mais on l'appelle aussi Œil de Sang. Tu as entendu parler d'elle, j'en suis sûr.

— En effet. Qui peut l'ignorer ? Il n'y a pas une mère du Comté qui ne tremble à l'évocation de ce nom. Tant d'enfants ont mystérieusement disparu, ces vingt dernières années ! Je vais tout faire pour t'aider, mais, à présent, je suis fatigué. J'essayerai de nouveau demain, quand les conditions seront plus favorables. On ne peut pas forcer le rythme des choses. Quel temps fait-il ?

– Ça se radoucit et il pleuvasse, grommela Arkwright, mécontent.

– Tenez-vous vraiment à voyager sous la pluie ? Pourquoi ne pas vous installer ici pour la nuit ? Avez-vous mangé ?

– Nous n'avons rien pris depuis le petit déjeuner. Je peux m'en arranger, mais le jeune Tom Ward a toujours faim.

– En ce cas, je vais nous réchauffer un peu de soupe.

Avant le dîner, Arkwright m'emmena sur la colline pour un combat au bâton. Il semblait déterminé à poursuivre mon entraînement coûte que coûte. Une pluie fine nous trempait le visage, et l'herbe mouillée était glissante. Cette fois, je ne reçus pas de coup ; il se contenta de tester mes capacités de défense.

– Bien, ça suffit pour aujourd'hui, décida-t-il enfin. Je perçois une légère amélioration. Je t'ai vu te battre avec ce caporal, tout à l'heure. Tu ne t'en es pas mal sorti. Continue comme ça et, dans six mois, tu seras capable de te défendre tout seul.

Ces paroles me réjouirent autant que la perspective d'un repas bien mérité. Mais, de retour à la caverne, je dus déchanter. L'ermite nous servit un brouet amer. Dès la première cuillerée, je ne pus dissimuler une grimace qui fit sourire Arkwright.

— N'en laisse pas une goutte, Tom Ward ! dit-il. C'est la meilleure soupe d'herbe qu'on puisse trouver au nord de Caster. Judd est végétarien. Les chiens mangeront mieux que nous, ce soir.

Si l'ermite se sentit offensé par la remarque d'Arkwright, il n'en laissa rien paraître. Quant à moi, je mis un point d'honneur à finir mon bol.

J'ignore ce que contenait cette soupe, mais, le lendemain, je constatai que je n'avais jamais connu un sommeil aussi paisible depuis mon départ de Chipenden.

15

Le doigt qui danse

En revanche, il n'y eut pas de petit déjeuner. Peu après l'aube, Judd Atkins étala la carte sur le sol et l'examina à la lueur du feu.

– J'ai bien dormi, déclara-t-il, et je me sens beaucoup mieux. Voyons ce que je peux trouver, à présent...

Il tira de sa poche une courte longueur de ficelle fine et le doigt de la sorcière, qu'il noua à l'extrémité de la ficelle. Voyant que je l'observais, il sourit :

– Avant de me retirer de ce monde mauvais, j'étais sourcier, Thomas. J'utilisais une branche de bouleau pour détecter les nappes d'eau souterraines. Bien des puits, au nord du Comté, ont été creusés d'après mes indications. Il m'arrivait aussi parfois de localiser des personnes disparues. Je promenais un lambeau de vêtement ou une mèche de cheveux au-dessus d'une carte jusqu'à ce que la main me picote. Beaucoup de ceux que je retrouvais étaient déjà morts, hélas ! Malgré tout, les familles m'étaient reconnaissantes d'avoir au moins un corps à enterrer en terre consacrée. Bon, serai-je capable de découvrir où se cache la sorcière d'eau appelée Morwène ?...

Arkwright se rapprocha, et nous observâmes les gestes de l'ermite. Tenant le doigt suspendu au-dessus de la carte, il en balaya systématiquement la surface d'ouest en est, puis d'est en ouest, en partant du sud et en remontant peu à peu vers le nord. Au bout d'une minute, il ressentit un picotement. Il prit une profonde inspiration, écarta la main et la ramena très doucement. Le picotement recommença, et le doigt de la sorcière se mit à danser au bout de sa ficelle.

– Note ça, William ! souffla l'ermite.

Arkwright dessina une petite croix à l'endroit indiqué. Judd Atkins continua à promener le doigt au-dessus du papier. Le phénomène se reproduisit trois fois. Chaque fois, Arkwright marquait soigneusement l'emplacement. L'ermite persévéra encore un moment dans son exploration, sans rien découvrir de plus.

La première croix était placée sur la rive nord-ouest du lac Coniston ; la deuxième désignait un petit lac appelé l'étang de la Chèvre ; la troisième, plus au nord, désignait le lac Leven.

D'une voix altérée par l'impatience, Arkwright demanda :

– Faut-il explorer les trois endroits, vieil homme, ou ces trois croix sont-elles le signe de tes incertitudes ?

– Nous devons toujours laisser la place au doute, William. Mais Morwène fréquente probablement les trois cachettes. Je suis sûr qu'elle se terre un certain temps dans chacune d'entre elles. Il y en a peut-être d'autres, plus au nord, où tu ne m'as pas demandé de chercher. La réaction la plus forte s'est produite au bord du lac Coniston, mais elle semble vagabonder sur toute la rive ouest. Cette région t'est-elle familière ?

– J'y ai travaillé à plusieurs occasions, mais je connais mal le nord du lac, à la frontière du Comté. Les gens sont du genre revêche, là-bas ; ils n'aiment pas qu'on s'occupe de leurs affaires et se montrent fort peu aimables avec les étrangers. Ils préfèrent souffrir en silence que de faire appel à un épouvanteur du Sud.

C'était une drôle de réflexion de la part d'un homme aussi peu accueillant, qui avait tant de mal à tolérer un apprenti dans sa maison ! Évidemment, je gardai cette pensée pour moi.

Alors que nous nous apprêtions à partir, le temps se gâta. Des rafales poussèrent les nuages contre le flanc de la colline, et la pluie se mit à tambouriner sur le toit de pierre de la caverne. Les gouttes ricochaient sur les marches de l'entrée et jusque dans les braises du foyer, où elles s'évaporaient en sifflant.

– Vieil homme stupide ! railla Arkwright. Pourquoi as-tu choisi cette grotte, dont l'entrée est exposée aux vents dominants ?

– Le froid et l'humidité fortifient l'âme, répliqua Judd Atkins. Et toi, pourquoi habites-tu au bord des marais plutôt que dans une région sèche, ce qui serait bien meilleur pour ta santé ?

Arkwright eut un froncement de sourcils agacé, mais il ne répondit rien. Il vivait là parce que c'était la maison de ses parents ; et tant que leurs esprits y resteraient enfermés, il ne la quitterait pas. L'ermite l'ignorait sans doute, sinon, il n'aurait pas fait une réflexion aussi offensante.

À cause du mauvais temps, Arkwright décida de rester encore une nuit et de prendre la route de

Coniston au petit jour. Laissant Judd recharger le feu, il m'emmena à la pêche, sous la pluie battante. Je pensais qu'il utiliserait une ficelle ou un filet, mais il avait une méthode très personnelle, qu'il appelait « la chatouille ».

– Tu ne risques jamais d'avoir faim quand tu connais cette technique, me déclara-t-il.

Cela consiste à se coucher sur le ventre, au bord de la rivière, et à plonger les bras dans l'eau froide pour caresser le ventre d'une truite. Elle se love alors dans votre main. Il n'y a plus qu'à la jeter sur l'herbe. Évidemment, il faut avoir la patience d'attendre qu'une truite s'approche. Et aucune ne parut attirée par ma main. Arkwright, lui, en attrapa deux, qu'il fit cuire ensuite à la perfection. L'ermite se contenta de son habituel brouet d'herbes, si bien que nous eûmes chacun un poisson entier. Ils étaient délicieux, et, après ce repas, je me sentis ragaillardi.

Heureusement, car je dus m'entraîner de nouveau au maniement du bâton. Je ne m'en sortis pas trop mal, écopant seulement d'un bleu sur le bras. Mais Arkwright me poussa dans mes derniers retranchements, et je sortis de ce combat épuisé. Je dormis bien, cette nuit-là, dans la grotte de l'ermite. L'endroit était plus reposant que le moulin.

À l'aube, la pluie avait cessé, et nous partîmes sans plus attendre en direction des lacs.

L'Épouvanteur avait raison quant à la beauté des paysages. Lorsque, ayant atteint le lac de Coniston, nous longeâmes ses rives plantées d'arbres, tout me parut un régal pour les yeux. Vers l'est, une forêt de conifères égayait de sa verdure cette sombre journée d'automne. Les nuages couraient haut dans le ciel, laissant voir la chaîne des montagnes, dont les sommets déjà enneigés étincelaient de blancheur contre le gris du ciel.

Arkwright paraissant de meilleure humeur – il n'avait pas décroché un mot depuis notre départ de l'ermitage, et j'étais fatigué de ce silence –, je risquai une question :

– Cette montagne, là, est-ce celle qu'on appelle le Vieux Bonhomme ?

– En effet, Tom Ward, comme tu as pu le voir en étudiant la carte hier. C'est autre chose que les collines de Chipenden, hein ! Elle attire le regard, mais d'autres endroits moins spectaculaires ont aussi leur intérêt. Vois-tu cette berge, là-bas ?

Il me désignait la rive est du lac. Je hochai la tête.

– Eh bien, c'est là que j'ai piégé l'éventreur de Coniston. Probablement la meilleure action que j'ai accomplie depuis ma formation chez John Gregory.

Mais, si je réussis à capturer ou à tuer Morwène, ce sera le sommet de ma carrière.

Une ombre de sourire adoucit son visage ; il se mit même à siffloter, tandis que les chiens gambadaient joyeusement autour de nous. Nous entrâmes enfin dans le village de Coniston. Il n'y avait que peu de passants, et ils ne semblaient guère aimables. Certains traversaient la rue pour éviter de nous croiser, ce qui ne m'étonna pas. C'était la même chose à Chipenden, où M. Gregory vivait pourtant depuis des années.

Arrivés au bord d'un ruisseau – désigné sur la carte par le nom de Ru de l'Église – nous prîmes vers l'ouest par un sentier assez raide, laissant derrière nous une grappe de maisons avec leurs cheminées fumantes. La masse formidable du Vieux Bonhomme nous dominait de toute sa hauteur.

Mes jambes se raidissaient de fatigue quand Arkwright s'engagea dans une petite cour, au fond de laquelle s'élevait une taverne. L'enseigne annonçait :

Deux vieux bavardaient sur le seuil, tenant chacun une chope de bière. Ils s'écartèrent vivement pour nous laisser le passage, une expression d'effroi sur le visage, et la présence des chiens-loups n'y était pour rien. À nos capuchons et à nos bâtons, ils avaient deviné notre profession.

Il n'y avait personne dans la salle, mais les tables étaient propres, et un feu accueillant crépitait dans l'âtre. Arkwright s'approcha et frappa bruyamment sur le comptoir de bois. Nous entendîmes des pas. Un gros homme à la mine joviale, enveloppé dans un large tablier, fit son apparition.

Son regard inquiet balaya les chiens, nous examina rapidement. Puis il nous adressa le sourire affable de tout bon professionnel de l'hôtellerie :

– Bonjour, messieurs. Que puis-je vous offrir ? Une chambre et un repas, ou simplement deux chopes de ma meilleure bière ?

– Nous prendrons deux chambres, monsieur, et deux soupers : du ragoût, si vous en avez. En attendant, nous allons nous asseoir au coin du feu et commencer par un chaudeau.

L'homme s'inclina et fila dans sa cuisine. Je m'assis en face d'Arkwright, curieux de voir ce qui allait se passer. M. Gregory et moi n'allions que rarement à l'auberge. Dans ce cas, nous partagions toujours la même chambre. Il dormait sur le lit, et moi sur le plancher.

– Qu'est-ce qu'un chaudeau ? demandai-je.

– Un mélange de vin, d'épices et de gruau. Rien de tel pour t'ouvrir l'appétit et te réchauffer par une froide et humide soirée d'automne !

Le mot « vin » m'inquiéta un peu. J'avais pu constater plusieurs fois à quel point la boisson rendait mon maître violent. Il m'effrayait, quand il était dans cet état. Il avait diminué sa consommation, récemment, mais l'épisode des déserteurs lui en avait redonné le goût.

Je tâchai cependant de prendre les choses avec optimisme. Dormir à l'auberge valait certes mieux que de passer la nuit sous une haie ou dans une grange pleine de courants d'air. Quoique... M. Gregory ne décidait jamais rien sans une bonne raison. En tout cas, il évitait de révéler notre identité à qui que ce soit. Il n'aurait certainement pas traversé un village avant d'approcher l'un des trois repaires possibles de Morwène. Dans une si petite agglomération, les commérages allaient bon train. À présent que nous avions retenu des chambres pour la nuit, tout Coniston saurait bientôt qu'un épouvanteur et son apprenti étaient là. Or, les sorcières avaient parfois des complices chez les villageois, j'avais découvert ça à Pendle. Même une sorcière d'eau aussi maléfique que Morwène pouvait avoir ses informateurs.

Je débattis un moment avec moi-même, partagé entre deux options : tenir ma langue et en subir les éventuelles conséquences ; ou faire part de mes craintes à Arkwright au risque de prendre une volée ou de m'attirer au moins une réplique cinglante. Finalement, mon sens du devoir l'emporta.

– Monsieur Arkwright, commençai-je en baissant la voix au cas où le tavernier serait à proximité, pensez-vous prudent de rester ici au vu et au su de tous ? Morwène a peut-être des complices dans le coin.

Il eut un sourire sinistre :

– Je n'ai pas besoin de tes conseils, Tom Ward. As-tu repéré des espions par ici ? Plie-toi à ma façon de faire ! J'ai besoin de me reposer et de me restaurer avant d'affronter Morwène. La perspective d'un bon repas et d'un bon lit devrait te réjouir. M. Gregory n'en offre jamais autant à ses apprentis, que je sache.

Peut-être avait-il raison. Il n'y avait que nous dans la salle. Et, après deux nuits passées chez l'ermite, un peu de confort était le bienvenu. M. Gregory nous aurait obligés à jeûner, dans ces circonstances, j'en étais certain. Je préférai néanmoins ne pas discuter davantage avec Arkwright, d'autant qu'il serait sans doute bientôt aviné. Je me calai sur ma chaise, chassai mes inquiétudes et dégustai le chaudeau qu'on venait de nous apporter.

Cependant la taverne se remplissait. Lorsque nos ragoûts arrivèrent, un groupe de fermiers s'envoyait des pintes de bière, et la plupart des tables étaient occupées par des dîneurs qui riaient et lançaient des plaisanteries. On nous adressait des regards suspicieux, et j'eus l'impression qu'on parlait de nous à voix basse. Deux ou trois personnes qui venaient d'entrer firent même demi-tour en nous voyant. Était-ce seulement notre présence qui les troublait, ou y avait-il une raison plus inquiétante ?

Puis, les choses commencèrent à mal tourner. Arkwright commanda au tavernier une chope de sa meilleure bière. Il la vida en un rien de temps, en demanda une autre, encore une autre. Sa voix monta, ses paroles se firent incohérentes. Quand il se dirigea vers le comptoir pour la septième fois, il tituba et heurta une table, manquant renverser les chopes, ce qui lui valut des regards courroucés. Je me tenais coi, pour ne pas attirer l'attention sur moi. Mais Arkwright ne semblait pas se soucier de discrétion. Accoudé au comptoir, il se mit à raconter à qui voulait l'entendre comment il était venu à bout de l'éventreur de Coniston. Puis il continua à marmonner je ne savais quoi.

Quand il revint à notre table, tenant sa huitième pinte de bière, il était complètement ivre. Il rota bruyamment.

— Monsieur Arkwright, dis-je, nous devrions monter nous coucher. Il se fait tard, et demain sera une rude journée.

— Ça recommence ! clama-t-il, et tous les yeux se tournèrent vers nous. Quand mon apprenti saura-t-il enfin que c'est moi qui donne les ordres ? J'irai me coucher quand j'en aurai envie, Tom Ward, pas avant !

Humilié, je baissai la tête. Inutile d'insister. Mon nouveau maître avait tort de s'enivrer sachant que nous aurions à affronter Morwène le lendemain matin. Néanmoins, je lui devais obéissance.

Le tavernier s'approcha. Passant un coup de chiffon sur notre table, il déclara :

— Je crois que le garçon a raison. Je n'aime pas renvoyer les bons clients qui payent leur dû, mais vous avez votre compte de boisson, Bill. Et mieux vaut que vous ayez l'esprit clair si vous avez vraiment l'intention de pourchasser cette créature.

Quoi ? Il avait tout raconté quand il s'était tenu au comptoir ? Qui d'autre que le tavernier était au courant ?

Arkwright abattit son poing sur la table.

— Qu'est-ce que tu insinues ? rugit-il. Que je ne supporte pas la bière, c'est ça ?

– Pas du tout, Bill, répliqua le tavernier d'un ton jovial qui révélait sa longue expérience des pochards. Si tu revenais plutôt demain soir, quand tu auras réglé son compte à Morwène ? Tu boiras autant que tu voudras, aux frais de la maison !

Au nom de Morwène, un murmure avait couru parmi les autres clients.

À mon grand soulagement, Arkwright hocha la tête :

– Ça, c'est une proposition honnête ! Viens, Tom Ward ! Pour une fois, on se couchera de bonne heure.

Je me dirigeai vers l'escalier, les chiens sur mes talons, tandis qu'il titubait derrière nous sur les marches. Lorsque j'entrai dans ma chambre, il me suivit, laissant les chiens dehors, et ferma la porte.

– Que penses-tu de cette pièce ? bredouilla-t-il.

J'observai les lieux, qui semblaient propres et bien tenus, avec un lit accueillant. Le chandelier était garni d'une bougie de cire et non de suif.

– Elle me paraît agréable, dis-je.

Puis je désignai un grand miroir, sur la table de toilette.

– Dois-je le recouvrir d'une couverture ?

– Inutile, répondit-il en hoquetant. Ici, on n'a pas affaire à tes petites amies de Pendle. Non, non, c'est différent ; très différent, note-le bien ! Aucune sorcière d'eau n'est capable d'utiliser un miroir pour espionner qui que ce soit, Morwène pas plus que les

autres. Tu peux m'être reconnaissant, Tom Ward !
En cinq ans d'apprentissage, John Gregory ne m'a
jamais loué une chambre aussi confortable. Mais
ne va pas t'y blottir comme une mite dans la laine
d'un tapis ! On va s'accorder deux heures de
sommeil. Et dès que minuit aura sonné au clocher,
on partira à la chasse. Oui, à la chasse ! Tu sortiras
discrètement de ta chambre, et tu prendras le
couloir de gauche, jusqu'à l'escalier qui mène à la
porte de derrière. C'est là que je t'attendrai. Et
surtout, surtout ne fais pas de bruit !

Sur ces mots, il me laissa, refermant la porte
derrière lui. Mais je l'entendis chantonner : « à la
chasse, à la chasse... », puis tâtonner pour ouvrir sa
propre porte. Je m'étendis donc sur le lit sans me
déshabiller. J'avais peut-être le sommeil profond,
mais j'étais doué d'un sens très précis de l'heure,
même endormi. Il me suffirait de programmer mon
cerveau, et je me réveillerais juste avant que les
cloches sonnent.

16

La piste sanglante

Notre longue marche de la veille m'avait fatigué. Je dormis comme un plomb pendant deux heures. Mais, juste avant que la cloche tinte, je m'éveillai brusquement. Je sus d'instinct qu'il était minuit ; je comptai cependant les coups pour en être sûr.

Or, quand j'arrivai devant la porte de derrière, je n'y trouvai pas Arkwright. Je le cherchai en vain à l'extérieur, remontai jusqu'à sa chambre. Je m'arrêtai sur le seuil et tendis l'oreille : il ronflait. Je frappai doucement et, n'obtenant pas de réponse, poussai doucement le battant.

Griffe et Croc grondèrent, puis agitèrent la queue en me voyant entrer.

Arkwright était allongé sur le lit tout habillé. La bouche ouverte, il ronflait bruyamment.

Je m'approchai et lui chuchotai à l'oreille :

– Monsieur ! Monsieur Arkwright ! Il est temps de vous lever...

Je l'appelai à plusieurs reprises, sans succès. Finalement, je le secouai. Il se redressa en sursaut, les yeux écarquillés, le visage tordu de colère. Je crus qu'il allait me frapper, aussi je pris vite la parole :

– Vous m'avez demandé de vous retrouver en bas à minuit, mais l'heure est passée...

Une lueur de compréhension anima son regard. Il balança ses jambes hors du lit et se mit debout. Il alluma deux lanternes, qui attendaient sur sa table de nuit, m'en tendit une et, d'une démarche mal assurée, se dirigea vers la porte. Il descendit l'escalier, en geignant et en se tenant la tête d'une main. Les chiens et moi, nous le suivîmes. Nous traversâmes la cour et prîmes le chemin de la colline, illuminé par la lune. Un coup d'œil en arrière m'apprit que la taverne était plongée dans l'obscurité. Seule la fenêtre de la grande salle projetait dans la cour un rectangle de lumière. Un brouhaha montait de l'intérieur, et une voix éraillée braillait une chanson.

Le vent avait chassé les nuages, la nuit était claire et froide. Les chiens trottaient sur nos talons, les yeux brillant d'excitation. Le sentier était raide, qui gravissait le flanc de la montagne du Vieux Bonhomme. Bientôt, une mince couche de neige gelée crissa sous nos pieds.

Quand nous atteignîmes l'étang de la Chèvre, Arkwright s'arrêta. Le petit lac portait bien son nom : des sabots de chevrettes étaient mieux adaptés à ses rives escarpées que des pieds humains. De gros rochers rendaient la berge la plus proche presque inaccessible. Mais Arkwright n'avait pas marqué une pause pour admirer le paysage. Je le vis se plier soudain en deux et vomir, se vidant à grands spasmes de ses excès de bière de la soirée. Je lui tournai le dos et m'écartai un peu, l'estomac à l'envers. Enfin, au bout d'un moment, je l'entendis aspirer de grandes goulées d'air nocturne.

Il revint vers moi d'un pas chancelant :

– Tu n'es pas malade, Tom Ward ?

Je fis signe que non. Il haletait encore, et son visage luisait de sueur.

– Le ragoût qu'on a avalé hier soir devait être tourné. Le tavernier va m'entendre, demain matin, je peux te l'assurer !

Il inspira de nouveau un grand coup, s'essuya la bouche d'un revers de main :

– Je ne me sens pas très bien. Je vais me reposer quelques minutes.

Nous nous assîmes à l'abri d'un rocher et attendîmes en silence. De temps à autre, il émettait un grognement, auquel les chiens répondaient en gémissant.

Au bout d'une dizaine de minutes, je lui demandai s'il se sentait mieux. Il acquiesça et tenta de se relever, mais ses jambes se dérobèrent et il se laissa retomber lourdement.

– Ne puis-je continuer seul, monsieur Arkwright ? suggérai-je. Vous n'êtes pas assez solide pour mener les recherches, ni pour retourner jusqu'à Coniston.

– Non, petit, tu ne partiras pas seul ; pas avec Morwène dans les parages. Laisse-moi encore cinq minutes, et je serai frais comme un gardon.

Or, cinq minutes plus tard, il vomissait ses dernières pintes de bière. Son état ne lui permettait pas d'entamer une chasse à la sorcière cette nuit-là, c'était clair.

– Monsieur Arkwright, insistai-je, je ferais mieux de vous laisser ici et d'inspecter les environs moi-même. Ou, sinon, revenons à l'auberge ! Nous reprendrons les recherches la nuit prochaine.

– C'est cette nuit qu'il faut le faire, répliqua Arkwright. Je veux retourner au moulin le plus tôt possible, j'ai déjà été absent trop longtemps.

— Alors, laissez-moi au moins explorer les rives du lac Coniston, dis-je. J'emmènerai l'un des chiens. Tout ira bien.

Il accepta à contrecœur :

— D'accord, tu as gagné. Je n'aurai pas la force d'aller jusqu'à Coniston. Tu vas suivre en sens inverse le chemin que nous avons pris et arpenter le nord-ouest du lac. Laisse les volets de la lanterne fermés, pour ne pas attirer l'attention. Si tu repères Morwène — ou n'importe quelle autre créature suspecte —, ne prends aucun risque. Suis-la à bonne distance. Méfie-toi de son œil de sang, et tâche seulement de localiser son repaire. Rien d'autre. Tu reviendras ici me faire ton rapport. Si je me sens mieux, j'entamerai une recherche dans le coin. Plus tard, nous explorerons ensemble le lac Leven. Emmène la chienne, elle te donnera une chance de t'en tirer en cas de danger. Tu sauras retrouver la route de Coniston ?

Je lui assurai que oui. La carte était clairement fixée dans ma mémoire.

— Très bien. Bonne chance et à plus tard !

Il se pencha pour chuchoter quelque chose à l'oreille de Griffe et il lui flatta le flanc. Je fermai les volets de bois de la lanterne et me mis en route, la chienne trottant docilement à mes côtés. À peine avais-je fait trente pas que j'entendis

Arkwright recommencer à vomir, et le ragoût n'y était pour rien, j'en étais sûr.

Je marchai ainsi vers Coniston, accompagné par la chienne et par la lune, qui montait lentement au-dessus des bois.

Alors que je descendais la colline, un cri sinistre s'éleva au-dessus de moi. Je me figeai, tous les sens en alerte. C'était peut-être un avertissement ou un signal. Il retentit de nouveau, et je me souvins où et quand je l'avais entendu pour la première fois : dans le marais, juste avant ma rencontre avec Morwène. Je distinguai alors une forme sombre – sûrement un oiseau – qui volait vers l'étang de la Chèvre. Cet étrange volatile avait-il un lien avec Morwène ? Si certaines sorcières utilisent la magie du sang ou des ossements, d'autres ont à leur service des animaux qui deviennent leurs yeux et leurs oreilles. Je décidai d'interroger Arkwright à ce sujet dès mon retour.

Je traversai rapidement les rues du village, désertes. Seules quelques rares fenêtres étaient encore éclairées. Les pattes de Griffe ne faisaient aucun bruit sur les pavés. Une fois la dernière maison dépassée, je contournai un peu le lac vers le nord avant de m'installer à l'abri d'un bosquet, d'où je pouvais observer la rive. Les eaux calmes scintillaient au clair de lune.

Le temps passait lentement et, malgré toute mon attention, je ne vis ni n'entendis rien de notable. Je me mis à penser à Alice, me demandant ce qu'elle faisait et si je lui manquais autant qu'elle me manquait. Je pensai aussi à mon maître, John Gregory. Était-il tranquillement dans son lit, à Chipenden ? Ou bien tapi dans l'obscurité, comme moi, à guetter quelque créature maléfique ?

Ne détectant aucun signe de la présence de Morwène, je décidai finalement de retourner à l'étang de la Chèvre.

L'ascension me parut plus dure, cette fois, vers la montagne du Vieux Bonhomme. Enfin, la neige durcie craqua sous mes pas, et je suivis nos empreintes jusqu'au petit lac. J'avançais aussi silencieusement que possible, pour ne pas attirer l'attention de qui ou quoi que ce fût qui hanterait les lieux. Alors que nous approchions de l'endroit où j'avais laissé Arkwright, Griffe poussa un hurlement. Puis elle bondit.

Surpris autant qu'effrayé, je marquai un temps d'arrêt avant de m'élancer derrière elle. Je dus m'aider de mon bâton pour ne pas déraper sur la surface gelée. En m'approchant, j'ôtai les volets de la lanterne pour mieux voir. Et je crus que mon cœur s'arrêtait de battre. Arkwright et Croc avaient trouvé Morwène. Ou plutôt, c'était elle qui les avait trouvés. Croc gisait sur la neige, dans une flaque de sang, la gorge ouverte. Il y avait des traces de pas autour de sa dépouille, celles de pieds palmés armés de griffes. Une traînée sanglante menait à la rive du petit lac. Laissant Griffe pleurer à longs gémissements son compagnon mort, j'empoignai fermement mon bâton et suivis la piste macabre.

La lumière de la lanterne éclaira le bâton d'Arkwright, sur le sol, et une de ses bottes émergeant à moitié de l'eau. Le cuir en était en lambeaux, comme si on la lui avait arrachée du pied.

J'imaginai tout de suite ce qui s'était passé : Morwène avait tué le chien, puis elle avait crocheté Arkwright avec la redoutable griffe de son index et l'avait tiré dans l'eau. Puis je remarquai d'autres empreintes, sur le sol ; d'autres pieds palmés, beaucoup d'autres. Morwène n'avait pas agi seule. L'avait-elle attaqué en sortant du lac tandis que les autres l'encerclaient, ne lui laissant aucune chance de s'échapper ?

La peur me desséchait la gorge. Elles étaient peut-être encore là, à me guetter, sous la surface de l'eau ? Elles pouvaient surgir n'importe quand, et je subirais le même destin tragique.

Griffe hurlait, à présent, et les rochers alentour renvoyaient l'écho de sa plainte déchirante. Pris de panique, je m'enfuis en courant. Peu à peu, les appels de détresse de la chienne s'éloignaient. Craignant soudain qu'elle connaisse le même sort que son compagnon, je m'arrêtai et la sifflai. Trois fois, je recommençai. Ne la voyant pas venir, je repartis vers l'auberge à toutes jambes.

Avec la gueule de bois qu'il tenait, Arkwright n'avait guère dû être capable de se défendre. Bien qu'il ait été un épouvanteur expérimenté, il avait commis une grosse erreur en se laissant aller ainsi à boire. Une erreur qui lui avait coûté la vie.

Enfin en sécurité à la taverne, je m'enfermai dans ma chambre à double tour, profondément désemparé. Aux premières lueurs du jour, j'avais pris ma décision : j'allais retourner à Chipenden et tout raconter à l'Épouvanteur. Pour être franc, je ne pouvais prétendre avoir eu de l'amitié pour Arkwright, mais sa mort cruelle me laissait sous le choc. Il avait été un bon épouvanteur et aurait pu m'enseigner encore des choses très utiles, vitales même. Malgré son côté tyrannique et son ivrognerie, il s'était montré un puissant adversaire de l'obscur. C'était une perte tragique pour le Comté.

Et moi ? Courais-je un danger dans l'immédiat ? Il était facile d'enfoncer la porte de ma chambre. Si le tavernier avait joué un rôle dans cette affaire, il avait dû révéler aux sorcières d'eau qui j'étais et où me trouver. Morwène pouvait venir me chercher elle-même ou m'envoyer une de ses complices pour me traîner jusqu'au lac.

Je me souvins alors des paroles d'Alice à propos des miroirs qui permettaient de communiquer. Il y avait un miroir dans ma chambre. L'Épouvanteur n'aurait pas aimé ça, mais j'étais en grand désarroi. Il fallait que je les mette au courant. Mon maître viendrait peut-être à ma rescousse. Ou bien il m'attendrait à mi-parcours.

Assis sur le bord du lit, je me penchai, posai mes deux mains sur la froide surface de verre et pensai à Alice, comme elle m'avait dit de le faire. J'essayai de visualiser son visage, me remémorai nos conversations et les bons moments que nous avions passés dans la maison de John Gregory. Je me concentrai de toutes mes forces ; rien ne se passa.

Au bout d'un moment, je me laissai retomber à plat dos sur le lit et fermai les yeux. Des images d'horreur couraient sous mes paupières, le corps de Croc, les traces sanglantes sur la neige, la botte d'Arkwright abandonnée dans l'eau. Je me redressai, la tête entre les mains. Alice avait peut-être perçu mon appel, utilisant les sortilèges que sa tante, Lizzie l'Osseuse, lui avait enseignés ? Elle était peut-être penchée sur son miroir, là-bas, à Chipenden ? Cela marcherait-il, alors que nous étions si loin l'un de l'autre ? Mais si mon maître la surprenait ? Comprendrait-il que nous n'avions pas d'autre solution ? Et s'il en profitait pour la renvoyer ? Si c'était juste l'excuse dont il avait besoin ?

Au bout d'une dizaine de minutes, je plaçai de nouveau mes mains contre le miroir. Cette fois, je pensai à l'époque où j'avais accompagné Alice chez sa tante de Staumin. Je me revis en train de déguster les délicieux lapins qu'elle avait attrapés avant de les rôtir à la broche. Je me rappelai sa main prenant la mienne, et comment je m'étais senti à la fois coupable – l'Épouvanteur n'aurait pas approuvé – et tellement heureux.

C'est alors que le miroir se mit à briller, le verre tiédit sous mes paumes et, soudain, Alice me regarda.

Sa bouche remuait, et je n'entendais rien. Je savais que les sorcières utilisaient les miroirs pour s'espionner ou surveiller leurs victimes, mais communiquaient-elles en lisant sur les lèvres les unes des autres ? Je secouai la tête pour signaler à Alice que je ne saisissais pas ce qu'elle me disait. Elle se pencha, et le miroir se couvrit de buée. Vite, elle écrivit :

Souffle et écris !

Qu'est-ce que ça signifiait ? Après un bref instant de perplexité, je compris : le message était écrit à l'envers : souffle et écris !

À mon tour, je lâchai mon haleine sur le verre et traçai :

Arkwright a été tué par une sorcière d'eau appelée Morwène.
Au secours !

Le visage d'Alice réapparut, l'air effrayé. De nouveau elle souffla et répondit :

Où es-tu ?

Cette fois, je n'eus pas de mal à lire : Où es-tu ? J'essuyai le verre avec ma paume et répondis :

À Coniston. Je rentre. Préviens l'Épouvanteur.
Retrouvez-moi au moulin d'Arkwright.

J'attendis quelques secondes, le temps qu'elle lise, avant d'effacer de nouveau la buée pour la voir. Elle me fit signe qu'elle avait enregistré et m'adressa un petit sourire anxieux. Puis son image se brouilla, et je ne vis plus que mon propre reflet.

Je me laissai retomber sur le lit pour attendre l'aube. Plus vite je quitterais cet endroit, mieux ce serait.

17

La poursuite

Aux premières lueurs du jour, je me préparai à partir. Par chance, notre pension avait été payée d'avance pour trois jours, car je ne voulais pas prendre le risque de me montrer dans la salle. On me questionnerait sur l'absence de mon maître. Et qui sait si l'aubergiste ou certains de ses clients n'étaient pas complices de Morwène ? Aussi, chargé de mon sac et de mon bâton, je filai par la porte de derrière.

La route la plus facile et la plus directe longeait la rive du lac de Coniston. Je l'évitai, au cas où Morwène ou une autre sorcière d'eau se serait mis en tête de m'y attendre. Mais ce n'est qu'en fin d'après-midi, après que j'eus laissé derrière moi l'extrémité sud du lac, que je commençai à m'en rendre compte : j'étais bel et bien suivi.

Je percevais derrière moi des crissements légers mais inquiétants, des froissements de feuilles, parfois même un craquement de branche. Il m'était difficile d'en être sûr car, chaque fois que je m'arrêtais, les bruits cessaient. Dès que je repartais, ils reprenaient, et semblaient se rapprocher peu à peu. Je parcourus ainsi quelques miles. À présent, j'en étais sûr : on me pistait. Le jour commençait à baisser, et la perspective d'être pourchassé dans le noir ne me disait rien qui vaille. Le cœur battant, je déposai donc mon sac, libérai la lame de mon bâton et fis face. J'attendis, les nerfs tendus à craquer. Or, ce qui émergea du buisson n'était pas une sorcière. C'était Griffe.

Elle gémit et vint s'allonger devant moi, son museau touchant presque le bout de ma botte. Avec un long soupir de soulagement, je me baissai pour la caresser. Que j'étais heureux de la voir ! Bien des choses s'étaient passées depuis le temps où je craignais de lui tourner le dos. Si des sorcières étaient à mes trousses, j'avais à présent une formidable alliée !

– Bonne fille, murmurai-je.

Je me relevai et continuai d'un bon pas, Griffe à mes côtés. Mon instinct me disait que j'étais encore en danger, et j'avais hâte d'être de retour au moulin. Mais j'avais encore une importante décision à prendre. Si j'optais pour le long chemin contournant la baie, cela permettrait à d'éventuels poursuivants de me rattraper ou même de me couper la route. Si je choisissais de traverser la dangereuse bande de sable, je devrais attendre la marée basse et le guide. Je perdrais un temps précieux, et Morwène me rattraperait, de toute façon. Le choix n'était pas évident. J'adoptai finalement la seconde solution.

Malgré mon épuisement, je me forçai à continuer ma route après la nuit tombée. Je dépassai les collines où demeurait l'ermite et descendis vers la baie. La mer scintillait, très loin, au clair de lune. La marée était basse, mais était-il prudent de traverser ?

Je devais plutôt attendre l'aube et me mettre en quête du guide. J'espérais qu'il vivait de ce côté-ci de la baie, pas sur la rive opposée ! Je m'arrêtai au bord d'une falaise basse et observai l'étendue de sable qui s'étirait jusqu'à l'horizon. Une faible ligne de lumière rose se dessinait à l'est ; le jour ne se lèverait pas avant une heure.

Griffe s'était allongée sur l'herbe, à côté de moi, et je la sentais nerveuse. Elle coucha les oreilles, et un sourd grondement roula dans sa gorge. Puis elle se calma.

Je m'assoupissais et, chaque fois que mon menton touchait ma poitrine, je me réveillais en sursaut, prêt à faire face au danger. Mais cette longue marche avait eu raison de ma résistance. Sans m'en apercevoir, je finis par tomber dans un profond sommeil.

Je n'avais probablement pas dormi plus d'une demi-heure quand Griffe me tira de ma torpeur : elle avait saisi mon pantalon entre ses dents et me secouait. Le ciel s'éclaircissait, et une forte brise montait de la mer. Je sentis l'odeur de la pluie qui approchait. Du coin de l'œil, je crus voir quelque chose bouger du côté de la colline. Je regardai mieux. D'abord, je ne distinguai rien ; pourtant, les cheveux de ma nuque se hérissèrent. Au bout d'une ou deux minutes, une silhouette se détacha sur la pente. Elle venait vers moi, se dissimulant derrière les arbres. Griffe gronda de nouveau.

Je me levai, empoignant mon bâton. J'en fus vite convaincu : ce qui approchait était une sorcière d'eau. Quelque chose dans sa façon de marcher, dans l'étrange balancement de son corps – dû sans doute à ses pieds palmés et griffus – révélait que la créature n'était pas à l'aise sur la terre ferme. Était-ce Morwène ou une sorcière moins redoutable ? Elle n'était pas encore assez près pour que je m'en rende compte.

Devais-je la combattre ? J'étais armé de mon bâton ; j'avais aussi ma chaîne d'argent. L'un et l'autre suffisaient contre une sorcière d'eau, du moins en théorie. Car c'était une créature d'une vivacité exceptionnelle. Si je ne la tenais pas suffisamment à distance, elle m'accrocherait avec son index. J'étais bon au lancer de chaîne, du moins sur le poteau d'entraînement, dans le jardin de l'Épouvanteur, qui n'avait rien à voir avec une cible mouvante. Quand j'avais affronté Grimalkin, la sorcière aux ciseaux, je l'avais manquée ; la terreur et la fatigue m'avaient ôté tous mes moyens. Or, à cet instant, je sentais la peur monter, et j'étais épuisé.

Si je ne réussissais pas à l'entourer de ma chaîne, je devrais l'abattre avec mon bâton, et je n'aurais droit qu'à une seule tentative. En cas d'échec, elle serait sur ses gardes. Griffe m'aiderait. Elle était loyale et courageuse. Mais Croc l'était tout autant, et il avait fini tragiquement.

Cependant, je manquerais à mon devoir en laissant une sorcière s'échapper. Si elle faisait une nouvelle victime parce que je n'avais pas su agir ? Un enfant, peut-être ? Non, il me fallait l'affronter.

Elle n'était plus qu'à une cinquantaine de pas quand je changeai d'avis. Elle était sortie de l'ombre et je vis que son œil gauche était fermé.

Je distinguais même la fine aiguille d'os qui attachait la paupière du haut avec celle du bas. C'était bien Morwène ! Dès qu'elle aurait ouvert son œil sanglant, je serais paralysé, pétrifié, incapable de réagir.

Griffe grogna comme pour m'avertir, mais il était déjà trop tard. La sorcière leva la main et retira l'épine d'os. L'œil de sang s'ouvrit et me fixa. J'étais perdu. Toute force me quittait. Je ne voyais que cet œil rouge, de plus en plus grand, de plus en plus brillant.

Soudain on me poussa violemment dans le dos, et je tombai face contre terre. Mon front heurta durement le sol, et je restai un instant estourbi. Puis je sentis le souffle chaud de Griffe qui me léchait le visage. Je l'écartai doucement, et m'aperçus que je pouvais de nouveau bouger. Je compris aussitôt : la chienne avait échappé au pouvoir de la sorcière, qui ne pouvait fixer qu'une seule victime à la fois. Griffe m'avait sauté dessus, me plaquant au sol et brisant le maléfice.

Je me redressai sur les genoux, prenant soin de garder les yeux baissés. J'entendais le curieux clappement des pieds de la sorcière sur l'herbe tandis qu'elle dévalait la pente. « Ne la regarde pas ! me répétai-je. Regarde n'importe où, mais évite l'œil de sang ! »

En un éclair, je fus debout, fuyant vers la plage, Griffe sur mes talons. Ma chaîne d'argent était toujours enroulée autour de mon poignet gauche, mais comment la lancer si un seul regard vers mon ennemie me paralysait ? Mes jambes tremblaient, je n'étais sûrement pas assez rapide pour lui échapper. Je n'osais pas jeter un œil derrière mon épaule. Je m'attendais à chaque seconde à sentir ma gorge transpercée.

– Griffe ! criai-je en sautant sur le sable. Viens !

La chienne haletait à mes côtés, et je me sentais un peu plus soulagé à chaque enjambée. Nous étions en sécurité, pour l'instant : les pieds nus de Morwène ne supporteraient pas le contact du sel qui imprégnait le sable. Combien de temps resterions-nous hors de sa portée ? Elle attendrait là, à nous guetter, jusqu'à ce que la marée montante nous oblige à quitter notre refuge.

Même si j'arrivais à la distancer et à traverser la baie, je savais qu'elle me suivrait par la côte jusqu'au moulin. Moi, je n'en pouvais plus, mais une sorcière aussi puissante qu'elle ne connaissait pas la fatigue. Faire le tour de la baie par les sables avec cette créature à mes trousses, et d'autres embusquées peut-être quelque part sur la route, serait sûrement une erreur.

Si seulement Sam Jenning avait été là pour me guider ! Malheureusement, l'endroit était désert, et la mer avait beau paraître retirée très loin, je n'avais aucun moyen de juger s'il était prudent ou non de s'engager dans la baie. Arkwright m'avait assez mis en garde contre les dangers de la marée montante : chaque année, des voyageurs étaient noyés, des coches emportés avec leurs chevaux et leurs passagers.

Sans Griffe, je crois que j'aurais hésité là pendant des heures. Mais elle s'élança soudain en direction de la mer. Puis elle se retourna en aboyant. Je la regardai d'un air stupide. Elle revint au galop, bondit autour de moi, puis repartit, comme si elle m'ordonnait de la suivre. Je n'arrivais pas à me décider. Quand elle revint pour la troisième fois, elle attrapa le bas de mon pantalon entre ses dents et tira si fort que je faillis tomber.

Cette fois, je m'ébranlai. Elle avait effectué cette traversée des dizaines de fois avec son maître, elle connaissait le chemin. Je devais me fier à son instinct et la suivre. Si j'arrivais à franchir la baie et à atteindre le moulin sain et sauf, le fossé empli d'eau salée tiendrait Morwène et ses semblables à distance. D'autant qu'elle devrait contourner la baie. C'était une longue route, qui lui prendrait au moins une journée. D'ici là, avec un peu de chance, Alice et l'Épouvanteur seraient arrivés, et mon maître, lui, saurait en venir à bout.

Lorsque la chienne et moi atteignîmes le bord du chenal creusé par la rivière Kent, une brume épaisse se répandait sur la baie. Je m'apprêtais à mesurer la profondeur de l'eau avec mon bâton, mais Griffe se mit à longer la rive d'un air assuré, et je la suivis. Arrivée à une courbe, la chienne poussa un aboiement, plongea et traversa à la nage. Tenant mon sac à bout de bras, je m'aventurai dans le chenal, tâtonnant avec mon bâton avant chaque pas. L'eau, très froide, m'arrivait à mi-cuisse, et je fus bientôt de l'autre côté.

Un peu plus confiant dans mes chances de réussite, je trottai derrière Griffe. Je devinais la mer, quelque part sur ma droite. J'entendais le bruit des vagues, au loin, mais la brume s'épaississait. J'espérai que le vent léger qui se levait la chasserait bientôt.

Je continuai d'avancer, dans une angoissante impression de solitude. Je n'y voyais pas à dix pas. À quelle distance étais-je du deuxième chenal ? Je tâchai de me consoler à la pensée que, celui-ci franchi, je ne serais plus qu'à une heure de marche de Hest Bank, dont nous étions partis avec le guide à l'aller. Je marchai, marchai, la chienne trottant toujours devant moi. Je finis par perdre toute notion du temps. Soudain, je m'aperçus que le vent, qui avait soufflé sur ma gauche, me poussait à présent dans le dos. Qui avait changé de direction ? Lui ou nous ? Je n'aurais su le dire. En tout cas, le bruit des vagues, bien qu'étouffé par le brouillard, était nettement plus proche. Allions-nous vers la mer ?

Dans mon affolement et ma hâte d'échapper à la sorcière, j'avais peut-être mis imprudemment toute ma confiance dans l'instinct de la chienne. Même si elle était capable de me guider jusqu'à l'autre rive, comment aurait-elle connu les heures de marée ? La mer montait, à présent, et il était trop tard pour que je revienne sur mes pas. L'eau allait s'engouffrer dans les deux chenaux, ils seraient trop profonds pour que je les traverse, et le courant m'emporterait. Nous étions peut-être perdus...

Or, en regardant le sable à mes pieds, je vis quelque chose qui me rassura un peu : des traces de sabots et deux sillons parallèles creusés récemment par des roues. J'ignorais depuis quand la voiture était passée ; en tout cas, Griffe m'emmenait dans la bonne direction !

En atteignant le second chenal, je fus de nouveau envahi par le découragement. L'eau semblait profonde, le courant déjà fort. La marée montait à grande vitesse.

De nouveau, Griffe longea la rive. Elle prit sur la droite, ce qui m'inquiéta : cela nous rapprochait de la mer. Elle plongea et traversa de nouveau à la nage. Je la suivis. L'autre rive n'était qu'à une dizaine de pas, mais, cette fois, l'eau me mouilla la taille. Deux pas de plus, et j'en avais jusqu'à la poitrine. Je luttai contre le courant qui m'entraînait, tâchant de tenir mon sac au-dessus de ma tête. Mes pieds s'enfonçaient dans le sable mou.

Lorsque l'eau m'arriva au cou et que je crus être emporté, le sol remonta sous mes pieds. Quelques pas de plus et j'émergeai sur la berge, trempé, mais sauvé. Le flux courait à présent sur le sable à toute vitesse. Le vent chassait la brume, qui s'effilochait, et j'aperçus la rive opposée de la baie, à une distance qui me parut encore considérable. Une vague passa sur le bout de mes bottes, la suivante atteignit mes chevilles. Bientôt, j'en avais presque jusqu'à la ceinture. Griffe s'était remise à nager. Si je voulais en faire autant, je devais abandonner mon bâton et mon sac, qui contenait ma chaîne d'argent.

Je forçai l'allure et, finalement, miraculeusement, j'achevai la traversée. Je me laissai tomber sur la rive, les poumons en feu, tremblant de froid et d'épuisement.

Griffe gronda, et je levai les yeux. Je vis un homme, debout devant moi, qui tenait un bâton. Un bref instant, je crus que c'était un épouvanteur. Puis je reconnus Sam Jenning, le guide des sables.

— Tu es complètement fou, petit ! grommela-t-il. Qu'est-ce qui t'a pris de te risquer dans la baie aussi tard, et sans guide ? J'ai fait traverser une diligence. Un des chevaux s'est mis à boiter, et on a eu juste le temps de passer, bien qu'on soit partis à l'aube !

— Je n'avais pas le choix, expliquai-je en me remettant sur mes pieds. J'étais poursuivi.

— Ce n'est pas une excuse ! As-tu pensé à tes pauvres parents, qui ont bien failli perdre un fils ? Qui te poursuivait ?

Je préférai ne pas répondre ; j'en avais déjà trop dit. Il m'examina de bas en haut, mi-furieux mi-inquiet :

— Même si le Diable en personne était à tes trousses, tu as commis une énorme imprudence, petit ! Bill t'avait pourtant mis en garde contre les dangers de la baie. Il a traversé les sables avec moi bien des fois. Tu n'as donc rien écouté ?

Je ne répondis pas.

— Enfin, que cela te serve de leçon ! J'habite tout près d'ici. Viens te sécher. Ma femme te donnera quelque chose de chaud.

— Non, merci, dis-je. Je dois rentrer tout de suite au moulin.

— Bon, je n'insiste pas. Mais rappelle-toi ce que je t'ai dit. Il y a eu trop de noyés, ici. Je ne voudrais pas que tu sois le prochain !

Je repris la route, grelottant dans mes vêtements mouillés. Au moins avais-je une journée d'avance sur la sorcière ; avec un peu de chance, Alice et John Gregory me rejoindraient bientôt. Je n'avais rien dit au guide de la mort d'Arkwright, parce que c'était une affaire d'épouvanteur. Arkwright serait sûrement regretté. Il avait protégé efficacement le nord du Comté, les gens le connaissaient et le respectaient ; il faisait partie de leur communauté.

Je venais de vivre une rencontre éprouvante avec la mer, et je n'en avais pas fini avec les eaux de la région. Pour gagner du temps, plutôt que de remonter directement jusqu'au canal, je décidai de couper par le nord. Je contournai le Petit Lac dans l'intention de prendre le sentier où je m'étais trouvé pour la première fois face à Morwène. Je pensais être assez éloigné des tourbières, mais je me trompais. Alors que je marchais presque joyeusement, ma botte droite s'enfonça soudain dans le sol spongieux.

Plus je luttais pour me dégager, plus je m'enlisais. Sentant monter la panique, je me forçai à respirer profondément pour retrouver mon calme. Mon autre pied n'était pas trop englué, sans doute appuyé sur un sol plus ferme. Aussi, prenant appui sur mon bâton, je dégageai lentement mon pied droit. Ma botte s'extirpa d'un coup de sa gangue de boue, et je faillis perdre l'équilibre.

Après cette mésaventure, je pris garde où je mettais les pieds. Je venais de comprendre les dangers des marais. J'atteignis enfin le sentier et me dirigeai à grands pas vers le moulin.

18

Deux messages

Ce n'est qu'en approchant que je me rappelai la bande des recruteurs, qui avaient juré de nous tuer. Cette menace avait fait rire Arkwright, pas moi.

Il n'est pas difficile de découvrir où vit un épouvanteur. Ils pouvaient fort bien attendre mon retour, embusqués dans le jardin ou dans la maison.

Mais, après avoir traversé le fossé et exploré prudemment l'intérieur du moulin, y compris la chambre aux deux cercueils, je compris que mes craintes étaient sans fondement. Il n'y avait là ni recruteurs ni sorcières. Après quoi, en dépit de ma fatigue, je transportai l'un après l'autre les cinq barils de sel dans le jardin et en versai le contenu dans le fossé, en particulier dans la partie la plus proche des marais. Cela tiendrait Morwène à l'écart. Griffe ne me quitta pas d'une semelle tout le temps que dura l'opération. Puis elle décrivit trois cercles autour de moi en aboyant et disparut à grands bonds. Je supposai qu'elle partait à la chasse aux lapins.

Les deux fosses, au sous-sol du moulin, me causaient du souci : je devais compter avec la présence du skelt et de la sorcière. Peut-être avaient-ils besoin d'une nouvelle ration de sel pour se tenir tranquilles. D'un autre côté, si j'en versais trop, je risquais de les tuer. Je résolus de laisser provisoirement les choses en l'état.

De retour dans la cuisine, j'allumai le fourneau pour mettre mes vêtements à sécher. Je m'accordai ensuite une sieste bien méritée avant de me préparer un repas chaud. Après quoi, je décidai de monter au deuxième étage et de chercher dans la bibliothèque d'Arkwright le livre sur Morwène. Je ne l'avais pas lu en entier, et j'avais besoin d'en savoir le plus possible sur elle. Ma survie en dépendait peut-être. La présence de fantômes assez forts pour déplacer des objets me rendait nerveux, mais il faisait grand jour et, après tout, c'était les parents d'Arkwright, des êtres tristes et reclus, nullement maléfiques.

La pièce n'avait pas changé depuis ma dernière visite ; les cercueils étaient toujours alignés et les trois fauteuils disposés autour du fourneau. Mais les cendres étaient froides, dans le foyer, et je frissonnai. Les deux fantômes n'auraient plus la compagnie de leur fils, désormais.

J'examinai la bibliothèque. Elle n'était pas aussi bien garnie que celle de l'Épouvanteur à Chipenden, ce qui n'avait rien d'étonnant. Non seulement mon maître était beaucoup plus vieux, ce qui lui avait donné le temps d'écrire et d'acquérir des livres, mais il possédait aussi de nombreux ouvrages légués par plusieurs générations d'épouvanteurs.

Les étagères d'Arkwright contenaient des titres sur la région tels que *La flore et la faune du nord du Comté*, *L'art de la vannerie* ou *Chemins et sentiers de la région des lacs*. Il y avait ensuite ses propres recueils de notes, reliés de cuir, depuis l'époque où il était apprenti jusqu'à ces jours derniers. Tous me livreraient certainement de nombreux détails sur ce qu'Arkwright avait appris en exerçant son métier. Je trouvai aussi un bestiaire, moins gros que celui de l'Épouvanteur, mais sûrement fort intéressant. Le livre sur Morwène était rangé juste à côté.

Je m'apprêtais à sortir de la chambre dans l'intention d'aller le lire auprès du feu, quand un frisson glacé me parcourut : les fantômes se manifestaient.

Un cylindre lumineux se forma entre la porte et moi, ce qui me surprit. D'habitude, les fantômes n'apparaissent pas le jour. Qui était-ce ? Le père, la mère, ou le fils ? Les esprits qui n'ont pas trouvé le repos restent généralement à proximité de leur dépouille ou des lieux où ils sont morts. Mais ils sont parfois forcés à l'errance. J'espérais que ce ne serait pas Arkwright. Certains esprits ne supportent pas qu'on pénètre dans leur maison. Ils veulent continuer à l'habiter. Ils ne sont même pas toujours conscients d'être morts. Si c'était lui, il serait furieux de me trouver dans sa pièce personnelle, en train de fouiller dans ses livres. Il serait capable de me frapper pour me punir de cette intrusion.

Or, ce n'était pas Arkwright. Une voix de femme s'adressa à moi :

« *Mon fils, mon William, est encore en vie. Aide-le, je t'en supplie, avant qu'il soit trop tard !* »

C'était Amelia, sa mère.

D'une voix apaisante, comme l'Épouvanteur me l'avait enseigné, je dis :

— Je suis désolé, madame Arkwright. Vraiment désolé. J'aurais voulu faire quelque chose pour lui, mais je n'étais pas là, quand c'est arrivé. Croyez-moi, il est mort.

« *Non ! Écoute-moi ! Il est prisonnier dans les entrailles de la Terre, il attend encore la mort.* »

– Comment le savez-vous, demandai-je doucement, puisque vous êtes un esprit, incapable de quitter cette maison ?

J'entendis des sanglots, et la lumière baissa. À l'instant où je crus qu'elle allait s'éteindre tout à fait, elle regagna en éclat, et la voix me cria, avec des accents désespérés :

« *Je l'ai entendu dans les hurlements d'un chien agonisant, dans le murmure des roseaux du marais. Je l'ai senti dans l'eau gouttant de la roue brisée. Ils me l'ont dit, et maintenant, je te le dis. Sauve-le avant qu'il soit trop tard ! Toi seul en es capable ! Toi seul peux affronter le Malin ! »*

Soudain la colonne de lumière prit l'apparence d'une femme, vêtue d'une robe d'été bleue et portant un panier de fleurs. Elle me sourit, et la pièce embauma du parfum des fleurs. Des larmes brillèrent dans ses yeux. Et, d'un coup, elle disparut.

Je descendis à la cuisine, encore tout tremblant. La mère fantôme disait-elle vrai ? Arkwright était-il encore vivant ? Cela paraissait impossible. Les traces sanglantes menaient droit au lac ; il avait perdu son bâton et l'une de ses bottes. Les sorcières l'avaient certainement entraîné dans l'eau. Elles n'auraient pas laissé échapper cette chance de le massacrer. Il était leur ennemi depuis si longtemps, et il avait tué tant de leurs semblables !

Comme la plupart des âmes errantes, la pauvre femme était sans doute en pleine confusion.

Et moi, j'avais de quoi m'inquiéter. Morwène et les autres sorcières ne seraient sans doute pas là avant un moment, et le fossé empli d'eau salée les tiendrait à distance. Mais combien de temps ? J'avais hâte de voir arriver Alice et l'Épouvanteur. Seul, je ne m'en sortirais jamais, alors qu'ensemble, nous pouvions régler son compte à Morwène une fois pour toutes. Ensuite, nous retournerions à Chipenden, laissant derrière nous cette sinistre région de lacs et de marécages. J'espérais que mon maître n'en voudrait pas trop à Alice d'avoir employé la magie des miroirs. Il devrait admettre que c'était justifié.

J'entamais ma lecture quand j'entendis un lointain tintement de cloche. Je tendis l'oreille et comptai cinq coups. C'était M. Gilbert, qui effectuait une livraison.

Par le passé, il avait dû sonner plus d'une fois en vain, quand son client avait été appelé quelque part. Si je ne bougeais pas, il continuerait sans doute son voyage, dans l'idée de réessayer à son prochain passage. Mais M. Gilbert ignorait la mort d'Arkwright. Il semblait avoir une réelle amitié pour lui, et j'estimais de mon devoir de lui annoncer la mauvaise nouvelle. Après tout, je n'étais pas encore en danger. Morwène devait encore être à des miles de là, et je serais content de voir un visage affable.

M'équipant juste de mon bâton, je me dirigeai donc vers le canal. C'était un bel après-midi ensoleillé. M. Gilbert descendait vers le sud, et la barge était amarrée sur la berge opposée. Très enfoncée dans l'eau, elle me parut lourdement chargée. Une fille à peu près de mon âge, sûrement la fille de M. Gilbert, tenait les chevaux par la bride, ses cheveux blonds brillant au soleil. Il me salua de la main et me désigna le pont le plus proche, à une centaine de pas. Je traversai et me dirigeai vers la barge.

En m'approchant, je vis qu'il tenait une enveloppe. Il leva les sourcils :

– Quelque chose ne va pas ? Tu as mauvaise mine, Tom. C'est l'ami Bill qui te mène la vie dure ?

Il aurait été trop long de lui raconter les derniers événements, aussi je répondis simplement :

– J'ai une mauvaise nouvelle. M. Arkwright est mort. Il a été tué par des sorcières d'eau, au-delà de la baie. Elles me traquent, à présent, aussi, soyez prudent. Qui sait où et quand elles resurgiront ?

M. Gilbert parut sous le choc :

– Quelle affaire ! C'est terrible. Bill va beaucoup nous manquer.

En effet, il n'y avait personne pour le remplacer. Le pays comptait peu d'épouvanteurs compétents, et le nord de Caster serait une région particulièrement dangereuse, désormais. L'obscur venait de remporter une victoire significative.

Avec un soupir lourd de tristesse, le batelier me tendit l'enveloppe :

– De la part de M. Gregory. Il me l'a remise ce matin à Caster.

Je reconnus l'écriture de mon maître. Pour avoir atteint Caster si tôt, il avait dû se mettre en route dès qu'Alice lui avait transmis mon message, et marcher toute la nuit, comme moi. Cette idée me réconforta. Mais pourquoi n'avait-il pas continué jusqu'au moulin ? Il aurait même pu se faire transporter par la barge. Quoique... Elle remontait le canal, elle devait venir du nord plutôt que de Caster. À moins que, juste avant mon arrivée, M. Gilbert ait traversé le pont avec ses chevaux pour les atteler de l'autre côté et repartir vers le sud.

Je déchirai l'enveloppe et lus :

Demande à M. Arkwright de te libérer de ton entraînement pour quelques jours. M. Gilbert va t'emmener à Caster, où je t'attends. C'est extrêmement urgent. Au cœur de la ville, près du canal,

x

j'ai découvert quelque chose qui va nous être d'un grand secours dans notre lutte contre l'obscur. Cela te concerne directement.

Ton maître,

John Gregory

L'Épouvanteur ne semblait pas au courant de la mort d'Arkwright. Soit Alice ne lui avait rien dit, soit – pour une raison quelconque – il faisait semblant de l'ignorer. Et puisqu'il n'était pas venu droit au moulin pour combattre Morwène, j'en déduisais qu'il avait fait une découverte importante.

– Monte à bord ! me lança M. Gilbert. Mais d'abord, que je te présente ! Mon fils avait beaucoup à faire à la maison, et c'est ma fille qui est avec moi. Approche, fillette ! Voici le jeune Tom !

Sans lâcher la bride des chevaux, elle me salua vaguement de la main.

– C'est une grande timide, m'expliqua son père. En route, maintenant ! Elle trouvera sans doute le courage de te parler dans un moment.

J'eus un temps d'hésitation. Abandonner Griffe au moulin ne posait pas de problème, elle était capable de se débrouiller seule. Que mon sac y soit resté aussi ne me souciait guère ; mais il contenait mon bien le plus précieux : ma chaîne d'argent.

Ignorant ce qui nous attendait à Caster, je ne voulais pas m'en trouver privé.

– Il faut que je retourne chercher quelque chose, dis-je.

M. Gilbert fronça les sourcils :

– C'est qu'on est pressés. Ton maître t'attend, et il faut qu'on soit à Caster avant la nuit.

– Alors, partez devant ! Je vous rejoindrai en courant.

Je vis que ça ne lui plaisait pas, pourtant, c'était une solution tout à fait raisonnable. Les chevaux, qui tractaient une barge lourdement chargée, n'avançaient pas très vite. Je n'aurais aucun mal à les rattraper. Ensuite, je me laisserais volontiers transporter.

Je lui adressai un signe de tête poli et partis à fond de train.

Quand j'entrai dans la cuisine, j'eus le choc de ma vie : Alice était assise près du fourneau, Griffe à ses pieds, le museau sur ses souliers pointus.

Elle me sourit et tapota la tête de la chienne :

– Elle attend des petits. Deux, je pense.

– Alors, fis-je remarquer tristement, ils n'ont plus de père. Morwène l'a tué, comme elle a tué son maître. J'ai vécu des choses terribles, tu sais. Tu ne peux pas savoir combien je suis heureux de te voir ! Heureux et soulagé ! Mais pourquoi n'es-tu pas à Caster avec l'Épouvanteur ?

– Caster ? Il n'a jamais été question d'aller à Caster. Le vieux Gregory est parti à Pendle la semaine dernière. Il se rendait à la tour Malkin, à ce qu'il m'a dit, examiner les malles de ta mère et voir s'il y trouvait des informations sur le Malin. Quand on s'est parlé grâce au miroir, il n'était pas encore de retour. Alors, je lui ai laissé un mot et je suis venue seule. Ça paraissait urgent.

Décontenancé, je lui tendis la lettre de l'Épouvanteur. Elle la parcourut, puis hocha la tête :

– Apparemment, le vieux Gregory a fait une découverte, il est allé directement de Pendle à Caster et il ignore ce qui est arrivé à Arkwright.

– Tu as bien failli me manquer, tu sais. M. Gilbert, le batelier, doit m'emmener. J'étais juste revenu chercher ma chaîne d'argent.

– Tom ! s'écria alors Alice en se levant d'un bond, l'air inquiète. Tu as une vilaine plaie à l'oreille. Attends, j'ai ce qu'il faut pour soigner ça.

Elle sortit de sa poche son petit sac d'herbes.

– Non, Alice, on n'a pas le temps, et le docteur a dit que ce n'était rien. Morwène m'a attrapé par l'oreille pour m'entraîner dans le marais, et Griffe m'a sauvé. Sans elle, je serais mort.

J'allai prendre ma chaîne dans mon sac et l'enroulai autour de ma taille, bien cachée sous mon manteau.

– Pourquoi n'as-tu pas suivi le canal depuis Caster jusqu'au moulin ? demandai-je. C'est le chemin le plus court.

– Oh, que non ! Je te l'ai déjà dit, j'ai vécu ici, autrefois, avec Lizzie l'Osseuse, jusqu'à ce qu'Arkwright revienne d'un périple dans le Nord, ce qui nous a obligées à déménager. Nous habitions en bordure des marécages ; je les connais comme le fond de ma poche.

– Je suppose que M. Gilbert acceptera que tu voyages avec nous. Mais il s'est sûrement mis en route ; il va falloir le rattraper.

Griffe nous emboîta le pas, et Alice secoua la tête :

– Ce n'est pas une bonne idée de l'emmener. La ville n'est pas faite pour les chiens. Elle sera mieux ici, en liberté.

J'étais d'accord. Mais Griffe, ignorant les injonctions d'Alice, continua à trotter derrière nous jusqu'au chemin qui longeait le ruisseau.

– Dis-lui, toi ! insista Alice. Elle t'écoutera peut-être. Après tout, c'est ton chien, maintenant.

Mon chien ? Je n'avais pas pensé à ça. Je n'imaginais pas l'Épouvanteur acceptant cette bête chez nous, à Chipenden. Néanmoins, je m'agenouillai près de Griffe et lui caressai la tête :

– Reste ici, ma fille, lui ordonnai-je. On sera bientôt de retour.

Elle poussa un gémissement plaintif. Quelques jours plus tôt, elle me terrifiait ; à présent, j'étais triste de l'abandonner. Mais je ne lui mentais pas. Nous repasserions par le moulin pour aller affronter Morwène.

À ma grande surprise, la chienne m'obéit. Elle resta immobile sur le sentier tandis que nous courions vers le canal. La barge n'était pas partie.

– C'est qui, cette fille ? demanda Alice en traversant le pont.

– La fille de M. Gilbert. Elle est très timide.

– Je n'ai jamais vu une timide avec de tels cheveux.

Le ton avait quelque chose de venimeux.

Moi, fille timide ou pas, je n'avais jamais vu une si belle chevelure. J'avais toujours admiré celle d'Ellie, la femme de mon frère Jack. Mais, alors que les cheveux d'Ellie avaient la couleur de la paille après la moisson, ceux de cette fille brillaient comme de l'or au soleil.

Elle était toujours près des chevaux, sans doute plus à l'aise avec eux qu'avec des étrangers. Il y a des gens comme ça. Mon père m'avait raconté qu'il avait travaillé dans sa jeunesse chez un fermier. L'homme ne lui adressait pas un mot, mais parlait avec les bêtes toute la journée.

– Qui est cette jeune personne ? s'étonna M. Gilbert en nous voyant approcher.

– C'est Alice, expliquai-je. Elle vit avec nous à Chipenden, et travaille comme copiste pour M. Gregory. Ça ne vous ennuie pas si elle voyage avec nous ?

– Toujours heureux de rendre service, répondit le batelier avec un sourire, non sans jeter un coup d'œil aux souliers pointus de mon amie.

Quelques instants plus tard, nous étions à bord. La fille aux cheveux d'or resta sur le chemin, menant les chevaux par la bride pendant que son père se reposait sur la barge.

L'après-midi était déjà bien avancé, mais c'était agréable de glisser sur l'eau, au soleil. Cependant, l'idée d'entrer bientôt dans Caster m'emplissait d'appréhension. Nous avions toujours évité cette ville jusqu'alors, à cause du danger d'être arrêtés et emprisonnés au château. On n'aimait pas les épouvanteurs, là-bas. Je me demandais ce que mon maître avait pu trouver de si important.

19

La fille du batelier

Le voyage se déroulait tranquillement. La plupart du temps, personne ne pipait mot. J'avais des tas de choses à raconter à Alice mais ne voulais pas le faire en présence du batelier. Notre travail d'épouvanteur ne le concernait pas, et je savais que mon maître m'aurait approuvé. Mieux valait garder ces histoires-là pour nous.

J'avais déjà pu constater que M. Gilbert était un homme taciturne, et je n'attendais guère qu'il nous fasse la conversation. Cependant, quand les tours du château et les clochers des églises furent en vue, il se montra soudain très bavard.

– As-tu des frères, Tom ? me demanda-t-il.

– Oui, j'en ai six. L'aîné, Jack, a repris la ferme familiale. Il s'en occupe avec James, le deuxième, qui est aussi forgeron.

– Et les autres ?

– Ils vivent un peu partout dans le Comté, et font différents métiers.

– Sont-ils plus âgés que toi ?

– Eh oui, tous les six ! dis-je en riant.

– Suis-je bête ! Évidemment ! Tu es le septième fils d'un septième fils ! Le dernier à partir en apprentissage, et le seul qui soit doué pour le métier d'épouvanteur ! Est-ce que ta famille te manque, Tom ?

L'émotion me prit par surprise, et je ne répondis pas tout de suite. Je sentis la main d'Alice se poser sur mon bras, réconfortante. Bien sûr, mes frères me manquaient. D'autant que mon père était mort l'année précédente, et que ma mère était repartie dans son pays pour y combattre l'obscur. Je me sentis soudain très seul.

– Je comprends ta tristesse, Tom, reprit M. Gilbert. Ça compte beaucoup, la famille, et rien ne remplace les disparus. C'est bon d'être avec les siens, de travailler avec eux, comme j'ai la chance de le faire. J'ai une fille loyale, qui vient m'aider chaque fois que j'ai besoin d'elle.

Soudain, je frissonnai. Le soleil, qui brillait au-dessus des arbres quelques instants plus tôt, avait disparu. Le crépuscule tombait, et des lambeaux de brume se mirent à ramper autour de nous. Nous entrâmes dans la ville, et les hauts bâtiments carrés qui s'élevaient de chaque côté du canal nous dominaient tels des géants. Seul le claquement des sabots troublait le silence. À cet endroit, le canal était beaucoup plus large ; des embarcations étaient amarrées à ses quais. Mais on ne voyait pas signe de vie.

Notre barge s'arrêta. M. Gilbert se redressa et nous toisa, Alice et moi. Bien que son visage fût dans l'ombre, je crus y lire une expression malveillante.

Je cherchai sa fille du regard. Elle était penchée vers le cheval de tête et semblait lui chuchoter quelque chose à l'oreille. M. Gilbert soupira :

– Cette fille ! Elle les aime trop, nos bons gros chevaux ! Elle ne se lasse jamais d'eux. Oh, fillette ! lança-t-il d'une voix forte. On n'a pas le temps pour ça maintenant ! Attends un peu !

Presque aussitôt, les chevaux reprirent leur marche, et la barge se remit à avancer. Le batelier se dirigea vers l'avant et s'assit de nouveau.

Alice me souffla :

– Je n'aime pas ça, Tom. Quelque chose va de travers, je le sens.

Au même instant, je perçus un battement d'ailes, quelque part dans l'obscurité, au-dessus de nos têtes, suivi par un cri rauque.

– Quel est cet oiseau, Alice ? demandai-je. J'ai entendu un cri semblable, récemment.

– C'est un vultrace. Le vieux Gregory ne t'en a jamais parlé ?

Je dus admettre que non.

– C'est pourtant une créature que tout épouvanteur doit connaître, un oiseau de nuit. Certains prétendent que les sorcières prennent parfois cette apparence, mais c'est une ineptie. La vérité, c'est qu'elles les utilisent comme animaux familiers. En échange d'un peu de sang, le vultrace devient leurs yeux et leurs oreilles.

– Eh bien, j'en ai entendu un pendant que je cherchais Morwène. Crois-tu qu'il lui appartienne ? Si c'est le cas, elle doit être dans les parages. Peut-être se déplace-t-elle plus vite que je le pensais. Si ça se trouve, elle nous suit en nageant sous l'eau.

Le canal se rétrécissait de nouveau. Les constructions formaient deux hauts murs de chaque côté, comme si elles voulaient occulter le ciel. C'était d'énormes entrepôts, probablement fort animés dans la journée, mais déserts et silencieux à cette heure. De temps à autre, la lumière d'une lanterne se reflétait dans l'eau, puis nous traversions de longues flaques d'obscurité, qui me flanquaient la chair de poule. J'étais d'accord avec Alice. Je n'arrivais pas à mettre le doigt dessus, mais quelque chose, ici, ne tournait pas rond.

J'aperçus une sombre arche de pierre, que je pris d'abord pour un pont. C'était en réalité l'entrée d'un vaste entrepôt, dans lequel le canal pénétrait directement. Tandis que nous glissions dessous, les chevaux ralentirent. Je remarquai que le bâtiment était rempli de hauts tas d'ardoises, probablement apportés par barge depuis les carrières du Nord. Sur le quai de bois s'alignaient de nombreuses bittes d'amarrage, et cinq énormes poteaux, dont l'extrémité disparaissait dans l'obscurité, soutenaient le toit. À chacun d'eux était accrochée une lanterne, si bien que le quai baignait dans une lumière jaunâtre. Au-delà s'étendaient les noires entrailles de l'entrepôt.

Le batelier s'approcha de la trappe la plus proche et la souleva. Je remarquai alors qu'elle n'était pas cadenassée. Pourtant, M. Gilbert m'avait dit précédemment combien il était important de protéger la cargaison. Je découvris avec étonnement que la cale était éclairée. Deux hommes y étaient assis sur une pile d'ardoises, une lanterne à la main. Et ce que j'aperçus à leurs pieds me plongea dans un puits d'horreur et de désespoir.

C'était un cadavre aux yeux révulsés, dont la gorge ouverte me rappela la blessure mortelle que Morwène avait infligée au pauvre Croc. Mais, plus que la cruauté du meurtre, c'est l'identité de la victime qui me terrifia.

Ce mort était M. Gilbert.

Je me tournai vers la créature qui avait pris l'apparence du batelier :

– Si M. Gilbert est mort, vous devez être...

– Appelle-moi comme tu voudras, Tom. On me donne bien des noms ; aucun ne correspond à ma véritable nature. Mes ennemis me présentent sous un faux jour. Ils m'appellent le Malin ; ils pourraient aussi bien me nommer l'Ami. Si tu me connaissais mieux...

Il parlait, et je sentais mes forces quitter mon corps. Je voulus saisir mon bâton ; ma main ne m'obéissait plus. Avant que tout s'obscurcisse autour de moi, j'eus une rapide vision du visage épouvanté d'Alice. Je l'entendis gémir de terreur, et cela me glaça jusqu'aux os. Alice était forte, Alice était brave. Si elle émettait cette plainte inarticulée, c'est que nous étions perdus.

**

En revenant à moi, je crus remonter des profondeurs d'un océan de ténèbres. J'entendis d'abord des sons : des hennissements de détresse, le rire gras d'un homme. La mémoire me revint, et la panique m'envahit. Je luttais désespérément pour me redresser.

Je finis par abandonner en comprenant ce qui s'était passé. Je n'étais plus sur la barge mais assis sur le quai de bois, ficelé solidement à l'un des poteaux qui soutenaient le toit, les jambes parallèles au canal.

Par sa seule volonté, le Malin m'avait plongé dans l'inconscience. Pire encore, les forces sur lesquelles nous avions appris à nous appuyer nous avaient fait défaut. Alice n'avait rien senti venir. Mes pouvoirs de septième fils d'un septième fils s'étaient révélés inopérants. Le temps lui-même s'était écoulé de façon anormale : le soleil brillait haut dans le ciel, et les clochers apparaissaient à l'horizon. L'instant d'après, il faisait nuit et nous étions entre les murs de la cité. Comment espérer vaincre un être aussi puissant ?

La barge était toujours amarrée. Les deux hommes que j'avais vus dans la cale, un long couteau passé dans leur ceinture, étaient assis au bord du quai et balançaient leurs grosses bottes cloutées au-dessus de l'eau. Les chevaux, dételés, étaient allongés. La fille avait passé ses bras autour du cou du plus proche. Je me demandais si elle l'encourageait à se relever. Les bêtes étaient-elles malades ?

Puis je remarquai que les cheveux de la fille avaient changé de couleur. Ils étaient noirs. Comment était-ce possible ? Si je n'avais pas eu l'esprit aussi embrouillé, j'aurais compris plus tôt. Ce ne fut que lorsqu'elle laissa le cheval pour venir vers moi, sur ses pieds nus, que je commençai à saisir : elle marchait avec précaution, ses mains en coupe emplies d'un liquide sombre ; sa bouche était barbouillée de rouge. Elle s'était abreuvée du sang du pauvre animal ; elle avait dû le faire une première fois, quand la barge s'était arrêtée en cours de route.

C'était Morwène. Sans doute quelque sinistre enchantement nous avait-il trompés sur la couleur de sa chevelure. Pas étonnant qu'elle soit restée le dos tourné pendant tout le voyage ! Je voyais à présent sa face hideuse, son nez dépourvu de chair, son œil gauche fermé.

Une ombre passa sur moi et je me tassai contre le poteau. Je sentis dans mon dos la présence du Malin. Il resta en dehors de mon champ de vision, mais sa voix me pénétra comme une lame glacée, et mon cœur se mit à battre à grands coups désordonnés.

– Je dois te laisser, Tom. Un autre travail m'attend. Ma fille Morwène prendra soin de toi. Tu es entre ses mains, à présent.

Et, soudain, il ne fut plus là. Quelle tâche pouvait bien l'appeler au loin, à l'instant où j'étais à sa merci ? La fille du Diable me fixait avec une expression cruelle.

J'entendis un claquement d'ailes, et un gros oiseau très laid se posa sur son épaule. Elle leva ses mains en coupe et il y plongea le bec à plusieurs reprises, puisant sa part du sang des chevaux. Ayant étanché sa soif, le vultrace poussa son affreux cri, déploya ses larges ailes et s'envola.

Morwène s'agenouilla, posant sur le bois du quai ses paumes rougies, si près qu'elle aurait pu me toucher en étendant la main. Je m'efforçai de respirer lentement, mais mon cœur s'affolait dans ma poitrine. Elle me dévisagea de son œil reptilien, se pourlécha les lèvres de sa langue pointue. Puis elle parla :

– Tu es là, si calme, si tranquille ! Pourtant, la bravoure ne sert plus à rien. Tu es ici pour mourir, et, cette fois, tu n'échapperas pas à ton destin.

Elle découvrit ses horribles canines verdâtres, et son haleine aigre m'emplit les narines. Une nausée me contracta l'estomac. Elle parlait d'une voix sifflante, tel le chuintement de l'eau tombant sur des braises, et la fin de ses phrases se perdait dans un gargouillis marécageux. Elle avança légèrement la tête, son œil droit fixé sur mon cou. Je crus qu'elle allait me déchirer la gorge d'un coup de dents. D'un mouvement involontaire, je me pla-quai plus fort contre le poteau, ce qui la fit sourire. Son œil plongea dans le mien :

– J'ai bu jusqu'à plus soif ; je te laisse vivre encore un peu. Respire ! Et regarde ce qui se passe autour de toi !

Je m'appliquai à contrôler ma peur, la pire ennemie d'un épouvanteur quand il affronte l'obscur. Morwène semblait d'humeur causante, autant en profiter pour obtenir des informations qui pourraient s'avérer utiles. J'étais dans de sales draps, mais je m'étais déjà trouvé dans des situations où mes chances de survie paraissaient bien minces. « Tant qu'il y a de la vie, il y a de l'espoir », comme aimait à le répéter mon père, et je partageais cette conviction.

– Qu'allez-vous faire ? demandai-je.

– Anéantir les ennemis de mon père : John Gregory et son apprenti vont mourir tous deux cette nuit.

– Mon maître ? Il est ici ?

Était-il enfermé dans l'autre cale ?

La sorcière secoua la tête :

– Il est en route, à l'instant où nous parlons. Mon père lui a envoyé une lettre pour l'attirer à cet endroit, comme il l'a fait pour toi. C'est un appel au secours que tu as signé de ton nom, croit-il. Et il marche à grands pas vers son destin.

– Où est Alice ?

– En sécurité dans la cale, siffla Morwène, l'arête saillante de son nez à quelques pouces de mon visage. Mais toi, tu es l'appât qui va mener ton maître à la mort.

Ces derniers mots ressemblaient au coassement d'une grenouille montant d'un marais stagnant. Sortant alors de sa manche un mouchoir crasseux, elle me bâillonna. Puis elle releva la tête et renifla à plusieurs reprises.

– Il n'est plus très loin, lança-t-elle à ses deux complices, qui reculèrent pour se dissimuler dans l'ombre de l'entrepôt.

Je m'attendais à ce qu'elle les rejoigne. Or, à ma grande consternation, je la vis gagner la berge, se laisser glisser dans le canal et disparaître.

L'Épouvanteur était fort, habile à manier le bâton. À moins d'être pris en traître, il était tout à fait capable de tenir en respect deux hommes armés. Mais si la sorcière surgissait de l'eau pendant qu'il se battait, il serait en grand danger.

20

Une seule solution

Je restai assis là, incapable de bouger, guettant l'arrivée imminente de mon maître. Si rien n'empêchait Morwène d'agir, il serait le premier de nous deux à mourir. Cependant, la situation n'était pas totalement désespérée, car pour quelque obscure raison, le Malin s'était éloigné. John Gregory ne serait pas si facile à tuer. Il se défendrait. Et je devais trouver un moyen de l'aider.

Je tentai de me libérer de la corde qui me ligotait au poteau. Elle était solide, bien serrée, et j'avais beau me tortiller dans tous les sens, elle ne se relâchait pas. J'entendis un bruit de pas qui approchaient. Était-ce ceux de l'Épouvanteur ?

Je n'eus pas à m'interroger longtemps. Quelques secondes plus tard, il apparaissait à l'extrémité du quai, chargé de son sac et son bâton en main. Dès qu'il me vit, il s'arrêta. Il avait tout de suite compris : il était tombé dans un piège, et je servais d'appât. Il n'avait qu'une alternative : reculer et prendre la fuite, ou bien avancer en espérant qu'il saurait faire face à l'attaque qui se préparait. Je savais qu'il ne m'abandonnerait pas. Il ne lui restait donc qu'une seule solution.

Ayant fait une vingtaine de pas, il découvrit les cadavres des chevaux. Il s'arrêta de nouveau, à côté d'un des poteaux qui soutenaient le toit. La lanterne éclairait son visage et, bien qu'il me parût vieux et amaigri, la lumière allumait dans ses yeux des reflets féroces. Je le sentais ramassé sur lui-même, tous les sens à l'affût, flairant les dangers tapis dans les recoins obscurs.

Il avança encore. J'aurais pu, d'un geste du menton, attirer son attention sur le canal d'où Morwène pouvait surgir. Mais cela risquait de le distraire de l'autre menace qui le guettait sur sa droite.

Quand il fut à vingt pas de moi, il posa son sac sur le sol. Empoignant son bâton à deux mains, il l'inclina dans un geste défensif. Je perçus distinctement le *clic* de la lame jaillissant à l'extrémité. Tout se passa alors très vite.

Les deux bandits bondirent hors de l'ombre, leurs longs couteaux luisant dans la lumière de la lanterne. L'Épouvanteur pivota pour les affronter, tournant le dos au canal. Ses adversaires eurent une seconde d'hésitation, due sans doute à la redoutable lame ou à la détermination brûlant dans le regard de leur adversaire. Puis ils s'élancèrent, leurs couteaux pointés. Il frappa. L'un des hommes reçut un coup violent à la tempe. Il s'effondra sans un cri, lâchant le couteau, tandis que l'Épouvanteur enfonçait sa lame dans l'épaule du second. Il tomba à genoux avec un glapissement de douleur, perdant lui aussi son arme. L'Épouvanteur dirigea vers lui la pointe de son bâton, et je crus qu'il allait le transpercer. Mais il secoua la tête et lui parla à voix basse. L'homme se remit sur ses pieds et s'éloigna en titubant, une main pressée contre son épaule blessée. Alors seulement mon maître regarda de mon côté, et je lui fis signe de se méfier de l'eau.

Il était temps. Morwène surgit tel un saumon franchissant un torrent, les bras tendus pour déchirer le visage de son adversaire. Cependant son œil gauche était encore fermé.

Mon maître fit preuve de la même dextérité. Son bâton décrivit un arc de cercle et la lame manqua la gorge de la sorcière d'un cheveu. En poussant un rugissement de rage, elle se jeta à l'eau avec beaucoup moins de grâce que la première fois, dans un grand bruit d'éclaboussures.

L'Épouvanteur se pencha à la surface du canal, les sourcils froncés. Puis il rabattit son capuchon sur ses yeux. Il avait dû remarquer l'œil fermé par une aiguille d'os et deviner à qui il avait affaire. Cependant, il ne pourrait pas combattre à l'aveuglette.

Il attendit, immobile, tandis que je regardais avec anxiété les derniers ronds s'effacer sur l'eau sombre, qui fut bientôt de nouveau aussi lisse qu'un miroir. Morwène émergea de nouveau, encore plus soudainement que la première fois. Elle sauta à l'extrémité du quai, ses pieds mouillés claquant sur les planches de bois. Son œil de sang était ouvert, à présent, dardant son éclat maléfique sur l'Épouvanteur. Mais, sans la regarder, il visa ses jambes, l'obligeant à reculer.

Elle répliqua aussitôt en abattant ses griffes sur l'épaule de son adversaire ; il n'eut que le temps de les esquiver. Tandis qu'elle se déplaçait sur le côté, il fit passer son bâton de sa main gauche à sa main droite et frappa. C'était la technique que j'avais répétée maintes fois en visant l'arbre mort du jardin, celle qui m'avait sauvé la vie l'été précédent face à Grimalkin.

Il l'exécuta parfaitement, et la lame s'enfonça dans le flanc de Morwène. Elle recula en poussant un cri de détresse et culbuta dans l'eau.

L'Épouvanteur attendit un long moment ; elle ne réapparut pas.

Courant alors vers moi, il me libéra de mon bâillon.

– Alice est prisonnière dans la cale, lâchai-je. M. Gilbert est mort. Cette Morwène qui vous a attaqué est la fille du Diable, et d'autres sorcières d'eau pourraient bien être dans les parages !

– Du calme, petit, dit mon maître. Je vais te détacher.

Il se servit de sa lame pour trancher les liens, et je me remis sur pied, frictionnant mes poignets engourdis. Il me désigna le couteau d'un des premiers assaillants, resté sur le quai :

– Va la libérer ! Je monte la garde...

Nous montâmes sur la barge, et l'Épouvanteur, le bâton en main, resta debout à mes côtés pendant que je soulevais la trappe. Alice était assise au fond, ligotée et bâillonnée, près du corps du batelier.

– Le Malin est venu ici, il avait pris l'apparence de M. Gilbert, rapportai-je à mon maître.

– Nous ne pouvons plus rien pour ce malheureux, soupira-t-il. Laissons-le ici, d'autres le trouveront et s'occuperont de ses funérailles. Coupe les liens de la fille ! Il faut quitter les lieux aussi vite que possible. La sorcière n'est pas gravement blessée. Elle sera bientôt à nos trousses.

Je sentis Alice trembler tandis que je l'aidais à se relever. Elle resta muette, les yeux agrandis par la peur. Il me sembla qu'elle avait été encore plus terrifiée que moi par la présence du Malin.

Lorsque nous fûmes tous les trois sur le quai, l'Épouvanteur prit la direction du nord, et nous quittâmes l'entrepôt à une telle allure que j'avais presque du mal à suivre.

– Nous ne retournons pas à Chipenden ? m'étonnai-je.

– Non, petit. On n'aura pas le temps d'y arriver si Morwène nous prend en chasse. On va gagner le moulin de ce pauvre Arkwright, c'est le refuge le plus proche. Et plus vite nous nous éloignerons de ce canal, mieux cela vaudra, conclut-il en jetant un regard inquiet aux eaux immobiles.

– Je connais un raccourci, intervint Alice. Je l'ai souvent utilisé quand je vivais par ici avec Lizzie l'Osseuse. On traverse le canal et on va droit vers l'ouest.

– Alors, conduis-nous, jeune fille, ordonna l'Épouvanteur.

Au premier pont, nous quittâmes donc le sentier de halage pour nous engager dans les rues pavées de Caster, étroites et sombres. Par chance, les passants étaient rares. Nous fûmes soulagés de laisser derrière nous la ville, son château et ses cachots, pour suivre Alice à travers la campagne, à la seule lumière de la lune et des étoiles. Finalement, après avoir longé les marais du Monastère, nous atteignîmes le jardin du moulin et franchîmes le fossé.

– Depuis quand n'a-t-on pas versé de sel dans cette eau ? demanda l'Épouvanteur.

– Je l'ai fait hier.

Comme nous marchions sous les saules, un grognement retentit et Griffe bondit vers nous. Je me penchai pour lui caresser la tête, et elle nous accompagna jusqu'à la maison.

– Cette bête m'a sauvé la vie, dis-je.

Ni Alice ni mon maître ne fit de commentaire. Quand nous fûmes devant la porte, Griffe s'en alla de son côté, trottant vers la roue du moulin. Mieux valait qu'elle reste dehors, de toute façon. Elle nous préviendrait si quelqu'un approchait du jardin.

Arrivé dans la cuisine, je me dépêchai d'allumer le fourneau. Mes compagnons s'étaient assis et me regardaient faire. L'Épouvanteur était plongé dans ses pensées, et Alice avait encore un visage terrifié.

– Je prépare un petit déjeuner ? proposai-je.

Mon maître secoua la tête :

– Pas pour nous, petit. Nous aurons tôt ou tard à affronter l'obscur. Mieux vaut jeûner. Mais la fille aimerait peut-être manger quelque chose.

– Je n'ai pas faim, fit Alice d'une voix éteinte.

– En ce cas, tâchons d'analyser ce qui s'est passé. J'ai flairé une embrouille dès le début, affirma l'Épouvanteur. De retour à Chipenden, j'ai trouvé le mot d'Alice ainsi que tes lettres précédentes. J'allais partir pour le moulin quand la cloche du carrefour a sonné. C'était le forgeron. Quelqu'un avait glissé sous sa porte une enveloppe à mon nom, avec la mention « urgent ». J'ai reconnu ton écriture, petit, mais plus tremblée qu'à l'ordinaire, comme si tu avais manié la plume en grande hâte. La lettre disait que tu avais de gros ennuis, sans plus d'explications. Elle indiquait l'adresse de cet entrepôt à Caster. Je me doutais bien que tu ne pouvais pas être à deux endroits en même temps ! Mais, Caster étant sur ma route, je décidai d'y passer. Je m'attendais à des difficultés, et ce fut le cas. Cependant, une chose me tracasse. Comment la fille a-t-elle appris que tu étais en danger ?

Il me fixait durement, et je compris que je ne pourrais pas lui cacher la vérité. Incapable de soutenir son regard, je baissai la tête et avouai :

– J'ai utilisé un miroir.

D'une voix dangereusement basse, il gronda :

– Qu'est-ce que tu dis ? Ai-je bien entendu ? Un miroir ? Un *miroir* ?...

Je me mis à parler à toute vitesse :

– J'étais désespéré. Je n'avais aucun autre moyen de vous contacter. M. Arkwright était mort, tué par Morwène, et je savais que je serais sa prochaine victime. J'avais besoin de vous, je ne pouvais pas l'affronter tout seul.

Mon maître m'interrompit avec colère :

– Je le savais ! Je n'aurais jamais dû laisser une Deane vivre avec nous ! Elle t'a conduit sur une mauvaise voie. Utiliser un outil de l'obscur rend vulnérable. Dès que tu t'es servi de ce miroir, le Malin a su où tu étais ; tout ce que tu as transmis par ce moyen lui a été connu.

– Je ne savais pas ça..., murmurai-je lamentablement.

– Ah non ? Eh bien, maintenant, tu le sais ! Et toi aussi, jeune fille !

Il marcha vers elle et lui lança d'un ton dur :

– Je te trouve bien silencieuse. Tu n'as rien à dire pour ta défense ?

Pour toute réponse, Alice enfouit son visage dans ses mains et se mit à sangloter.

– S'être trouvée si près du Malin l'a terrifiée, dis-je. Je ne l'avais jamais vue si secouée.

– Tu sais quel est son problème, non ?

Je l'interrogeai du regard. Que voulait-il dire ?

– Le Malin est l'obscur fait chair. Il gouverne et possède les âmes de ceux qui appartiennent à l'obscur. Cette fille a reçu une éducation de sorcière, et s'est trouvée bien près de devenir elle-même une créature de l'obscur. Elle est plus sensible que n'importe qui au pouvoir du Diable, elle sait combien il lui serait facile de lui voler son âme. Voilà ce qui l'épouvante.

– Mais..., commençai-je.

– Épargne ta salive, petit ! La nuit a été longue et je suis trop fatigué pour écouter tes élucubrations. Après ce que je viens d'apprendre, je supporte à peine de vous regarder l'un et l'autre. Je monte me coucher, et je vous suggère d'en faire autant. La chienne nous avertira si un danger quelconque se manifeste.

Quand il eut quitté la cuisine, je me tournai vers Alice :

– Il a raison, essayons de dormir.

Elle ne répondit pas, et je m'aperçus qu'elle s'était assoupie sur sa chaise. Je m'étendis donc sur le carrelage, et deux minutes plus tard, je dormais aussi.

Je m'éveillai en sursaut au bout de quelques heures. La lumière du jour éclairait la cuisine, et je vis qu'Alice était réveillée aussi. Alors, je restai sidéré : elle écrivait dans mon cahier, faisant furieusement crisser la plume sur le papier et marmonnant des paroles indistinctes.

21

Entravé

— A lice ! m'écriai-je. Qu'est-ce que tu fabriques ? Pourquoi écris-tu dans mon cahier ?

Elle se retourna :

– Pardon, Tom. J'aurais dû te demander la permission, mais je ne voulais pas te déranger.

– Qu'est-ce que tu écris ?

– Je note juste quelques petites choses que Lizzie l'Osseuse m'a apprises ; des choses qui peuvent nous aider à vaincre le Malin.

J'ouvris des yeux horrifiés. Quelque temps plus tôt, l'Épouvanteur avait demandé à Alice de m'enseigner ce qu'elle savait pour améliorer ma connaissance des sorcières et des créatures que nous devions affronter. Là, c'était différent. Elle suggérait d'utiliser l'obscur pour combattre l'obscur, et mon maître n'aimerait pas ça.

— Tu n'as donc pas entendu ce qu'il a dit, cette nuit ? ripostai-je. Qu'utiliser les armes de l'obscur nous rendait vulnérables ?

— Et toi, tu ne vois donc pas que nous le sommes déjà, vulnérables ?

Je me détournai, refusant d'en entendre davantage.

— Écoute, Tom ! Ce que le vieux Gregory a dit est vrai. Je me suis trouvée aussi proche de l'obscur qu'on peut l'être sans devenir une sorcière à part entière. C'est pourquoi la présence du Malin m'a épouvantée. Je ne peux pas te décrire ce que j'ai ressenti. Toi, Tom, tu appartiens à la lumière. Jamais tu ne connaîtras ce mélange de terreur et de désespoir, cette certitude de n'avoir que ce que l'on mérite. Car s'il m'avait demandé de le suivre, de lui appartenir, j'aurais obéi sans la moindre résistance.

— Je ne vois toujours pas en quoi ça justifie ton initiative.

— Je ne suis pas la première à ressentir ça. Il y a très longtemps, le Malin a arpenté la Terre, et les sorcières ont dû se défendre. Il existe des moyens de lui tenir tête. J'essaye seulement de m'en rappeler quelques-uns. Lizzie savait garder ce vieux Satan à distance, c'est pourquoi j'essaye de retrouver ses paroles.

– Tu vas utiliser les pouvoirs de l'obscur, Alice ! C'est bien le problème ! Tu as entendu l'Épouvanteur : c'était déjà une grosse erreur de se servir d'un miroir. S'il te plaît, ne risque pas le pire !

– Le pire ? Qu'y a-t-il de pire que la perspective d'être incapables de réagir si le Diable surgit dans cette pièce ? Le vieux Gregory n'y peut rien. Je te parie qu'il a peur. Cette fois, il se trouve face à quelque chose de trop grand pour lui. Ça m'étonne qu'il n'ait pas filé à Chipenden, où il se sent en sécurité !

– Non. S'il a peur, c'est qu'il a de bonnes raisons, mais l'Épouvanteur n'est pas un lâche. Il va établir un plan. Je t'en prie, Alice, n'utilise pas l'obscur ! Oublie ce que Lizzie l'Osseuse t'a enseigné. Je t'en prie ! Il ne peut rien sortir de bon de...

Je fus interrompu par un bruit de bottes dans l'escalier. Alice déchira la page, la froissa et la fourra dans sa manche. Puis elle rangea rapidement la plume, l'encre et le cahier dans mon sac.

Lorsqu'il entra dans la cuisine, tenant le livre d'Arkwright, l'Épouvanteur nous adressa un sourire triste :

– Ça va, vous deux ? Vous vous sentez mieux ?

Alice acquiesça en silence, et il alla s'asseoir près du fourneau.

— J'espère que vous avez tiré la leçon des événements d'hier, continua-t-il. Utiliser l'obscur ne peut que vous affaiblir. Vous le comprenez, maintenant ?

Je fis signe que oui, sans oser regarder Alice.

— Bien, il est temps de poursuivre notre discussion et d'établir un plan d'action. J'ai beaucoup appris à propos de la fille du Diable. Je n'aurais pas cru Arkwright capable d'écrire des choses aussi intéressantes. Petit, je veux que tu me racontes tout ce qui s'est passé depuis ton arrivée au moulin jusqu'au moment où je t'ai trouvé ligoté et bâillonné dans cet entrepôt.

Désignant mon oreille blessée, il ajouta :

— Je vois que tu as combattu. Aussi, prends ton temps. N'omets aucun détail, chacun peut avoir son importance.

J'entamai donc mon récit. Quand j'en arrivai au moment où Arkwright m'avait fait lire la lettre, et où j'avais décidé de retourner au moulin, mon maître intervint pour la première fois :

— C'est ce que je craignais. Bill Arkwright n'est plus lui-même quand il boit. Je suis désolé que tu aies eu à en souffrir, petit, mais t'envoyer chez lui était néanmoins une bonne décision. Il est plus jeune et plus fort que moi, et il y a une forme d'enseignement que je ne peux plus assurer. Tu as encore besoin de t'endurcir si tu veux vaincre le Malin. Ce que nous devrons tenter, nous ne l'avons jamais imaginé, pas même en rêve !

Alice eut un sourire en coin, mais je l'ignorai et poursuivis mon récit avec l'attaque de la sorcière d'eau qui avait manqué me tuer, notre traversée de la baie pour nous rendre à Cartmel, notre rencontre avec l'ermite. Je rapportai comment Arkwright avait dû chasser la bande de recruteurs pour que l'ermite accepte de lui révéler le repaire de Morwène. J'eus du mal à raconter ma découverte du chien mort et de la botte abandonnée, et plus encore mon dialogue avec Alice par l'intermédiaire du miroir. Enfin, décrivant ma périlleuse traversée des sables et mon retour au moulin, j'en arrivai à la conclusion de mon aventure à l'entrepôt.

— Ma foi, petit, tu as connu de sales moments, mais les choses ne vont pas aussi mal que tu le crois. Pour commencer, j'ai l'impression qu'Arkwright est encore en vie...

Je dévisageai mon maître, stupéfait.

— Ferme la bouche, petit, tu vas avaler les mouches ! railla-t-il. Tu te demandes d'où je tiens ça ? En vérité, je n'ai aucune certitude. Mais trois éléments me permettent de tirer cette conclusion. Le premier est une simple intuition. Il faut toujours suivre son instinct, je te l'ai souvent répété. Le deuxième est le fantôme de sa mère. Tu m'as rapporté ses paroles, et, la nuit dernière, elle m'a dit à peu près la même chose...

– Comment le sait-elle, puisqu'elle ne peut aller au-delà du jardin ? objectai-je.

– Amelia n'est pas un fantôme ordinaire. Elle est ce qu'on appelle un spectre d'eau, parce qu'elle est morte noyée. De plus, elle a mis fin à ses jours dans un moment de grande détresse. La plupart des suicidés regrettent leur geste à la dernière seconde, alors qu'il est trop tard. Ces esprits particulièrement perturbés restent parfois en relation avec les vivants. Or, Bill était très proche de sa mère. C'est pourquoi elle est capable de sentir qu'il est en grand péril, et qu'il a besoin d'aide. « *Il est prisonnier dans les entrailles de la Terre, il attend encore la mort.* » Voilà ce qu'elle m'a dit, avec les mêmes mots qu'elle a employés pour toi.

J'ai appris autre chose en lisant le cahier de Bill : à l'approche de la pleine lune, on offre des sacrifices à Morwène.

L'Épouvanteur ouvrit le volume et lut à haute voix :

Les plus jeunes sont jetés dans l'Étang Sanglant ; les plus âgés enchaînés dans une caverne souterraine jusqu'au moment propice.

— Si c'est vrai, dis-je, alors où est-il ? Quelque part sous terre, dans les environs du lac ?

— C'est possible, petit. Il est facile de nous en assurer. Cet ermite de Cartmel qui a localisé le repaire de Morwène trouvera bien Arkwright. Si les sorcières le gardent en réserve jusqu'à la pleine lune, nous avons six jours devant nous. Mais, si leur cérémonie se tient *à l'approche* de cette date, cela ne nous laisse que peu de temps. Quoi qu'il en soit, nous allons repartir dans le Nord et régler son compte à cette créature avant qu'elle ne règle le nôtre.

— Ce qui m'étonne, repris-je, c'est que le Malin nous ait laissés tranquilles. S'il avait été là, nous n'aurions eu aucune chance, et Morwène aurait gagné. Ça n'a pas de sens.

— C'est juste, petit. Et pourquoi n'apparaît-il pas dès maintenant pour se débarrasser de toi ? Qu'est-ce qui l'en empêche ?

— Je n'en sais rien. Peut-être a-t-il autre chose de plus important à faire.

— Oh ! De nombreuses tâches l'occupent, c'est certain. Cependant, dans le Comté, tu incarnes l'un de ses plus puissants ennemis. Non, il y a autre chose. J'ai trouvé des éléments très intéressants dans les malles de ta mère. Si le Malin ne t'a pas détruit tout de suite, c'est qu'il est entravé.

– Comment ça ?

– Toi qui as grandi dans une ferme, tu peux te représenter ce que ça signifie.

– On entrave les jambes d'un cheval, par exemple...

– Oui, pour qu'il ne s'éloigne pas trop. Cela signifie que le pouvoir du Malin est limité. S'il te tue lui-même, il gouvernera notre monde pendant cent ans. Après quoi, il devra retourner d'où il vient.

– Je ne comprends toujours pas. N'est-ce pas ce qu'il veut ? Nous imposer un nouvel âge de l'obscur ?

– Un siècle, ce n'est pas suffisant. Pour lui, ça ne représente qu'un clignement de paupière. Son règne devra durer bien plus longtemps.

– Alors, je ne suis pas en danger ?

– Si, malheureusement. Le livre de ta mère précise que si l'un des enfants du Diable accomplit sa besogne, il prendra le pouvoir sur la Terre. Voilà pourquoi il a chargé sa fille de te supprimer.

Cette fois, ce fut Alice qui intervint :

– A-t-il beaucoup d'enfants ?

– Je l'ignore. Mais si Morwène ne réussit pas à détruire Tom – elle a déjà échoué deux fois –, et si le Malin n'a pas d'autre enfant sous la main, il lui reste une troisième possibilité : tenter de te convertir à l'obscur.

– Ça, jamais ! clamai-je.

– C'est ce que tu dis. Pourtant, tu as déjà frayé avec l'obscur ; tu t'es affaibli toi-même en utilisant un miroir. S'il réussit à t'entraîner à jamais sur cette voie, son règne ici-bas n'aura pas de fin. Or, il est extrêmement retors. Voilà pourquoi on ne peut pas se permettre la moindre compromission avec l'obscur. C'est ce qui m'angoisse le plus, petit.

– Qui a été assez puissant pour l'entraver ? demandai-je. Est-ce vous ? Est-ce ma mère ?

L'Épouvanteur eut un geste d'ignorance :

– Je n'ai pas de certitude. Mais, oui, mon instinct me dit que seule une mère prendrait un tel risque pour protéger son enfant.

– Que voulez-vous dire ?

– Il y a toujours moyen de s'opposer à l'obscur et de limiter son influence. À condition d'être prêt à en payer le prix, à donner quelque chose en échange. J'ai fouillé ces malles avec le plus grand soin, je n'ai pas trouvé davantage d'explications.

Je me sentis soudain très inquiet. Si c'était maman qui me protégeait, à quelles terribles épreuves avait-elle consenti ? Souffrait-elle à cause de moi, en ce moment, en Grèce ?

– Assez parlé ! conclut mon maître, ignorant mon trouble. Nous sommes reposés, il est temps d'agir. Partons pour Cartmel. Si la marée est favorable, nous aurons traversé la baie avant que la nuit tombe.

Une heure plus tard, nous étions en route. J'avais dû me contenter de quelques bouchées de fromage et je mourais de faim. Alice, elle, avait refusé la part que l'Épouvanteur lui offrait.

Sur son ordre, j'avais laissé mon sac au moulin. Je portais seulement ma chaîne d'argent enroulée autour de ma taille, dissimulée sous mon manteau.

Comme nous quittions le jardin, Griffe arriva en bondissant. L'Épouvanteur lui lança un regard dubitatif.

– Dois-je lui ordonner de rentrer ? demandai-je.

La réponse me surprit :

– Non, petit. Je n'aime guère avoir une bête dans les jambes, mais son flair nous aidera à retrouver son maître.

C'est ainsi que, accompagnés de la chienne, nous nous mîmes en quête de Bill Arkwright. Nos chances de réussite étaient minces. Nous aurions à affronter Morwène et les autres sorcières d'eau, sans parler du Malin. Entravé ou pas, rien ne l'empêcherait de prêter main-forte à sa fille et à ses servantes.

Cependant, je ne cessais de me tourmenter au sujet de ma mère. S'était-elle mise en danger pour me protéger ? Et Alice ? N'était-elle pas en train de

s'égarer ? Certes, ses choix étaient toujours dic-
tés par de bonnes intentions, mais ne rendait-elle
pas parfois les choses pires qu'elles n'étaient ?
L'Épouvanteur avait toujours craint qu'un jour
ou l'autre, elle bascule du côté de l'obscur. Si cela
se produisait, je ne voulais pas qu'elle m'entraîne
avec elle.

22

Dans l'autre sens

Nous arrivâmes à Hest Bank à la marée haute et dûmes attendre plusieurs heures que la voie soit praticable. La traversée se fit enfin, sous la conduite du guide, en compagnie d'une douzaine d'autres voyageurs et de deux véhicules, dans des conditions de relative sécurité.

Nous atteignîmes la grotte de l'ermite au crépuscule. Judd Atkins était assis en tailleur devant le feu, les yeux clos. C'était à peine s'il semblait respirer. Mon maître entra le premier et s'avança presque sur la pointe des pieds. Se plaçant face au vieil homme, de l'autre côté du foyer, il dit poliment :

— Désolé de vous déranger, monsieur Atkins, mais vous êtes en relation avec Bill Arkwright, et je sais qu'il vous a rendu visite récemment. Je suis John Gregory ; Bill a été mon apprenti. Il a disparu, et j'ai besoin de vous pour le retrouver. Il a été capturé par une sorcière d'eau, cependant tout porte à croire qu'il est encore en vie.

L'ermite n'eut aucune réaction. Était-il endormi ou plongé dans une sorte de transe ?

Mon maître tira de sa poche une pièce d'argent qu'il lui tendit :

— Vous serez payé, bien sûr. Cette somme sera-t-elle suffisante ?

Le vieux ouvrit les yeux. Son regard alerte passa rapidement sur chacun de nous avant de se fixer sur son interlocuteur :

— Garde ton argent, John Gregory. Je n'en ai pas besoin. La prochaine fois que tu traverseras la baie, donne-le au guide. Il ira aux familles des malheureux qui se sont noyés.

— Soit. Mais nous aiderez-vous ?

— Autant que faire se peut. À cette distance, je ne saurais dire si Bill est vivant. Cependant, je le trouverai. Avez-vous une carte ? Et quelque chose qui lui ait appartenu ?

Mon maître tira une carte de son sac et la déplia sur le sol. Elle était plus ancienne que celle de Bill Arkwright, et presque en lambeaux.

L'ermite m'adressa un clin d'œil :

– Eh bien, Thomas, qu'il soit mort ou vif, un homme est toujours plus facile à repérer qu'une sorcière !

L'Épouvanteur sortit alors de sa poche un anneau d'or :

– Cette alliance appartenait à la mère de Bill. Elle l'a retirée de son doigt avant de se jeter à l'eau et l'a laissée à son fils avec une lettre lui disant combien elle l'aimait. C'est son bien le plus précieux, mais il ne la porte que deux fois par an, aux jours anniversaires de la naissance et de la mort de sa mère.

C'était l'anneau d'or que j'avais vu posé sur le cercueil de la femme.

– Ça fera l'affaire, déclara Judd Atkins en se levant.

Il attacha l'anneau à une ficelle et le promena au-dessus de la carte, lentement, d'un côté à l'autre, en remontant peu à peu vers le nord.

Nous le regardions opérer en silence pour ne pas troubler son intense concentration. Cela dura longtemps. Enfin, quand il atteignit la latitude des lacs, sa main tressaillit. Il repassa au même endroit. Sa main réagit de nouveau. Le point se situait à cinq bons miles du lac de Coniston, quelque part au milieu du Grand Étang.

– Il est là, sur cette île, dit l'ermite.

L'Épouvanteur se pencha :

– Belle Île, lut-il. Je n'y suis jamais allé. Que savez-vous de cet endroit ?

– Un meurtre a été commis dans le coin, il y a quelques années, pour une histoire de femme. Le corps de la victime, lesté de pierres, avait été jeté dans le lac, et je l'ai localisé par radiesthésie. Quant à l'île, elle a mauvaise réputation.

– Elle est hantée ?

– Pas à ma connaissance, mais les gens préfèrent s'en tenir éloignés, et personne ne s'y risquerait après la tombée de la nuit. Elle est couverte d'un bois épais, au centre duquel est cachée une folie.

– Une folie ? m'étonnai-je. Qu'est-ce que c'est ?

– Une construction ornementale, sans usage précis, qui ressemble parfois à un petit château, m'expliqua l'Épouvanteur. Les folies ne sont pas conçues pour être habitées, d'où leur nom. Elles sont généralement l'œuvre d'un original possédant plus d'argent que de bon sens.

– Eh bien, c'est là que vous trouverez Bill Arkwright, affirma l'ermite. Dans quel état, ça, je ne saurais le dire.

– Comment s'y rend-on ? demanda mon maître en repliant sa carte.

L'ermite secoua la tête :

– Difficilement. Il y a bien des passeurs qui transportent les gens d'une rive à l'autre, mais peu d'entre eux accepteront d'accoster l'île.

– Ça vaut le coup d'essayer. Merci pour votre aide, monsieur Atkins. Je donnerai quelque chose au guide de la baie de votre part.

– Heureux de vous avoir été utile. Si vous désirez passer la nuit ici, vous êtes les bienvenus. En guise de repas, je ne peux que vous proposer de partager mon brouet.

L'Épouvanteur et moi devions jeûner ; nous déclinâmes la deuxième offre. À ma grande surprise, Alice fit de même. Elle avait habituellement un solide appétit. Je me gardai cependant d'en faire la remarque, et nous nous installâmes près du feu, reconnaissants de pouvoir passer la nuit au chaud.

Je m'éveillai vers quatre heures du matin et vis qu'Alice me fixait à la lueur des braises. J'entendais le souffle régulier de l'Épouvanteur. L'ermite était toujours dans la même position, les yeux fermés, la tête baissée. Je n'aurais su dire s'il dormait ou non.

– Tu as le sommeil profond, Tom, chuchota Alice d'un air grave. Je t'observe depuis plus d'une heure. N'importe qui d'autre en aurait été alerté.

– Je me réveille à l'heure que j'ai décidée, expliquai-je avec un sourire. Ou si j'ai conscience d'un danger. Mais tu n'es pas un danger, Alice. Tu voulais que je me réveille ? Pourquoi ?

Elle haussa les épaules :

— Je n'arrive pas à dormir. J'avais envie de bavarder, c'est tout.

— Tu n'as rien mangé, ce n'est pas dans tes habitudes. Tu te sens bien ?

— Aussi bien qu'il est possible, répondit-elle tranquillement. Toi non plus, tu n'as pas mangé grand-chose. Ce ne sont pas trois bouchées de vieux fromage qui te mettront de la chair sur les os !

— Nous allons affronter l'obscur, Alice, tu le sais. Mais toi, tu as besoin de forces. Tu n'as rien avalé depuis hier.

— N'y pense plus, Tom. Ce ne sont pas tes affaires.

— Bien sûr que si ! m'insurgeai-je. Je ne voudrais pas que tu tombes malade.

— Si je fais ça, c'est que j'ai une bonne raison. Crois-tu que seuls un épouvanteur et son apprenti sont capables de se passer de nourriture ? J'ai l'intention de jeûner deux jours sur trois, selon les enseignements de Lizzie. Elle aussi avait recours au jeûne quand elle devait renforcer son pouvoir. Cela pourrait être un premier pas pour tenir ce bon vieux Satan en échec.

— Et après, Alice ? Tu emploieras une nouvelle arme de l'obscur ? Fais ça, et tu ne vaudras pas mieux que nos ennemis ! Tu seras une sorcière usant de procédés de sorcière ! Arrête, tant qu'il en est encore temps ! Et cesse de me mêler à ça ! Tu as entendu ce qu'a dit M. Gregory : le Malin serait trop heureux de m'entraîner au cœur de l'obscur !

– Non, Tom, tu es injuste. Je ne suis pas une sorcière et je ne le serai jamais. Je vais me servir de l'obscur, c'est vrai, mais je ne te pousse pas sur cette voie. Je ne fais qu'obéir à ta mère.

– Quoi ? Maman ne t'aurait jamais demandé une chose pareille !

– Tu te trompes lourdement, Tom. « Utilise tous les moyens, m'a-t-elle dit. Tout ce qui sera en mesure de le protéger ! » C'est pourquoi je suis là, pour combattre l'obscur par l'obscur et être sûre que tu survives.

Abasourdi, je ne sus que répliquer. Alice n'était pas une menteuse, de cela j'étais sûr. À voix basse, je repris :

– Quand maman t'a-t-elle demandé ça ?

– À l'époque où j'habitais chez toi, l'an dernier, lorsque nous avons combattu la mère Malkin ensemble. Elle me l'a répété cet été, à Pendle ; elle m'a parlé par l'intermédiaire d'un miroir.

Je fixai Alice, incrédule. Je n'avais eu aucun contact avec maman depuis ce printemps où elle était partie pour la Grèce. Et elle avait communiqué avec Alice !

– Qu'est-ce que ma mère avait de si urgent à te dire, qu'elle ait dû se servir d'un miroir ?

– Je viens de te l'expliquer. Ça s'est passé à Pendle, au moment où les trois conventus de sorcières s'apprêtaient à ouvrir le portail au Diable pour l'introduire dans notre monde. Elle m'a prévenue que tu allais être en grand danger ; et ce temps est arrivé. Je vais devoir te protéger. Je m'y suis préparée de mon mieux, mais ce n'est pas facile.

Jetant un coup d'œil inquiet à l'Épouvanteur, je baissai encore la voix :

– Sois prudente, Alice ! L'idée qu'on ait utilisé un miroir a beaucoup perturbé John Gregory. S'il te plaît, ne lui donne pas le plus petit prétexte pour t'éloigner !...

Elle acquiesça, et nous restâmes un long moment à contempler les braises en silence. Soudain, je sentis le regard de l'ermite sur moi. Nos yeux se rencontrèrent. Il me fixa sans ciller. Pour dissimuler mon embarras, je l'interrogeai :

– Comment avez-vous appris la radiesthésie, monsieur Atkins ?

– Comment un oiseau apprend-il à bâtir son nid ? Une araignée à tisser sa toile ? Je suis né avec ce don, Thomas. Mon père le possédait, et son père avant lui, c'est de famille. Mais ça ne sert pas qu'à trouver de l'eau ou à localiser des disparus. Cela révèle beaucoup de choses sur les gens, sur leurs origines et leur parenté. Veux-tu que je te montre ?

Ne sachant trop à quoi m'attendre, je restai muet. L'ermite s'était déjà levé. Contournant le feu, il sortit sa ficelle de sa poche et y attacha un morceau de cristal qu'il tint au-dessus de ma tête. Le cristal se mit à tourner dans le sens des aiguilles d'une montre.

– Tu es le rejeton d'une bonne souche, Thomas, ça ne fait pas de doute. Ta mère et tes frères t'aiment. Certains d'entre vous sont séparés, mais vous serez réunis prochainement. Je vois une grande fête de famille, un important rassemblement.

– Ce serait merveilleux, murmurai-je. Ma mère est au loin, et je n'ai pas vu quatre de mes frères depuis plus de trois ans.

Par chance, l'Épouvanteur dormait toujours. Il n'aurait pas aimé entendre Judd Atkins prédire l'avenir. L'ermite s'approcha d'Alice. Elle eut un mouvement de recul quand il suspendit le cristal au-dessus d'elle. Il se mit à tourner, mais dans l'autre sens.

– Cela me navre de te le dire, jeune fille, fit le vieil homme, tu as une mauvaise hérédité, tu es issue d'un clan de sorcières.

– Ce n'est un secret pour personne, bougonna-t-elle.

– Pire encore, tu vas bientôt les retrouver. Il y aura aussi ton père. Il t'aime beaucoup. Tu es sa très chère enfant.

Alice sauta sur ses pieds, les yeux brillant de colère. Elle leva la main, et je crus qu'elle allait griffer le visage de l'ermite :

– Mon père est mort et enterré ! Voilà des années que son corps pourrit dans la terre froide ! Qu'es-tu en train de m'annoncer, vieil homme ? Que je vais le rejoindre ? Ce n'est pas bien de dire des choses pareilles !

Sur ces mots, elle sortit de la grotte. Je voulus m'élancer derrière elle, mais Judd Atkins me retint.

– Laisse-la, Thomas, soupira-t-il tristement. Il ne peut rien y avoir entre vous. As-tu remarqué que le cristal tournait en sens contraire ?

Je fis signe que oui.

– Dans un sens, et dans l'autre. La lumière contre les ténèbres. Le bien contre le mal. Je sais ce que j'ai vu ; je suis désolé, c'est la vérité. Ce n'est pas tout. J'ai surpris une partie de votre conversation. On ne peut accorder sa confiance à quelqu'un qui se prépare à utiliser l'obscur, pour quelque raison que ce soit. L'agneau peut-il côtoyer le loup ? Le lapin se lier avec l'hermine ? Méfie-toi, sinon, elle t'entraînera avec elle. Laisse-la partir et trouve une autre amie. Alice ne peut être ton amie.

Je sortis tout de même, mais elle avait disparu dans l'obscurité. Je l'attendis à l'entrée de la grotte jusqu'à son retour, environ une heure avant l'aube. Elle ne prononça pas un mot et m'écarta quand je voulus m'approcher. Je vis qu'elle avait pleuré.

23

Une bouteille de sorcière

Nous quittâmes la grotte aux premières lueurs du jour, laissant l'ermite endormi. Le ciel était clair, le froid mordant. Les cimes enneigées brillaient à l'horizon et le sol gelé craquait sous nos pas.

Après avoir franchi la Leven sur un pont de bois branlant, nous nous dirigeâmes vers la rive ouest du Grand Étang. Le sentier étroit, accroché à une pente raide, serpentait à travers une épaisse forêt de conifères, rendant notre progression difficile. À en juger par le comportement de Griffe, la chienne devait nous considérer comme des moutons récalcitrants, car elle ne cessait de courir en tête, revenir vers nous, nous encercler pour nous pousser en avant.

On la sentait à l'affût de tout danger menaçant son petit troupeau.

Au bout d'un moment, je me laissai distancer par l'Épouvanteur pour marcher près d'Alice. Nous n'avions pas échangé un mot depuis les événements de la nuit.

– Ça va ? demandai-je.

– Très bien, répondit-elle avec raideur.

– Je regrette qu'on se soit disputés.

– Ce n'est rien, Tom. Tu veux faire pour le mieux.

– On est toujours amis, alors ?

– Évidemment.

Nous restâmes un instant en silence. Puis elle reprit :

– J'ai un plan pour tenir le Malin à l'écart.

Je lui lançai un regard incisif :

– J'espère que ton plan ne met pas l'obscur en jeu, Alice.

Éludant ma question, elle insista :

– Tu veux le connaître ou non ?

– Je t'écoute.

– Sais-tu ce que sont les bouteilles de sorcière ?

– J'en ai entendu parler, mais j'ignore comment ça fonctionne. L'Épouvanteur ne croit pas à leur efficacité.

Les bouteilles de sorcière sont censées protéger des maléfices. Selon mon maître, c'est de la superstition pure et simple.

– Qu'est-ce qu'il en sait, le vieux Gregory ? fit Alice, méprisante. Si tu sais t'en servir, ça marche, je peux te l'assurer. Lizzie l'Osseuse ne jurait que par elles. Quand une sorcière ennemie utilise son pouvoir contre toi, c'est le meilleur moyen de contrer ses maléfices. Le plus difficile, c'est de recueillir un peu de son urine – quelques gouttes suffisent – que tu mets dans une bouteille. Tu y ajoutes des épingles tordues, des pierres pointues et des clous. Tu bouches et tu secoues bien. Tu exposes le mélange au soleil pendant trois jours. La nuit qui suit la pleine lune, tu enterres la bouteille sous un tas de fumier et c'est prêt. La prochaine fois que la sorcière ira uriner, elle souffrira le martyre, comme si elle expulsait des épingles brûlantes. Il ne te restera plus qu'à lui faire parvenir un mot pour lui expliquer la situation. Elle se dépêchera de retirer ses sortilèges ! Mais tu devras conserver précieusement la bouteille, au cas où tu aurais à l'utiliser de nouveau.

J'émis un gloussement sarcastique :

– Et c'est ça que tu comptes utiliser contre le Malin ? Quelques épingles dans de la pisse ?

– Depuis le temps qu'on se connaît, Tom, tu devrais savoir que je ne suis pas idiote ! Et ta mère ne l'est pas non plus. Ce n'est pas gentil de ricaner comme ça. Tu étais différent, quand je t'ai rencontré. Quoi que je dise, tu ne te serais pas moqué. Ne

281

change pas, Tom, s'il te plaît ! Tu dois t'endurcir, mais pas de cette façon. Je suis ton amie. On ne blesse pas ses amis, même pour cacher sa peur.

À ces mots, je sentis les larmes me picoter les yeux.

– Je te demande pardon, Alice, bredouillai-je. Je ne voulais pas te faire de peine. Tu as raison, avoir peur ne me donne pas le droit de passer mes nerfs sur toi.

– Ce n'est rien, Tom. Mais tu ne m'as pas laissée finir. J'ai l'intention d'utiliser un procédé similaire. Avec du sang au lieu d'urine. Pas *son* sang, bien sûr ! Impossible de s'en procurer ! Celui de sa fille Morwène fera l'affaire. Dès que nous en aurons, je me chargerai du reste.

Elle tira de sa poche un objet qu'elle tint devant moi. C'était un petit flacon en terre fermé par un bouchon :

– On appelle ça une fiole à sang. On devra y mettre du sang de Morwène, qu'on mélangera avec le tien. Quelques gouttes de chaque suffiront. Ça tiendra le Malin à distance, et tu n'auras plus rien à craindre, je peux te l'assurer.

– Alice, c'est de la magie noire ! Si l'Épouvanteur l'apprend, il t'enfermera au fond d'un puits ! Pense aussi à toi, au salut de ton âme ! Tu risques de tomber entre les mains du Diable et de lui appartenir pour toujours !

Je n'eus pas le temps d'argumenter davantage, mon maître me faisait signe de le rejoindre. Je courus le rattraper, laissant Alice derrière moi.

À présent, le sentier longeait le lac, que l'Épouvanteur surveillait d'un air inquiet. Une attaque de Morwène ou d'une autre sorcière pouvait se produire n'importe quand, mais je comptais sur la vigilance d'Alice et de Griffe pour nous prévenir à temps.

Peut-être Morwène nous suivait-elle depuis notre départ du moulin, guettant une opportunité ? La forêt, très dense sur les berges, lui offrait de nombreuses cachettes. À moins qu'elle ne soit en train de nager sous la surface lisse des eaux. Un pâle soleil d'hiver baignait la campagne, la visibilité était bonne, et, pour le moment, je ne percevais aucune menace. Une fois la nuit tombée, ce serait différent...

M'étais-je trompé ? L'Épouvanteur venait de s'arrêter. Il me désignait un arbre sur notre droite, à moins de cinquante pas de la rive.

Mon cœur rata un battement quand je vis ce qui était gravé sur le tronc...

– Ça m'a l'air tout frais, grommela mon maître. Nous avons une autre ennemie sur les bras !

C'était la marque de Grimalkin. L'été précédent, le clan Malkin l'avait envoyée à mes trousses. J'avais dû employer une feinte pour lui échapper, et m'en étais tiré de justesse. Que faisait-elle ici ? Pourquoi avait-elle quitté Pendle ?

D'une voix mal assurée je demandai :

– Elle en a encore après moi ? Est-elle aussi une des filles du Diable ?

– Pas à ma connaissance, petit, soupira mon maître, mais je peux faire erreur. En tout cas, quelque chose fermente. La semaine dernière, lors de mon voyage à Pendle, j'ai évité toute rencontre avec les sorcières, me contentant de visiter la tour Malkin. Or, j'ai vu plusieurs maisons brûlées et des cadavres pourrissant dans le bois des Corbeaux, des gens des trois clans, Malkin, Deane et Mouldheel. Il semble que l'obscur soit en lutte avec lui-même, ce qui n'explique pas pour autant l'arrivée de Grimalkin. Ça n'a peut-être aucun rapport avec toi, néanmoins, c'est une curieuse coïncidence que vous soyez ici tous les deux. Puisqu'elle a laissé sa marque près du rivage, soyons extrêmement prudents.

Nous arrivâmes en vue de Belle Île en fin d'après-midi. Sa pointe la plus proche devait être à une distance de cinq cents pieds, beaucoup plus près du rivage que je l'avais imaginé. Des bateliers attendaient sur une jetée. Or, s'ils étaient prêts à nous emmener sur l'autre rive contre une somme modeste, une guinée en or n'aurait pu les convaincre d'effectuer le court trajet jusqu'à l'île. Nos questions ne recevaient que des réponses évasives. Le troisième auquel nous nous adressâmes nous mit en garde :

– Si vous tenez à votre peau, n'allez pas là-bas, ni de jour ni de nuit !

Cédant à l'insistance de l'Épouvanteur, il finit par désigner une barque en mauvais état, échouée entre les roseaux :

– La propriétaire de ce rafiot sera peut-être assez stupide pour vous y conduire.

– Où la trouverons-nous ? s'enquit John Gregory.

L'homme pointa une vague direction :

– Vous marchez un mile environ, et vous arrivez devant la porte de Deana Beck. Il n'y a qu'elle pour faire ce boulot.

Avec un gros rire, il ajouta :

– Deana la Folle, c'est comme ça qu'on l'appelle, ici.

– Et pourquoi ce surnom ? demanda l'Épouvanteur, visiblement agacé.

– Parce qu'elle n'a plus toute sa tête : pas de famille, trop vieille pour se soucier de vivre ou de mourir. Toute personne ayant un peu de sens commun refuserait de s'aventurer dans un lieu hanté.

– Il y a des sorcières, sur l'île ?

– Il en passe de temps à autre. Un bon nombre, à ce qu'on dit. Mieux vaut ne pas y regarder de trop près. Faire comme si de rien n'était. Allez plutôt demander à Deana la Folle !

Son rire nous accompagna un moment, tandis que nous suivions la direction qu'il nous avait indiquée. Nous arrivâmes bientôt devant une chaumine, adossée à une pente boisée. Laissant Griffe trotter le long de la berge, le museau tourné vers l'île, l'Épouvanteur frappa. Au bout de quelques minutes, on ôta des barres métalliques. La porte s'entrouvrit, laissant apparaître un œil soupçonneux. Une voix bourrue qui n'avait rien de féminin gronda :

– Fichez le camp ! Pas de vagabonds ni de mendiants chez moi !

– Nous ne venons pas mendier, expliqua l'Épouvanteur d'un ton apaisant. Mon nom est John Gregory. J'ai besoin de vos services et je vous payerai largement. Vous nous avez été chaudement recommandée.

– Moi ? Chaudement recommandée ? Faites voir la couleur de votre monnaie !

Mon maître tira de sa poche une pièce en argent et la tint dans l'entrebâillement de la porte.

– Ceci est une avance. Vous en aurez une deuxième une fois le travail terminé.

– Un travail ? Quel travail ? Crache le morceau ! Ne me fais pas perdre mon temps !

– Nous devons nous rendre à Belle Île. Pouvez-vous nous y emmener, et nous ramener sains et saufs ?

Une main noueuse émergea par l'interstice. L'Épouvanteur laissa tomber sa pièce dans la paume ouverte qui se referma prestement.

– Je le peux, reprit la voix, légèrement adoucie. Mais l'expédition n'est pas sans danger. Entrez donc réchauffer vos carcasses !

La porte s'ouvrit en grand et Deana Beck fut devant nous. Elle portait des pantalons de cuir, une blouse crasseuse et de grosses bottes cloutées. Ses cheveux blancs taillés très court lui donnaient l'allure d'un homme. Mais l'arc de sa bouche et ses yeux brillants d'intelligence étaient d'une grâce toute féminine. Si l'âge marquait son visage, son corps robuste laissait penser qu'elle était parfaitement capable de ramer jusqu'à l'île.

Nous entrâmes dans la pièce. Une table posée dans un coin composait tout le mobilier. Une jonchée de roseaux couvrait le dallage. Deana alla s'accroupir devant la cheminée et nous fit signe d'approcher.

— Confortable, hein ? lança-t-elle en nous regardant nous asseoir sur le sol.

— Mes vieux os préféreraient une chaise, répliqua aigrement l'Épouvanteur. Mais un vagabond n'a pas à faire le difficile.

La réponse lui tira un sourire :

— Ma foi, je me suis passée de chaise toute ma vie ! Alors, dites-moi ce qui vous amène ! Qu'est-ce qui attire un épouvanteur à Belle Île ? Auriez-vous l'intention de vous colleter avec les sorcières ?

— Pas si je peux l'éviter, admit John Gregory. Un de mes collègues a disparu, et nous avons de bonnes raisons de penser qu'il est quelque part sur cette île.

— Qu'est-ce qui vous fait croire ça ?

— Nous avons consulté Judd Atkins, de Cartmel.

La vieille femme hocha la tête :

— Je l'ai rencontré une fois. Il a retrouvé un corps dans le lac, pas très loin d'ici. Si Atkins dit que votre ami est là, c'est probablement vrai. Comment il y est arrivé, voilà ce que j'aimerais savoir.

— Il a été enlevé par une sorcière d'eau qu'il combattait. Il se pourrait qu'elle ait eu des complices, à Coniston ou dans d'autres villages.

J'observais avec attention le visage de Deana. N'était-elle pas mêlée à tout ça ? Pouvions-nous lui faire confiance ?

Elle resta un instant silencieuse avant de reprendre :

– La vie est dure, par ici. Il faut lutter pour survivre. La plupart des gens font mine de ne rien voir, mais certains s'acoquinent avec les créatures de l'obscur qui hantent les eaux. Ils assurent ainsi leur sécurité et celle de leur famille.

– Et vous, Deana ? l'interrogea durement l'Épouvanteur. Êtes-vous en relation avec l'obscur ?

Elle secoua la tête :

– Non. Je ne marchande pas avec cette engeance. Je n'ai jamais eu de famille, j'ai connu une longue vie solitaire. Je ne le regrette pas, malgré tout, car il n'y a personne dont j'aie à m'inquiéter. C'est une force. Les sorcières ne m'impressionnent pas. J'agis à ma guise.

– Alors, quand pouvez-vous nous faire traverser ?

– Dès la nuit tombée. Si on y allait de jour, tout le monde aurait les yeux fixés sur nous, y compris, peut-être, ceux qui ont emmené votre ami là-bas. Mieux vaut éviter ça.

– C'est juste, approuva l'Épouvanteur.

Deana nous proposa de partager son repas, et mon maître déclina son offre en notre nom à tous trois. Je la regardai déguster un ragoût de lièvre, l'eau à la bouche et l'estomac gargouillant. Il ferait bientôt nuit, et l'heure approchait où nous affronterions ce qui se terrait sur l'île, quoi que ce fût.

24

La folie

Équipée de hautes cuissardes, Deana Beck nous conduisit sur le sentier du lac, une lanterne dans chaque main. Toutefois, elle ne les avait pas allumées. La lune n'était pas encore levée, et la lumière des étoiles trop faible pour nous éclairer. Mais l'obscurité nous dissimulerait aux regards de qui pouvait nous guetter, ici ou dans l'île. Je marchais près de l'Épouvanteur, mon bâton dans une main, son sac dans l'autre ; Alice suivait quelques pas en arrière. Griffe trottinait autour de nous, sa fourrure noire la rendant presque invisible. Seul le doux tapotement de ses pattes révélait sa présence.

Deana tira la barque hors des roseaux pour l'amener le long de la jetée. La chienne sauta la première, causant un léger roulis. Deana immobilisa l'embarcation le temps que nous montions à bord l'un après l'autre. Devant nous, la ligne noire des arbres semblait le dos bossu de quelque monstre accroupi.

Deana nous rapprochait de l'île à longs coups de rames réguliers et presque silencieux. Il n'y avait pas un souffle de vent. La lune se leva, illuminant la crête des montagnes, au loin, et argentant la surface de l'eau. L'île, cependant, restait plus sombre et inquiétante que jamais.

La traversée ne dura que quelques minutes. Après avoir amarré la barque à un pieu, nous sautâmes sur la rive, où de vieux ifs cachaient la lune.

– Merci, Deana, dit l'Épouvanteur d'une voix si basse que c'était à peine un murmure. Si nous ne sommes pas de retour dans une heure, rentrez chez vous et revenez nous chercher juste avant l'aube.

La vieille femme fit signe qu'elle avait compris et lui tendit une des lanternes. Comme j'avais déjà les deux mains occupées, elle confia la deuxième à Alice. Griffe s'élança aussitôt et disparut dans l'obscurité. Laissant Deana près de sa barque, nous nous engageâmes à notre tour sous les arbres noirs. L'île ne mesurait guère que un quart de mile de large sur trois quarts de long. En plein jour, nous aurions pu l'explorer complètement ; de nuit, il ne fallait pas y songer. Aussi nous nous dirigeâmes droit vers le lieu où l'ermite avait localisé Arkwright.

Le sous-bois était dense, composé surtout de conifères. Mais nous atteignîmes rapidement un cercle d'arbres aux branches dénudées. Au milieu se dressait la folie.

Elle ne correspondait pas du tout à l'idée que je m'en étais faite. À la lumière de la lune, je distinguai deux bâtiments séparés par une quinzaine de pas, deux tours jumelles, carrées, laides, en pierres grises incrustées de lichen, de vingt pieds de haut, pas davantage. On aurait dit des sépulcres. Leurs toits plats étaient dépourvus de créneaux. De gros blocs de pierre composaient la partie basse des murs, mais à une douzaine de pieds au-dessus du sol et jusqu'au sommet, ceux-ci s'ornaient d'une multitude de gargouilles : crânes, chauves-souris, oiseaux et animaux fantastiques, qui semblaient sortis de quelque bestiaire démoniaque.

La première tour, dépourvue de porte, ne présentait pour toute ouverture qu'une étroite meurtrière dans chacun des murs. S'il n'y avait aucun moyen d'y pénétrer, à quoi servait-elle ? Elle n'était certes pas là pour l'agrément du regard ! Arkwright ne pouvait être à l'intérieur. Pourtant, Griffe courait tout autour, reniflant et gémissant. Et, quand nous

nous dirigeâmes vers la seconde tour, elle resta en arrière.

Je découvris alors que les deux constructions n'étaient pas absolument identiques. L'autre possédait sa propre collection de gargouilles, ainsi qu'une porte en bois massif, fermée par un gros cadenas. Grâce à l'une des clés fabriquées par son frère le serrurier, l'Épouvanteur ne mit que quelques secondes à l'ouvrir. Nous allumâmes les deux lanternes avant de nous aventurer prudemment à l'intérieur, les lames de nos bâtons sorties. Une trentaine de marches descendant le long de trois des murs nous amenèrent au bord d'une mare d'eau stagnante. L'Épouvanteur se baissa pour ramasser quelque chose. C'était une botte.

– Celle de Bill ? me demanda-t-il.

– Oui, dis-je.

– Alors, où est-il ? marmonna mon maître.

Levant sa lanterne, il se pencha au-dessus de l'eau et en fouilla la profondeur du regard.

Elle était étonnamment claire, et je distinguai deux choses : un escalier très raide qui s'enfonçait sous l'eau et, tout en bas, la bouche noire d'une galerie.

– Qu'en penses-tu, petit ? grommela l'Épouvanteur. Où mène ce passage, à ton avis ?

La réponse était évidente :

– À l'autre tour.

– Exact. Quelle meilleure prison qu'un bâtiment sans porte ? Suis-moi, mon garçon...

Nous ressortîmes, Alice sur nos talons. Mon maître se dirigea vers la première tour et s'arrêta sous l'une des étroites fenêtres.

– Monte sur mes épaules, m'ordonna-t-il, et vois si tu peux grimper pour regarder à l'intérieur. Prends cette lanterne, mais dissimule-la pour ne pas attirer l'attention de quelque indésirable ! Personne ne doit nous voir depuis la terre.

Il s'accroupit et je grimpai sur ses épaules, tenant la lanterne entre mon corps et le mur tout en m'agrippant de la main droite aux aspérités.

Lorsque l'Épouvanteur se releva, je manquai perdre l'équilibre. Mais, les gargouilles me servant d'appui, je réussis à me hisser jusqu'à l'ouverture sans lâcher la lanterne, ce qui était un exploit. Collé au mur, le menton sur la lanterne, je glissai un regard par la meurtrière. Je ne distinguai qu'une mare d'eau, semblable à celle de l'autre tour. Je remarquai aussi une large lézarde à la base du mur opposé. L'humidité avait dû faire bouger les fondations.

Je redescendis de mon perchoir, et nous recommençâmes l'opération le long du deuxième mur.

– Dépêche-toi, petit, grommela mon maître. Mes genoux et mon vieux dos supportent mal ce traitement.

Par la quatrième meurtrière, j'aperçus une forme recroquevillée au bord de la mare, quelqu'un dont je ne voyais pas le visage mais qui ressemblait sans conteste à Arkwright.

– Il y a un homme ligoté, chuchotai-je avec émotion. C'est lui, j'en suis sûr !

– Parfait ! À présent, petit, va explorer le toit. Il y a peut-être une ouverture au sommet.

Je grimpai donc jusqu'en haut, m'accrochai au bord du toit et me hissai pour mieux voir : pas de passage possible de ce côté, rien qu'une solide dalle de pierre. Après un rapide coup d'œil alentour, je fis demi-tour et, avec l'aide de l'Épouvanteur, sautai à terre.

Nous retournâmes à l'autre tour et redescendîmes les marches. Je scrutai la surface de l'eau d'un air sombre. Il n'y avait qu'un passage pour rejoindre Arkwright : la galerie inondée.

D'une voix aussi assurée que possible, je déclarai :

– M. Arkwright m'a appris à nager...

– Tu nages, petit ? fit l'Épouvanteur. Je ne saurais en dire autant. Mais sais-tu *bien* nager ?

– Je réussis cinq largeurs de canal.

Mon maître secoua la tête d'un air dubitatif.

– C'est trop dangereux, Tom, intervint Alice. Il te faudra plonger et t'engager dans ce tunnel sombre. Si je savais nager, je serais venue avec toi. À deux, on aurait plus de chances.

– La fille a raison, approuva l'Épouvanteur. Deana connaît peut-être un nageur assez habile pour tenter le coup.

– Vous voulez faire confiance à un étranger ? protestai-je. Non, je peux le faire. Je dois au moins essayer.

L'Épouvanteur n'insista pas pour me retenir, mais il me fixa en silence pendant que j'ôtais mon manteau et ma chemise, mes bottes et mes chaussettes. Finalement, j'enroulai ma chaîne d'argent autour de ma taille et me préparai à descendre dans l'eau.

– Tiens, dit mon maître en me tendant son couteau, passe ça dans ta ceinture. Tu en auras besoin pour libérer Bill. Prends ça aussi, il aura sûrement soif.

Il me donna une gourde d'eau.

– J'ai quelque chose qui pourra t'aider, déclara Alice.

Tirant de sa poche le sachet de cuir qui contenait ses herbes séchées, elle en défit le cordon. Elle s'en était déjà servie une fois très efficacement pour soigner ma main brûlée, mais je n'avais jamais vu une telle diversité de plantes dans sa collection.

Sans que je le sache, elle avait consacré du temps à ses cueillettes. Nul doute que ses talents de guérisseuse s'affirmaient.

Elle choisit une feuille sèche :

– Tu lui en mettras un petit morceau sous la langue. Ça le ranimera, s'il n'est pas déjà hors de portée...

L'Épouvanteur lui jeta un regard dur, puis fit un signe d'assentiment. J'enfonçai donc la feuille dans ma poche de pantalon, coinçai le couteau et la gourde dans ma ceinture.

– Sois prudent, petit, me recommanda mon maître. Ce que tu entreprends est très risqué. Si tu as le moindre doute, n'insiste pas. Personne ne t'en voudra.

J'acquiesçai et m'engageai sur les marches. L'eau était si froide que j'en eus le souffle coupé. Adressant un petit sourire à Alice, je fis quelques brasses et tentai de plonger vers l'entrée de la galerie.

Je n'allai pas bien loin. L'eau résistait et me repoussait vers la surface. Ou je ne faisais pas le bon mouvement, ou je n'étais pas assez fort. Je pris une grande inspiration et recommençai. Trois secondes plus tard, je resurgissais, toussant et crachant. Je me sentis ridicule. Jamais je ne réussirais à ramener Arkwright. Il nous faudrait avoir recours à Deana, en fin de compte.

Je regagnai le bord en quelques brasses, jusqu'à ce que je sente les marches sous mes pieds. Je me souvins alors d'une chose qu'Arkwright m'avait dite : « Quand on désire plonger dans les profondeurs, le mieux est de se remplir les poches de pierres... »

— Alice, dis-je, retourne dehors et rapporte-moi les deux plus gros cailloux que tu trouveras.

Mon maître et elle me dévisagèrent d'un air interloqué. Je leur expliquai :

— Avec un poids dans chaque main, j'atteindrai le fond et je pourrai pénétrer dans le tunnel.

Alice fut vite de retour ; elle m'apportait deux lourdes pierres. Les tenant contre ma poitrine, je redescendis les marches jusqu'à avoir de l'eau à la taille. Après une profonde inspiration, je plongeai.

Je m'enfonçai aussitôt dans une obscurité glauque. L'ouverture de la galerie était juste en face de moi. Aussi, lâchant les pierres, je m'y engouffrai à grandes poussées de jambes. Les parois de pierre me râpèrent les épaules. Deux nouvelles brasses, et je fus dans le noir total. La panique s'empara de moi. Et si on s'était trompés ? Si ce passage ne menait pas à l'autre tour ?

Je m'efforçais d'exécuter les mouvements de bras qu'Arkwright m'avait enseignés, mais le tunnel était étroit et je me meurtrissais douloureusement les coudes. L'air commençait à me manquer. Les poumons me brûlaient. Je m'efforçai de garder mon calme : hors de l'eau, j'étais capable de retenir mon souffle bien plus longtemps que ça. Où était la différence ? Tant que je maîtriserais ma peur, tout irait bien.

Enfin, à mon grand soulagement, je sortis du tunnel et remontai vers la surface. J'eus le sentiment d'une présence sur ma droite, quelque chose de gros. Mais la seconde d'après, ma tête surgissait à l'air libre. Je relâchai mon souffle et inspirai avec délices. Agitant légèrement les mains et les pieds, je me maintins sur place. Il faisait très sombre, dans la tour ; je ne distinguais que le rectangle clair des meurtrières. Un rayon de lune passait par l'une d'elles. Mes yeux s'habituant toujours très vite à la semi-obscurité, j'y verrais assez pour ce que j'avais à faire.

Trois brasses m'amenèrent à l'escalier. Quelques secondes plus tard, j'étais debout sur le rebord de pierre, dégoulinant, attendant que ma vision des lieux se précise. Je finis par distinguer une sorte de tas de chiffons, contre un mur. Ce devait être Arkwright. Je fis quelques pas prudents vers lui. J'entendis alors un murmure au-dessus de ma tête.

Surpris, je levai les yeux. Quelqu'un m'appela :
– Tom !

Je reconnus la voix d'Alice. Elle avait dû escalader la tour comme je l'avais fait pour atteindre une des ouvertures.

— Tom, ça va ?

— Jusqu'à présent, oui.

— Tiens, je te lance une bougie !

Quelque chose rebondit sur le sol près de moi, et je me précipitai pour mettre la main dessus.

— Maintenant, reprit Alice, je t'envoie ton briquet. Attrape-le, Tom ! Je ne voudrais pas qu'il se casse.

Je ne le voulais pas non plus, car j'y tenais beaucoup. Mon père, qui l'avait reçu de son propre père, me l'avait offert quand j'avais quitté la maison pour devenir l'apprenti de l'Épouvanteur.

Je le sentis tomber plus que je ne le vis et le saisis au vol. J'eus vite fait d'enflammer la mèche à amadou et d'allumer la bougie.

Rangeant le briquet en sécurité au fond de ma poche, je m'approchai de la forme ratatinée. C'était bien Arkwright, je reconnaissais ses traits, à présent. Mais respirait-il encore ?

— C'est lui, lançai-je à Alice. Il paraît en mauvais état. Je vais tout de même tenter de le ramener par le tunnel.

— Bon, je t'attends dans l'autre tour.

Le visage d'Alice disparut, et j'entendis bientôt des pas qui s'éloignaient, au-dehors. Quelque chose attira alors mon regard. L'eau de la fosse était claire, j'en distinguais le fond. Et ce que j'avais repéré du coin de l'œil en pénétrant dans cette espèce de puits, c'était l'ouverture d'un second tunnel. Où conduisait-il ? Au lac ? Cette hypothèse était plus qu'inquiétante. Il y avait donc un autre accès à cette tour ! Une sorcière d'eau pouvait s'emparer de moi sans passer par la porte gardée par Alice et l'Épouvanteur.

C'est alors que le pire advint. La surface de l'eau se mit soudain à briller, et une silhouette se dessina. Quelqu'un m'observait à l'aide d'un miroir. Était-ce Alice ? Avait-elle échappé à la surveillance de mon maître ? Bien sûr, celui ou celle qui m'espionnait pouvait utiliser un lac, une mare ou une simple flaque, le résultat était le même. Je compris vite qu'il ne s'agissait pas d'Alice, et les griffes de la peur me labourèrent l'estomac.

C'était la meurtrière, la sorcière aux ciseaux...

À part une écharpe reposant souplement sur ses épaules, elle était vêtue comme lors de notre dernière rencontre : le même sarrau noir noué à la taille, la même jupe ouverte en deux et attachée autour de ses jambes. Aux lanières de cuir enserrant sa poitrine pendaient de nombreux étuis contenant chacun une arme mortelle.

Je ne pouvais détourner les yeux de la plus effrayante : la paire de ciseaux dont elle se servait pour torturer ceux qui tombaient entre ses mains, aux lames assez tranchantes pour tailler la chair et les os. La dernière fois, je l'avais bernée en faisant mine de me rendre, et l'avais clouée au tronc d'un arbre avec le bâton de l'Épouvanteur. Elle ne se laisserait plus tromper aussi aisément ; elle savait à présent de quoi j'étais capable.

Elle portait au cou son habituel collier d'ossements humains, les trophées pris sur les malheureux qu'elle avait assassinés. Elle ne vivait que pour répandre le sang. Elle respectait, disait-on, son propre code de l'honneur, appréciait qu'un combat ne soit pas gagné d'avance et se refusait à vaincre en trichant. En cela, je l'avais déçue. Pour sauver ma peau, j'avais eu recours à la ruse, ce qui n'avait pu que m'attirer son mépris.

Elle m'adressa un curieux sourire, puis elle ouvrit la bouche, et une buée courut à la surface de l'eau. Je compris qu'elle soufflait sur le verre d'un miroir pour écrire dessus. Quoi ? Des menaces ? L'annonce des représailles qu'elle me ferait subir ?

Sors d'ici ! Vite !
Nos ennemies se préparent à entrer
par le tunnel du lac.

Je fixai le message, ahuri. Grimalkin, me mettre en garde ? Me voir massacré par d'autres sorcières ne la réjouissait-elle pas ? Qui désignait-elle par « nos ennemies » ? Les sorcières d'eau ? Était-ce une feinte ? Me rendait-elle la monnaie de ma pièce ?

L'image trembla et disparut. J'étais totalement désemparé. Mais qu'elle ait dit ou non la vérité, je devais d'abord sortir Arkwright de là.

Ayant fixé ma bougie sur les dalles, je m'agenouillai près de lui. Un pot d'eau était posé à ses côtés ; quelqu'un devait s'occuper de le garder en vie pour Morwène. En me penchant, j'entendis son souffle faible, rapide. Je l'appelai par son nom. Il grogna, sans ouvrir les yeux. Tirant le couteau de ma ceinture, je tranchai ses liens, lui libérant les pieds, puis les mains.

Après quoi, je lui frictionnai le visage dans l'espoir de le ranimer. Ses paupières demeuraient obstinément closes. J'appuyai le goulot de ma gourde contre ses lèvres et versai un peu de liquide dans sa bouche. Il s'étrangla, avala quelques gorgées. Je brisai un petit morceau de la feuille qu'Alice m'avait donnée et le glissai sous sa langue. Enfin, je l'allongeai plus confortablement. Je vis alors des marques sur son cou, trois grosses croûtes jaunâtres, dont l'une suintait encore. Je n'avais encore jamais rien observé de tel. Puis je me souvins de sa leçon sur les skelts. L'un d'eux s'était-il abreuvé de son sang ? Les sorcières avaient-elles utilisé une de ces créatures en prévision de leur rituel ?

Ne pouvant rien faire de plus, je replaçai la gourde dans ma ceinture et restai assis près d'Arkwright, la tête dans les mains, pour tâcher de mettre de l'ordre dans mes idées. Sans lourde pierre pour m'aider à redescendre, jamais je n'atteindrais l'ouverture du tunnel. Arkwright était très bon nageur ; il aurait été capable de m'entraîner avec lui. Mais il était dans un triste état, et je ne voyais pas comment le tirer d'ici.

Mes yeux se posèrent alors sur la large fissure courant sur le mur opposé, celle que j'avais remarquée depuis la meurtrière. La tour était construite en grosses pierres. Si l'une d'elles était fendue, et si je réussissais à la desceller, elle suffirait certainement à nous emporter tous deux jusqu'à la bouche du tunnel. Ça valait le coup d'essayer. Je m'emparai de la bougie et allai examiner les choses de près.

La fissure était plus importante que je l'avais cru. Trois pierres au moins étaient atteintes. Aussi, posant mon lumignon à côté de moi, je m'attaquai à la plus prometteuse. À force de la secouer d'avant en arrière, je finis par l'ébranler et en arrachai une bonne moitié. Au même moment, Arkwright commença à remuer. Il s'assit péniblement, clignant des yeux dans la lumière de la flamme, il grimaça et sortit de sa bouche le bout de feuille que j'avais placé sous sa langue.

– C'est Alice qui m'a donné ça pour vous ranimer, dis-je.

– Tu as franchi le tunnel à la nage ?

J'acquiesçai.

– Alors, fit-il avec un sourire, j'ai bien fait de te jeter dans le canal !

Il retrouvait lentement ses forces.

– Comment vous sentez-vous ? demandai-je.

– Mal en point. Il faut pourtant filer d'ici. N'importe quoi peut surgir par ces tunnels. Normalement, je devrais te laisser passer devant. Mais je suis aussi faible qu'un chaton ; mieux vaut que je franchisse l'obstacle tant que je m'en sens capable. Tu compteras jusqu'à dix, et tu me suivras.

Sur ces mots, Arkwright se releva, gagna le bord de la fosse d'une démarche chancelante, prit une grande inspiration et plongea. L'impact avec l'eau produisit à peine une éclaboussure, et je le vis glisser droit vers l'ouverture. D'un fort coup de pied, il se propulsa dans le tunnel. L'instant d'après, il avait disparu. Même dans un tel état d'épuisement, il était bien meilleur nageur que moi !

Je décidai de lui accorder dix secondes supplémentaires avant de me jeter à l'eau à mon tour. Je glissai le couteau de l'Épouvanteur dans ma ceinture, assurai ma chaîne d'argent autour de la taille. Je m'inquiétais pour mon briquet à amadou. Être mouillé ne lui vaudrait rien, mais je ne pouvais pas l'abandonner derrière moi. Je continuais de fixer les cercles qui s'agrandissaient à la surface de l'eau, jusqu'à ce qu'elle soit de nouveau assez lisse pour refléter mon visage. Je me préparais à descendre les marches, serrant contre moi un gros morceau de pierre quand je reculai, horrifié. Quelque chose sortait par l'autre tunnel, celui qui rejoignait le lac.

25

Grimalkin

L a créature monta rapidement vers la surface, et une tête de femme surgit hors de l'eau, la chevelure ruisselante, ses yeux fixés sur les miens. Ce n'était pas une sorcière d'eau, c'était Grimalkin ! Je reculai vivement. Sans faire la moindre tentative pour m'attaquer, elle dit :

– N'aie pas peur, petit. Je ne suis pas venue pour toi. J'en ai après quelqu'un d'autre, cette nuit.

– Qui ? Mon maître ?

Elle eut un sourire sinistre :

– Je chasse Morwène, la fille du Diable.

Je l'observais, incrédule. Essayait-elle de m'embobiner ? Je l'avais bien trompée, moi. Peut-être ne me considérait-elle plus que comme un insecte nuisible, qu'il fallait écraser au plus vite. Peut-être aussi disait-elle vrai. Les sorcières de Pendle s'étaient souvent affrontées les unes aux autres. Pourquoi ne combattraient-elles pas les sorcières habitant d'autres parties du Comté ?

– Morwène est-elle une ennemie des Malkin ? demandai-je.

– Elle est la fille du Malin, mon ennemi juré. Pour cette raison, elle doit mourir.

– Pourtant, accusai-je, vous étiez sur la colline de Pendle, la nuit où les clans ont ouvert le portail au Diable ! Et, maintenant, vous vous opposez à lui ?

Un nouveau sourire découvrit ses dents pointues :

– Tu ne te souviens donc pas combien ce fut difficile de rassembler les clans ? Les Malkin, les Deane et les Mouldheel marchent rarement ensemble. On se dispute entre membres d'une même famille. Beaucoup craignaient qu'une fois dans le monde, le Malin devienne impossible à contrôler. Ils avaient raison. Il exige de nous allégeance et soumission. Au sabbat de Halloween, il est apparu dans sa plus terrifiante majesté à ceux qui lui ont promis obéissance. Certains s'y refusent. Je fais partie de ceux qui ne s'agenouilleront pas devant lui. À présent, les clans s'opposent plus que jamais. Des Malkin combattent des Malkin, des Deane s'affrontent à d'autres Deane. L'obscur est divisé contre lui-même. Des sorcières s'introduisent dans le tunnel, au moment où je te parle. Elles savent que tu es là. Je vais leur barrer le chemin. Mais pars ! Vite ! Je ne réussirai peut-être pas à les contenir toutes...

Sur ces mots, elle replongea et disparut dans le tunnel du lac.

Qu'elle dise ou non la vérité, j'avais bien l'intention de filer. La pierre serrée contre moi, je sautai et heurtai l'eau avec un *plouf* sonore. Je descendis rapidement. À l'instant où je lâchai la pierre pour m'engouffrer dans les ténèbres, j'eus le temps d'apercevoir une silhouette émerger de l'autre tunnel. Une sorcière d'eau ? Ou Grimalkin ?

La traversée me parut beaucoup plus facile au retour qu'à l'aller. Je savais que ce boyau obscur me ramenait dans la première tour, et que je ne finirais pas piégé dans quelque chausse-trappe mortelle. Une vague lueur se dessinait devant moi ; une dernière brasse et j'aurais atteint l'extrémité du tunnel. C'est alors qu'une main se referma sur ma cheville.

Je lançai de grands coups de pied pour tenter de me libérer. La prise se resserra et je me sentis tracté en arrière. J'avais besoin d'air, ma poitrine allait exploser. Si c'était une sorcière d'eau, je me noierais pendant qu'elle aspirerait mon sang. Ainsi périssaient leurs victimes, sans forces, incapables de se défendre, l'eau envahissant leurs poumons. Si c'était Grimalkin, elle se vengerait de moi en me coupant la gorge.

Je tirai le couteau de ma ceinture. « Laisse-toi aller, m'ordonnai-je, cesse de te débattre, attends que vienne ta chance... »

Un coup d'œil par-dessus mon épaule me révéla une mâchoire ouverte, de longues canines prêtes à mordre. C'était une sorcière d'eau ! J'abattis mon couteau sur cette face de cauchemar. La résistance de l'eau ralentit mon bras, mais la lame s'enfonça dans la chair et je la poussai de toutes mes forces.

D'abord, rien ne se passa. Puis la prise sur ma cheville se relâcha. J'apercevais en arrière-plan deux silhouettes qui se battaient. À l'éclat d'une lame, je reconnus Grimalkin. Je repartis vers l'avant à grands coups de jambe et sortis du tunnel.

Quand je crevai la surface, je voulus crier un avertissement, mais je ne pus que tousser, cracher et m'emplir les poumons d'air. L'Épouvanteur, Alice et Arkwright me regardaient d'un air anxieux. Un sourd grondement roulait dans la gorge de Griffe. Mon maître tenait son bâton prêt, la lame pointée vers l'eau. Alice descendit quelques marches et m'attrapa par le bras pour me sortir de la fosse. L'instant d'après, j'étais debout sur les dalles, le couteau encore à la main. De sombres rubans de sang se déroulaient à l'embouchure du tunnel.

– Une sorcière ! criai-je enfin. Il y a une sorcière dans le tunnel ! Un autre passage relie la deuxième tour au lac.

Nous fixâmes l'eau, mais rien n'en sortit.

L'Épouvanteur m'examina avec anxiété :

– Es-tu blessé, petit ?

Je le rassurai :

– Ce n'est pas mon sang, mais le sien.

Je me rhabillai rapidement et renfilai mes bottes. Nous quittâmes la tour, et mon maître verrouilla la porte derrière nous.

– Voilà qui devrait les freiner, déclara-t-il en empochant sa clé. Je doute qu'elles aient de quoi ouvrir le cadenas. À mon avis, les prisonniers sont conduits ici par des complices humains, puis transférés plus tard au moyen du tunnel entre les tours. Celui qui vient du lac n'est pas praticable, les victimes ne survivraient pas sous l'eau aussi longtemps.

– Vous avez sûrement raison, approuva Arkwright. Mais je ne me souviens de rien ; je suis resté inconscient jusqu'à ce que je revienne à moi dans la seconde tour.

Nous regagnâmes la rive en hâte, ralentis malgré tout par Arkwright, encore très affaibli, qui devait s'arrêter régulièrement pour reprendre son souffle. Nous craignions une attaque à tout instant, et Griffe ne cessait de tourner autour de nous, les oreilles frémissantes. Deana nous attendait. Je pensais que nous devrions faire deux voyages, mais l'Épouvanteur ne voulut pas en entendre parler. La barque s'enfonça dangereusement sous le poids de ses passagers. La traversée s'effectua cependant sans problème.

Deana nous invita à passer la nuit chez elle.

– Je vous remercie, dit mon maître, mais vous avez assez fait pour nous. Non, nous allons reprendre la route sans attendre.

Le batelier avait surnommé cette femme « Deana la Folle », alors qu'elle était la personne la plus sensée que j'eusse jamais rencontrée. À moins que, par « folle », il n'ait voulu dire « trop généreuse ». Elle avait certainement risqué sa vie en nous conduisant sur l'île. Si les sorcières apprenaient quel rôle elle avait joué dans cette histoire, ses jours sur cette terre seraient comptés.

Notre voyage vers le sud fut long et lent, mais l'attaque que nous redoutions ne se produisit pas. J'ignorais combien de sorcières étaient venues du lac par le tunnel. En tout cas, j'avais tué ou gravement blessé celle qui m'avait attrapé par la cheville. Grimalkin avait peut-être massacré les autres, ou du moins les avait suffisamment retardées pour nous donner le temps de disparaître.

Quand nous fûmes assez loin du lac pour que la menace des sorcières d'eau ne nous inquiète plus, nous fîmes halte dans un bosquet.

Après avoir mangé un peu de fromage, Arkwright tomba aussitôt dans un profond sommeil. L'épreuve qu'il avait subie l'avait épuisé, et marcher pieds nus ne lui facilitait pas les choses. En dépit de sa pâleur et de ses traits tirés, sa respiration était régulière.

Alice lui tâta le front du bout des doigts :

– Il n'est pas fiévreux. Je crains seulement que les blessures de son cou s'infectent. Me permettez-vous de le soigner ?

L'Épouvanteur acquiesça d'un signe de tête. Cependant, il ne la quitta pas du regard pendant qu'elle tirait de son sachet des feuilles d'une espèce que je ne connaissais pas. Elle les humidifia et les appliqua contre le cou d'Arkwright.

– Est-ce une médication que Lizzie t'a apprise ? demanda John Gregory.

– En partie. Mais, quand j'ai séjourné à la ferme des Ward, la mère de Tom m'a également enseigné certaines choses.

Cette réponse parut rassurer mon maître. Je me décidai alors à lui parler de Grimalkin. L'idée qu'elle soit mêlée à tout ça ne serait pas pour lui plaire et je me demandais quelle serait sa réaction.

– Monsieur Gregory, commençai-je, il y a une chose que je dois vous dire. Grimalkin s'est servie d'un miroir pour me prévenir de l'approche des sorcières. Puis elle est montée à la surface de la fosse et elle m'a parlé. Elle a même combattu les sorcières et m'a permis de m'échapper...

Mon maître eut l'air surpris :

— Encore des miroirs ? Ça s'est passé quand ?

— Quand je suis arrivé dans la seconde tour. J'ai vu son visage dans l'eau. Elle s'est exprimée de façon étrange, en déclarant que les sorcières d'eau étaient *nos* ennemies à tous deux.

L'Épouvanteur se gratta la barbe :

— Pour rien au monde je ne voudrais avoir partie liée avec l'obscur. Mais les clans de Pendle, non contents de se combattre entre eux, sont peut-être aussi en lutte contre les sorcières d'eau du Nord. Ce qui me laisse perplexe, c'est que Grimalkin t'ait secouru, *toi*. Après ce qui s'est passé entre vous, je m'attendais plutôt à ce qu'elle veuille ta peau.

— Si elle est vraiment de notre côté, dis-je, elle peut nous être d'une grande aide. Ce n'est pas à négliger...

D'un ton ferme, il répliqua :

— Tout ce qui affaiblit ces créatures nous est favorable. Il n'est cependant pas question de se compromettre avec aucune d'elles. Le Malin en profiterait pour t'entraîner lentement vers l'obscur. Si lentement que tu n'aurais même pas conscience de ce qu'il t'arrive.

— Jamais je ne me laisserais faire ! protestai-je avec irritation.

– N'en sois pas si sûr, petit. Souviens-toi que ta propre mère a appartenu à l'obscur.

Je retins avec peine une réplique cinglante. Le silence s'étira. L'Épouvanteur me fixait avec sévérité.

– Cesse de bouder, reprit-il enfin. La vérité est toujours bonne à entendre.

– Alors, vous me croyez capable de me laisser corrompre ? grommelai-je. Je n'arrive pas à y croire. Je pensais que vous me connaissiez mieux que ça.

– Ce n'est qu'une hypothèse, petit. Mais il faut en tenir compte. Maintenant, écoute-moi bien : n'aie jamais aucun secret vis-à-vis de moi. Dis-moi tout, même si tu crains que je le prenne mal. Absolument tout. Est-ce clair ?

Se tournant légèrement vers Alice, il insista :

– En ces temps difficiles, je suis le seul à qui tu puisses faire entièrement confiance. Peux-tu comprendre ça ?

Je sentis sur moi le regard d'Alice : allai-je révéler son projet d'utiliser contre le Malin une fiole à sang ? Si l'Épouvanteur l'apprenait, il la traiterait en ennemie. Il avait déjà été à deux doigts de la jeter au fond d'un puits, à notre retour de Priestown, un an plus tôt [1] !

Bien des choses dépendaient de ma réponse. John Gregory était mon maître, mais Alice était

---

1. Lire *La malédiction de l'Épouvanteur*.

mon amie, et une alliée de plus en plus précieuse face à l'obscur.

– Eh bien ? fit-il.

– Je le comprends, dis-je.

– Parfait !

Il n'ajouta aucun commentaire et notre échange s'arrêta là. Arkwright dormait, et nous décidâmes de passer en ce lieu le reste de la nuit. Par prudence, nous organisâmes un tour de garde.

Mon sommeil fut agité, tant la peur et l'incertitude me tourmentaient. Mon père m'avait appris à être honnête et à n'avoir qu'une parole. Maman, elle, bien qu'elle combattît l'obscur, avait ordonné à Alice d'utiliser tous les moyens pour me protéger du Malin. Tous les moyens...

26

L'impensable

En dépit du danger, nous avions besoin de refaire nos forces. À l'aube, nous prîmes donc un repas de lapins, capturés et rôtis par Alice. Arkwright allait un peu mieux ; néanmoins, nous ne progressions que lentement. Un détour par Cartmel pour lui acheter une nouvelle paire de bottes nous retarda encore.

Lorsque nous atteignîmes la baie, nous dûmes attendre longtemps la marée basse. L'Épouvanteur, fidèle à la promesse faite à l'ermite, remit au guide trois pièces d'argent – en plus du prix de notre passage – pour aider les familles des noyés.

Au crépuscule, nous arrivâmes enfin en vue du moulin. Au moment de franchir le fossé, Griffe se mit à gronder, le poil hérissé.

Alice renifla trois fois, puis tourna vers moi un visage inquiet :

– Je n'aime pas ça, Tom. Il y a quelque chose...

Arkwright observait l'eau du fossé, les sourcils froncés. S'accroupissant, il plongea un doigt dans l'eau bourbeuse avant de le porter à ses lèvres.

– La concentration en sel est élevée, constata-t-il. Aucune créature de l'obscur n'a pu traverser la douve.

Je pensai aussitôt à la sorcière d'eau et au skelt, emprisonnés dans les sous-sols du moulin. S'étaient-ils échappés ?

– Avant de partir, dis-je, j'ai versé le contenu de cinq barils de sel dans le fossé, mais je n'en ai pas ajouté dans les puits.

– Il en restait assez pour que mes deux captifs se tiennent tranquilles, Tom Ward. Ils n'ont pas pu sortir de là sans une aide puissante.

– Exact, renchérit l'Épouvanteur. Et la seule créature de l'obscur assez puissante pour franchir le fossé est le Malin lui-même.

Avec un hochement de tête, Arkwright se dirigea vers la maison, Griffe à ses côtés. Nous le suivîmes. Soudain, il s'arrêta. Un corps gisait sur le sol. Il le retourna du bout de sa botte.

L'homme, la gorge déchirée, était exsangue ; il avait probablement été vidé par une sorcière d'eau. J'observai son visage, figé dans un rictus d'horreur et de souffrance, sa bouche ouverte, ses dents brisées. Alors, je le reconnus : c'était le sergent recruteur.

— C'est l'un de ces déserteurs que j'ai mis en fuite au nord de la baie, expliqua Arkwright à John Gregory. Ils avaient juré de me retrouver pour me faire la peau. J'avais pris ça pour des rodomontades. Ce type s'est trouvé au mauvais endroit au mauvais moment, on dirait...

Il continua et, quand il s'arrêta sous le porche, je l'entendis jurer. Je compris vite pourquoi : la porte avait été arrachée de ses gonds. Cela pouvait bien être l'œuvre d'une sorcière d'eau.

— Explorons d'abord la maison, dit Arkwright. Ce ne sont pas les déserteurs qu'il faut craindre, mais plutôt ce qui a tué l'un d'eux.

Il alluma deux chandelles et en tendit une à Alice. Mon maître me fit signe de déposer son sac près de la porte. Puis, son bâton dans une main et sa chaîne d'argent dans l'autre, il pénétra lentement dans la pièce. Arkwright et Alice n'étaient pas armés, je tenais donc mon bâton prêt.

Griffe recommença à gronder ; je m'attendais à tout instant à ce que quelque chose surgisse de l'ombre. Rien ne se passa, jusqu'à ce qu'une découverte insolite nous immobilise.

Une série d'empreintes, neuf en tout, en forme de sabot fourchu, avaient brûlé le plancher. Elles commençaient au milieu de la pièce et s'arrêtaient devant la porte de la cuisine. Cela laissait supposer que le Malin s'était matérialisé là, qu'il avait fait neuf pas avant de disparaître. Où était-il, à présent ? Une main glacée me tordit l'estomac.

En silence, nous pénétrâmes dans la cuisine. Arkwright se dirigea aussitôt vers l'évier et s'empara du grand couteau qu'il m'avait montré au cours de notre première leçon. La porte donnant sur l'escalier était ouverte.

Ayant ordonné à Griffe de rester dans la cuisine, Arkwright monta vers l'étage, épaule contre épaule avec l'Épouvanteur. Alice et moi restâmes sur le palier, tendus, écoutant le bruit de leurs bottes sur le plancher, pendant qu'ils inspectaient les chambres. Là encore, il n'y avait rien.

Il ne restait plus qu'à explorer la chambre du deuxième étage.

À peine y étaient-ils entrés qu'Arkwright poussa un cri terrible. Pensant qu'il était blessé ou attaqué, je m'élançai à son secours.

Je compris aussitôt. Les cercueils de ses parents avaient été jetés à terre et fracassés. De la terre et des ossements étaient répandus sur le sol. Et d'autres empreintes semblables à celles du rez-de-chaussée avaient brûlé le plancher.

Arkwright, fou de rage et de douleur, tremblait de la tête aux pieds. L'Épouvanteur eut beaucoup de mal à l'apaiser.

– C'est l'œuvre du Malin, lui dit-il. Il a fait ça pour vous mettre hors de vous, pour que la colère altère votre jugement. Calmez-vous ! Notre sécurité en dépend. Quand tout sera fini, nous réparerons les dégâts. D'abord, il faut examiner les puits.

Arkwright finit par se rendre à ces raisons. Laissant toujours la chienne de garde dans la cuisine, nous sortîmes pour nous rendre au sous-sol par la porte donnant sur la roue du moulin plutôt que de passer par la trappe.

– Reste ici, petit ! m'ordonna l'Épouvanteur. Bill et moi allons nous en occuper.

J'obéis, laissant passer Alice, qui m'adressa un petit signe avant de leur emboîter le pas. Il ne s'était pas écoulé une minute quand j'entendis, sur ma droite, un sifflement sourd, empli de colère. Deux pupilles flamboyèrent dans le noir. Une sorte de jambe sortit de l'ombre, une chose longue, maigre, munie de plusieurs jointures, telle la patte d'un monstrueux insecte. Une deuxième patte apparut, puis une tête de cauchemar : un groin aux narines aplaties, des oreilles couchées derrière un crâne allongé, des yeux rapprochés braqués sur les miens. C'était le skelt.

Je voulus appeler ; pas un son ne sortit de ma bouche. La créature approchait, sans me quitter du regard, et je sentis mes forces s'évanouir. J'étais paralysé, tel un mulot fasciné par un serpent. Mon cerveau ne fonctionnait plus.

Déplié, il aurait été plus grand que moi. Son corps tubulaire était formé de segments articulés, un peu comme celui d'une langouste, et aussi incrusté de coquillages que la coque d'un vieux bateau. Ses huit pattes lui donnaient une allure d'araignée. Elles se déplaçaient avec une lenteur calculée en faisant craquer leurs jointures.

Brusquement, d'un formidable élan, le skelt bondit sur moi et me plaqua au sol. Le choc me coupa la respiration. Bras et jambes immobilisés, j'étais à sa merci. Mon regard plongea dans l'horrible gueule dépourvue de dents, qui me soufflait au visage une puanteur de marécage. De cette cavité sortit une dure tige translucide qui s'allongeait lentement. Je me rappelai ce qu'Arkwright m'avait appris, que les skelts n'avaient pas de langue, mais utilisaient ce tube osseux pour transpercer leurs victimes et aspirer leur sang.

Quelque chose me renversa la tête en arrière, et je ressentis une vive douleur au cou. Le tube prit une couleur pourpre. La créature s'abreuvait de mon sang, et j'étais réduit à l'impuissance. Combien de temps cela durerait-il ? J'avais mal, et la panique m'envahissait. Le skelt allait me vider jusqu'à ce que mon cœur cesse de battre.

Je perçus alors des pas précipités, Alice qui criait, puis un coup sourd, suivi d'un craquement. Le skelt retira sa pompe de mon cou et recula.

Libéré, j'eus le temps de voir Arkwright lever à deux mains une grosse pierre tachée de rouge et l'abattre violemment sur le crâne du monstre. Il y eut un deuxième craquement, qui s'acheva dans un bruit mou et répugnant. Le corps du skelt se tordit, un spasme agita ses pattes. Puis il resta immobile, la tête dans une flaque sanguinolente. Son crâne s'était fendu comme une coquille d'œuf. Je me redressai sur les genoux pour remercier mon sauveur. Ce fut lui qui parla le premier.

– Une créature intéressante, Tom Ward, observa-t-il, tandis qu'Alice et l'Épouvanteur m'aidaient à me remettre sur pied. Très rare, comme je te l'ai déjà dit. Peu de gens ont eu la chance de l'observer de si près.

Alice me serrait les mains :

– Oh, Tom ! fit-elle, frémissante. Si j'avais su, je ne t'aurais pas laissé seul. Je pensais qu'il était encore dans les sous-sols.

– Allons, lança Arkwright. Plus de peur que de mal. Mais tu peux remercier la jeune fille, Tom Ward. Elle a eu l'intuition que quelque chose allait de travers. À présent, voyons ce qu'il en est de l'autre puits.

Comme on pouvait s'y attendre, la sorcière d'eau s'était échappée, ou plutôt elle avait été libérée. Les barres étaient tordues, et la terre molle, autour de la fosse, avait gardé des empreintes, plus petites que celles laissées par le skelt, des traces de pas de sorcière.

– Aucun doute, c'est l'œuvre du Malin, déclara l'Épouvanteur. Il aime manifester son pouvoir.

– Mais où est la sorcière, maintenant ? murmura Arkwright.

Griffe fut envoyée en chasse à travers le jardin, les deux épouvanteurs courant derrière elle, le bâton levé.

– Elle n'est plus ici, Tom, me confia Alice. Sinon, je l'aurais sentie.

– Sauf si le Malin est dans les parages, objectai-je. Sur la barge, on ne s'est jamais doutés que Morwène marchait à côté de nous.

Elle ne put qu'acquiescer et parut d'autant plus inquiète.

– Où une sorcière pourrait-elle se cacher ? demandai-je.

– À mon avis, elle a franchi le fossé pour s'échapper par les marécages. Ce bon vieux Satan l'a sans doute portée ; le sel ne l'arrête pas, lui.

La recherche s'étant révélée infructueuse, nous nous réfugiâmes dans la cuisine, et j'allumai du feu dans le fourneau. Aux prises avec l'obscur, nous devions jeûner de nouveau. Au moins étions-nous au chaud pour veiller à tour de rôle. Griffe montait la garde à l'extérieur. Nous pouvions compter sur elle pour nous prévenir si quoi que ce fût surgissait des marais.

– Mieux vaut ne pas toucher au cadavre du déserteur avant demain, déclara Arkwright.

L'Épouvanteur approuva :

– Oui. Alors, nous l'enterrerons, si nous en avons le temps. Combien étaient-ils, ces types ?

– Cinq, répondis-je.

– Je suppose que la sorcière s'était déjà échappée quand ils ont traversé le jardin, reprit Arkwright. Pendant qu'elle attaquait celui-là, les autres ont pu fuir.

Pendant un moment, personne ne parla. Alice semblait préoccupée, et je me sentais mal à l'aise. La fille du Diable était là, quelque part, attendant son heure. Et, maintenant, il y avait une autre sorcière d'eau en liberté. Si elle avait pu franchir le fossé, qui l'empêcherait de recommencer dans l'autre sens ? Avec l'aide du Malin, rien ne lui serait plus facile, d'autant que le Diable nous visiterait peut-être en personne.

Mes compagnons placèrent leurs chaises autour du fourneau et s'installèrent de leur mieux. Je préférai m'asseoir sur le carrelage, le dos contre le mur. Ce n'était pas très confortable ; malgré tout, et en dépit de ma crainte d'une prochaine attaque, je finis par m'assoupir.

Soudain, je m'éveillai. Quelqu'un me secouait l'épaule, tandis qu'une main me bâillonnait.

J'ouvris les yeux et vis l'Épouvanteur penché sur moi. Il me désigna d'un coup de menton impérieux le coin opposé de la cuisine. Les chandelles s'étaient entièrement consumées, et il faisait très sombre. Alice et Arkwright étaient accroupis près de moi. Eux aussi fixaient le même recoin obscur, où un phénomène étrange se produisait. Une forme se matérialisait lentement, passant d'un gris cendreux à un argent scintillant. Elle se précisa peu à peu, jusqu'à ce que je la reconnaisse sans conteste : la fille du Diable était devant nous, avec sa face cadavérique, son nez sans chair, son œil droit luisant de mauvaiseté, sa paupière gauche fermée par une épingle en os.

— J'ai soif, croassa-t-elle en découvrant ses canines. J'ai soif de votre sang. Mais je vous laisserai vivre. Vous vivrez tous, sauf un. Donnez-moi le garçon, et vous serez libres.

Ce n'était qu'une image, elle n'était pas réellement présente dans la pièce. Bien qu'elle parût se tenir à quelques pas, ses paroles semblaient provenir de très loin, et je percevais en arrière-fond le sifflement du vent.

— Mon père saura vous récompenser, reprit-elle, d'une voix qui évoquait la mer roulant sur des galets. Donnez-moi le garçon, et Amelia reposera en paix. C'est mon père qui retient son âme, l'empêchant de partir dans l'au-delà. Livrez-nous le garçon, et il les relâchera tous les deux ; elle et Abraham seront libres de choisir la lumière. Envoyez le garçon seul dans le marais, et ce sera fini. Envoyez-le-moi maintenant.

— Retourne d'où tu viens, saleté ! rugit l'Épouvanteur. Nous ne te donnerons que la mort ! Tu m'entends ? C'est tout ce que tu mérites !

Arkwright resta silencieux, mais les paroles de Morwène devaient être comme une lame fouaillant sa poitrine. La paix pour ses parents était ce qu'il désirait par-dessus tout. Or, malgré la dureté avec laquelle il m'avait traité, je lui faisais confiance. Il était au service de la lumière et serait assez fort pour résister aux promesses que lui faisait miroiter la fille du Diable.

L'image de Morwène trembla et devint floue. Elle porta sa main à sa paupière gauche, qui s'ouvrit.

Mais l'œil maléfique était sans pouvoir, il avait perdu sa couleur sanglante.

Elle se mit alors à psalmodier sur une note aiguë, surnaturelle. Le rythme, les rimes, les intonations m'évoquaient l'« Ancien Langage », la langue parlée par le premier peuple à avoir habité le Comté.

Je sentis mes membres s'alourdir ; j'avais chaud et froid en même temps. Je ne tenais plus debout. Je compris trop tard ce qui se passait : ces mots très anciens étaient une malédiction, une puissante formule de magie noire, qui sapait votre énergie et votre volonté.

Du coin de l'œil je vis que l'Épouvanteur avait réussi à se redresser. Il fouilla dans ses poches et lança vers la lugubre apparition une poignée de poudre blanche de sa main droite, une poignée de poudre noire de sa main gauche : du sel et de la limaille de fer, les ingrédients habituellement efficaces contre les êtres venus de l'obscur. Cela marcherait-il, alors que notre ennemie n'était pas physiquement présente dans la pièce ?

Le chant se tut et l'image disparut comme la flamme d'une chandelle qu'on a soufflée. Le flot de soulagement qui m'envahit me fit presque tituber.

— Il s'en est fallu de peu, soupira Arkwright. J'ai cru que c'en était fait de nous.

L'Épouvanteur hocha la tête d'un air soucieux :

— Je ne saurais vous le reprocher. Je n'avais encore jamais affronté une sorcière aussi puissante. Cela tient sans doute à son hérédité satanique. Il ne fera pas bon vivre dans le Comté tant que nous ne l'aurons pas abattue. Pour l'instant, tâchons de rester en éveil jusqu'à la fin de la nuit. Si elle tente sa chance encore une fois et qu'un seul d'entre nous a gardé les yeux ouverts, elle pourra tuer les autres pendant leur sommeil, même à distance.

Je relançai le feu et laissai la porte du fourneau ouverte pour que la chaleur irradie dans la pièce. Nous allumâmes deux chandelles neuves, qui dureraient jusqu'au matin. J'emplis également mes poches de sel et de limaille de fer de façon à ne plus me trouver désarmé. Une fois que nous fûmes installés, plus personne ne parla. Alice regardait droit devant elle, l'air terrifiée. Arkwright et l'Épouvanteur affichaient une mine farouche et déterminée. Je me demandai comment ils se sentaient, au fond d'eux-mêmes. Comment envisager de résister au Malin en personne ? D'autant que les paroles de la sorcière devaient faire leur chemin dans la tête d'Arkwright. Quel espoir avait-il de sauver l'âme de ses parents ? Aucun ! S'il était vrai que le Diable les tenait en son pouvoir, leurs esprits resteraient captifs du moulin jusqu'à la fin des temps.

Ce fut le silence qui m'avertit du danger. Un silence inhabituel. Je n'entendais plus rien, pas le moindre son. Puis je constatai que j'étais paralysé. J'étais toujours assis par terre, dos au mur. Je voulus tourner la tête vers Alice, mon corps refusa de m'obéir. Je tentai d'appeler les autres, je fus incapable d'ouvrir la bouche.

Je voyais briller une chandelle en face de moi, à portée de main de l'Épouvanteur. Sa flamme qui oscillait quelques instants plus tôt était parfaitement droite, comme taillée dans du métal. Elle semblait réfléchir la lumière plutôt que la produire. Sur ma gauche, j'apercevais le feu, par la porte ouverte du fourneau. Il ne dansait plus. Je remarquai alors que je ne respirais pas. Je ne ressentais pourtant aucune douleur, mes poumons ne réclamaient pas d'air ; tout en moi était inerte. Mon cœur avait-il cessé de battre ? Étais-je mort ?

Je me souvins que j'avais éprouvé une sensation du même genre sur la barge, tandis que nous voguions vers Caster avec le Malin en guise de batelier, et qu'il avait accéléré le temps. Là, il l'avait purement et simplement arrêté !

J'entendis un bruit, dans un recoin empli d'ombre : un choc sourd, suivi presque aussitôt par un grésillement. Cela se répéta deux fois.

Soudain, je sentis une odeur de bois brûlé. Et je constatai que, alors que tout, dans la pièce, s'était immobilisé, une seule chose *bougeait*. Et qui pouvait bouger, sinon le Diable lui-même ?

Je ne le voyais pas, mais ses pas l'amenaient vers moi. Chaque fois que l'un de ses pieds invisibles se posait sur le plancher, il laissait la marque d'un sabot fendu, qui rougeoyait un instant en grésillant avant de noircir. Grimalkin m'avait dit que, pour leur inspirer la crainte et les forcer à l'obéissance, il était apparu aux clans de sorcières sous sa véritable apparence, le jour de Halloween. Cette vision était si épouvantable, prétendaient certains, que quiconque y était confronté mourait de saisissement. N'était-ce vraiment qu'un conte de bonnes femmes pour faire frémir à la veillée ? Allait-il me montrer son visage ?

Une forme commença à se matérialiser. Ce n'était ni gris ni argenté, ça semblait solide. Mais ce ne fut pas l'horrifique apparition que je craignais. Une fois de plus, le Malin avait pris les traits de Matthew Gilbert, le batelier. Il était devant moi, en bottes et veste de cuir, tel qu'à notre première rencontre, avec le même sourire amical et confiant.

– Eh bien Tom, me dit-il, comme je te l'ai fait remarquer récemment, au lieu de me nommer le Malin, on pourrait m'appeler l'Ami. Qui veux-tu que je sois pour toi ? Voilà ce que tu devras décider dans les minutes qui suivent. De cette décision dépend le reste de ta vie, ainsi que le sort de tes trois compagnons.

27

Un marché

L e Malin sourit :
— Remue, si tu veux. Cela t'aidera à réfléchir.
Je ne voudrais pas te prendre en traître. Alors, que
serons-nous ? Amis ou ennemis ?

Avec une secousse, mon cœur redémarra, battant
à grands coups. Je pris une longue inspiration. Je me
tournai légèrement, tâchant de voir si Alice
allait bien. Elle était parfaitement immobile, les
yeux écarquillés d'effroi. Voyait-elle le Malin ?
En tout cas, pour elle comme pour Arkwright et
l'Épouvanteur, le temps était toujours arrêté. Seul
mon diabolique interlocuteur et moi étions libres
de bouger. Mais j'étais si faible que je doutais de

pouvoir me lever. Fixant l'être qui me faisait face, j'ouvris la bouche et réussis à articuler :

– Vous êtes l'obscur fait chair. Jamais vous ne serez mon ami.

– N'en sois pas si sûr, Tom. Nous sommes plus proches que tu ne le penses. Bien plus proches. Nous nous connaissons intimement, toi et moi. Prenons une question que chaque humain se pose au moins une fois au cours de sa brève existence. Certains s'en débarrassent et n'y pensent plus. Certains se déclarent croyants, d'autres sceptiques. Certains s'interrogent avec angoisse tout au long de leur vie. C'est une question très simple, Tom : crois-tu en Dieu ?

Je croyais en la lumière. Quant à l'existence de Dieu, je n'avais pas de certitude. Mon père y croyait, et peut-être l'Épouvanteur aussi, tout au fond de lui, même s'il en parlait rarement, et si son Dieu n'était pas forcément conforme aux dogmes de l'Église.

Je répondis donc avec sincérité :

– Je n'en suis pas sûr.

– Tu n'en es pas sûr ? Voyons, Tom, c'est pourtant aussi évident que le nez au milieu de la figure ! Un Dieu permettrait-il qu'il y ait tant de mal dans le monde ? La maladie, la famine, la pauvreté, la guerre, la mort, voilà tout ce que vous devez affronter, pauvres humains ! Un Dieu laisserait-il la guerre continuer ? Bien sûr que non ! C'est donc qu'il n'existe pas. Toutes ces églises, tous ces cultes dirigés par des prêtres dévots mais ignares ! Tout ça pour quoi ? Pour rien ! Leurs prières se perdent dans le vide parce qu'il n'y a personne pour les entendre.

Mais si nous prenions le pouvoir, toi et moi, nous transformerions le monde. Qu'en dis-tu, Tom ? Voudrais-tu m'aider ? Voudrais-tu te tenir à mes côtés ? Nous accomplirions tant de grandes choses ensemble !

– Vous êtes mon ennemi, répliquai-je. Je ne travaillerai jamais avec vous.

Soudain la peur m'envahit. Je me rappelai les « entraves » dont l'Épouvanteur m'avait parlé, ces limites auquel le Malin était confronté, d'après ce qu'il avait lu dans le livre de maman. S'il m'entraînait de son côté, il gouvernerait le monde jusqu'à la fin des temps. S'il me tuait lui-même, il n'aurait le pouvoir que pendant cent ans. Choisirait-il de me tuer ?

Il s'approcha :

– Il est parfois difficile de gouverner, Tom. Il faut prendre de pénibles décisions. Si tu déclines mon offre, tu ne me laisses pas le choix. Tu mourras, et j'instaurerai un monde meilleur pour l'humanité. Ma fille t'attend dans les marais. Là, tu devras tuer ou être tué.

Il avait donc décidé de la laisser faire. De cette façon, il serait libéré de son entrave et prendrait le pouvoir à jamais.

— Non, protestai-je. Je n'irai pas à sa rencontre. Qu'elle vienne à moi !

Dans les marais, elle serait la plus forte. Devant son œil de sang, je n'aurais pas la moindre chance, je serais à sa merci, pétrifié en quelques secondes. Et je finirais la gorge tranchée, comme le malheureux batelier.

— Tu n'es pas en position de discuter les règles, petit, ricana le Malin. Va l'affronter, si tu veux que tes compagnons survivent. Je pourrais les massacrer pendant qu'ils sont là, sans force, devant moi...

Il se pencha pour poser sa paume sur la tête d'Alice. Puis il étendit les doigts, et sa main s'élargit, au point d'envelopper complètement le crâne de mon amie.

— Il me suffit de refermer mon poing, Tom, et cette jolie tête explosera comme une tasse de porcelaine. Dois-je le faire ? Veux-tu que je te montre combien cela m'est facile ?

— Non ! suppliai-je. Ne lui faites pas de mal ! Ne faites de mal à aucun d'eux ! J'irai dans le marais. J'y vais tout de suite.

Je me redressai, chancelant, empoignai mon bâton et me dirigeai vers la porte. Là, je m'arrêtai et me retournai vers mon adversaire. Si je sortais la lame et l'attaquais ? Aurais-je une chance ? Non, cela ne servirait à rien, je le savais. À peine aurais-je fait un pas vers lui que le temps s'arrêterait de nouveau pour moi, et je serais sans réaction, comme chacun de mes compagnons.

Je les désignai d'un mouvement de tête :

– Si je survis, ou si j'en sors vainqueur ?... Leur laisserez-vous la vie ?

Le Malin sourit :

– Si tu es vainqueur, ils vivront, au moins quelque temps. Si tu meurs, je les tuerai aussi. Tu combats pour eux autant que pour toi.

Mes chances de vaincre la fille du Diable dans les marais étaient quasi nulles. Que pèseraient mon bâton et ma chaîne d'argent contre ses redoutables pouvoirs ? Alice, Arkwright et l'Épouvanteur mourraient avec moi. Avant cela, il me restait cependant une chose à terminer. Une dernière chose, que je payerais de ma vie. C'était un coup à tenter...

– J'ai une faveur à vous demander, dis-je. Accordez-la-moi, et je partirai aussitôt pour le marais. La vie est courte, et nous devons tous mourir un jour. Mais c'est un sort terrible que d'être tourmenté après la mort. Les parents d'Arkwright ont assez souffert. Que je gagne ou que je perde, relâcherez-vous l'âme d'Amelia, de sorte qu'ils puissent entrer tous deux dans la lumière ?

– Que tu gagnes ou que tu perdes ? Tu me proposes un rude marché, Tom !

– Pas plus rude que l'épreuve que vous m'imposez ! Vous êtes sûr que je n'en sortirai pas vivant. Est-ce honnête ? Accordez-moi ce que je vous demande, ainsi je n'aurai pas vécu pour rien.

Il me fixa durement, puis son visage se détendit. Il avait pris sa décision :

– Qu'il en soit ainsi. J'exaucerai ton vœu.

Sans un regard en arrière, je quittai la cuisine, traversai le vestibule et m'enfonçai dans la nuit. En m'avançant dans le jardin, je perçus un changement. À l'extérieur, le cours du temps allait à son rythme normal. Mais ce n'était pas une bonne nuit pour s'aventurer dans les marais.

La brume était si épaisse qu'on y voyait tout juste à dix pas. Au-dessus de ma tête, le cercle de la lune était visible. Ce brouillard courait donc bas sur la terre, mais cela ne m'aiderait pas sur l'étendue plate du marais. Comme j'aurais voulu avoir Griffe avec moi ! Mais je supposai qu'elle était figée, comme les autres.

Arrivé au bord du fossé, je respirai profondément. Une fois de l'autre côté, je devais m'attendre à tout instant à voir la fille du Diable faire irruption. Elle était là, embusquée quelque part ; le brouillard et l'obscurité lui donnaient l'avantage. J'avançai à pas prudents. Je regrettai de n'avoir joué qu'une fois le rôle du gibier poursuivi par les chiens lors de mon entraînement ; répété assidûment, cet exercice m'aurait donné une meilleure connaissance du terrain.

Des eaux stagnantes, des tourbières traîtresses s'étendaient des deux côtés du sentier. Je revoyais Morwène bondissant hors de l'eau tel un saumon et je me préparais à une attaque du même genre. Le danger pouvait surgir n'importe où. Pour toute arme, je ne possédais que mon bâton. Puis je fus rassuré de sentir, dans la poche de mon manteau, ma chaîne d'argent. J'avais aussi du sel et de la limaille de fer dans mes poches de pantalon, mais je ne pourrais m'en servir qu'en dernier recours, si ni le bâton ni la chaîne ne m'étaient plus d'aucune utilité, car il me faudrait avoir les mains libres.

Soudain, un son étrange courut en écho sur le marais. C'était le cri si reconnaissable du vultrace, le complice de la sorcière. Le Malin avait prévenu sa fille que j'étais en route ; l'oiseau cherchait à me localiser. Le cri venait de l'ouest, du côté de l'étang où j'avais rencontré Morwène pour la première fois et où elle m'avait crocheté par l'oreille. J'obliquai donc vers le sud. Je ne voulais pas affronter la sorcière à proximité d'une eau profonde.

Bien que le sol fût glissant, je marchai plus vite, sentant ma nervosité augmenter à chaque pas. Soudain, je vis quelque chose, sur le sentier, un corps étendu. Ne voulant pas revenir en arrière, je m'approchai prudemment. Était-ce un piège ? Je trouvai un homme allongé sur le ventre, le visage tourné de côté. Il était mort. À son uniforme, je reconnus l'un des déserteurs. Mon adversaire ne devait plus être bien loin.

Quelques instants plus tard, un autre bruit me parvint mais ce n'était pas le cri du vultrace. Je sondai le brouillard du regard. Je ne distinguai que des touffes de roseaux, entre lesquelles le sentier serpentait. Je ralentis.

Le bruit recommença, plus bref. C'était un croassement suivi d'une espèce de gargouillis, à croire que quelqu'un s'étranglait. J'avançai avec circonspection, le bâton prêt à frapper, jusqu'à ce que j'aperçoive une forme étendue, à quelques pas devant moi. Une créature rampante ? Non, ça ne bougeait pas. On aurait dit un ballot de chiffons. Était-ce un autre déserteur ? Puis je compris.

Une sorcière d'eau gisait sur le sentier, allongée sur le dos, une main traînant dans une flaque de boue. Celle qui s'était évadée du puits ? Blessée ou... morte ? Sa bouche grande ouverte découvrait ses canines pointues. Ses yeux écarquillés fixaient le ciel.

J'hésitai. Peut-être me jouait-elle la comédie, attendant que je sois assez près pour me saisir par la cheville. Une voix s'éleva alors dans l'ombre, une voix que je ne connaissais que trop bien.

– Eh bien, petit, on se retrouve !

Je sentis mes jambes se liquéfier. De l'autre côté du corps étendu se dressait Grimalkin.

Elle tenait sa revanche. Sans doute ne m'avait-elle sauvé dans la tour que pour mieux savourer cet instant. J'aurais voulu que le sol s'ouvre sous mes pieds. Je croyais déjà entendre le cliquetis de ses terribles ciseaux. Je sortis la chaîne d'argent de ma poche et me tins prêt. Lors de notre précédent affrontement, je l'avais manquée. Mais j'étais épuisé, et je courais. Sentant ma main trembler, je m'obligeai à respirer lentement. Je m'étais plié à un long et dur entraînement pour un moment comme celui-là. Je voulais me montrer aussi courageux que mon maître. Si je devais mourir, que ce soit au moins bravement !

La fixant dans les yeux, je me préparai à lancer la chaîne. Ce n'était pas Morwène, et je pouvais la regarder en face. Son visage sévère n'était pas sans beauté, malgré le pli cruel de la bouche, aux lèvres peintes en noir, qui dévoilaient des dents taillées en pointe.

– Range ta chaîne, petit, dit-elle doucement. Je ne suis pas venue pour toi. Cette nuit, nous combattrons ensemble.

Je baissai la main. Elle m'avait déjà secouru dans la tour, et je sentais qu'elle disait la vérité. En ces circonstances, elle était de mon côté. Quoi qu'en dise l'Épouvanteur, lorsque l'obscur combat l'obscur, il ne peut qu'en être affaibli. Et ma mère m'avait appris à toujours suivre mon instinct.

Grimalkin désigna le corps étendu :

– N'aie pas peur, elle ne mord plus ! Enjambe-la, vite ! Le temps nous est compté.

J'obéis, et quelques pas de plus me menèrent face à la meurtrière. Comme toujours sa poitrine était bardée de fourreaux contenant des lames de toutes tailles, sans compter les redoutables ciseaux. Mais, cette fois, ses cheveux étaient lissés en arrière et noués sur sa nuque avec une écharpe de soie noire. Elle était très sale, de la boue maculait son visage, ses jambes et ses bras nus, et elle dégageait une forte odeur de vase.

– Qu'es-tu venu chercher ici, petit ? La mort ? La fille du Malin approche. Elle sera là dans un instant.

– Si je n'étais pas venu, expliquai-je, le Malin aurait tué mon maître, Alice et Arkwright. Si j'abats Morwène, il leur laissera la vie.

Un sourire étira ses lèvres noires :

– Tu es brave, mais stupide ! Pourquoi l'affronter ici ? L'eau est son élément. Si tu as le dessus, elle s'enfoncera au plus profond des marécages, où tu ne pourras pas la suivre. En revanche, si tu lui laisses la moindre chance, elle t'entraînera dans l'eau avec elle. Non ! Ce n'est pas le bon moyen. Il faut l'attirer sur la terre ferme. Je t'ai vu courir, tu es rapide, presque aussi rapide que moi. Mais, sur ce terrain fangeux, tu n'as pas le pied sûr. Si tu veux survivre, suis-moi pas à pas !

Elle pivota sur ses talons et s'élança sur un sentier qui s'enfonçait au cœur du marais. Je courus derrière elle aussi vite que le sol glissant me le permettait. Je dérapai plus d'une fois, manquant tomber dans la tourbière ; à deux reprises, Grimalkin disparut dans le brouillard, et je dus accélérer pour la garder en vue. Enfin, le sentier se fit plus pentu, nous sortions du marécage. Une colline ronde couronnée de ruines s'élevait devant nous : le mont aux Moines. Trois sycomores rabougris poussaient au milieu des décombres de l'abbaye ; à certains endroits, il ne restait qu'un éboulis de pierres. Grimalkin m'entraîna vers un muret contre lequel nous nous adossâmes. De là, nous avions une vue plongeante sur l'étendue marécageuse. Au-dessus de nous, la lune brillait dans un ciel sans nuage, répandant sur les ruines et le flanc de la colline une lumière d'argent.

La nappe de brume ondulait en contrebas, dissimulant le marais et le sentier. Nous étions assis sur une île dominant un océan d'écume blanche. Nous restâmes silencieux un long moment. Après les durs efforts que je venais de fournir, ma respiration peinait à retrouver son rythme normal. Ce fut la sorcière qui entama le dialogue :

– Tu peux remercier Alice Deane ; c'est à elle que tu dois de ne pas affronter seul ton ennemie.

Je la dévisageai, stupéfait :

– Alice ?

– Oui, ton amie Alice. Effrayée à l'idée que le Malin et sa fille soient à tes trousses, elle m'a appelée à l'aide. Nous avons été en contact à plusieurs reprises, au cours du mois dernier. Principalement grâce aux miroirs.

– Alice a utilisé un miroir pour parler avec *vous* ?

– Bien sûr, petit ! Quel autre moyen les sorcières ont-elles de communiquer à distance ? Sa démarche m'a d'abord étonnée, mais elle a insisté et réussi à me convaincre. Je ne peux rien refuser à la fille d'une Malkin ! D'autant que nous combattons pour la même cause.

– Alors, c'est pour ça que vous étiez sur l'île ?

– Je t'ai surveillé depuis le rivage, j'ai vu les sorcières se préparer à entrer dans l'eau et je t'ai averti de leur arrivée. Je t'avais à l'œil depuis des jours. John Gregory n'aurait pas apprécié, c'est pourquoi j'ai gardé mes distances.

— Le Malin s'attend à ce que j'affronte Morwène seul. Saura-t-il que vous êtes avec moi ?

Grimalkin haussa les épaules :

— Possible. Il ne peut pas tout voir, mais si sa fille me découvre, il le saura.

— Alors, il interviendra, non ? Il peut très bien apparaître sur cette colline !

— Sur ce point, tu n'as rien à craindre. Là où je suis, il ne viendra pas, à cause de ce que j'ai fait il y a des années.

— Comment cela ? Alice a cherché un moyen de le tenir à distance. Utilisez-vous une fiole à sang ? Avez-vous réussi à l'entraver d'une manière ou d'une autre ?

— Il existe plus d'une méthode. J'ai opté pour la plus courante : je lui ai fait un enfant.

— Vous avez eu un enfant du Diable ? m'exclamai-je, abasourdi.

— Pourquoi pas ? C'est ce que font les sorcières déterminées à se libérer de son emprise, quand elles ont assez d'aplomb. On lui fait un enfant. Et, après sa première visite à son rejeton, il est obligé de nous laisser tranquilles. La plupart des enfants nés du Diable et d'une sorcière sont soit des monstres soit des sorcières. La mère de celle que nous allons affronter s'appelait Grismalde. On raconte qu'elle était très belle mais qu'elle vivait sous terre dans des boyaux boueux et puants, dont l'odeur fétide l'accompagnait partout. Les goûts du Malin sont parfois fort étranges. Par je ne sais quelle chance, mon fils n'était nullement monstrueux. C'était un beau petit garçon. Quand le Diable l'a vu, pris de rage, il me l'a arraché des mains et lui a fracassé la tête contre un rocher. Le sang de cet innocent a été le prix de ma liberté.

Sa mort m'a rendue à demi folle de douleur. Je m'en suis sortie en devenant la plus cruelle des meurtrières. Le temps a passé, mon affliction s'est apaisée, mais je n'oublierai jamais. J'ai deux raisons de combattre à tes côtés. La première, c'est que je veux me venger. La seconde, c'est qu'Alice Deane m'a demandé de te protéger de Morwène. Cette nuit, nous allons abattre la fille du Diable.

Je restai silencieux, ruminant les révélations de Grimalkin, quand elle posa un doigt sur ses lèvres et se leva.

Presque aussitôt, le cri sinistre du vultrace résonna au-dessus du marais. Il retentit de nouveau, plus fort, plus proche. Un gros oiseau surgit du brouillard dans un battement d'ailes et prit de l'altitude. Il nous avait vus. À présent la fille du Malin savait où nous étions.

Grimalkin tira d'un de ses fourreaux un couteau muni d'une courte lame. D'un geste puissant elle le lança vers l'oiseau. Il vira, mais trop tard. La lame s'enfonça dans sa poitrine. Avec une plainte aiguë, le vultrace tomba comme une pierre dans la mer de brume, qui l'avala.

– Je rate rarement mon coup, fit Grimalkin avec un sourire d'hyène.

Elle se rassit près de moi.

– Mais toi, je t'ai manqué, continua-t-elle. Ou plutôt, mon couteau allait atteindre sa cible quand tu l'as arrêté au vol[1]. Le Malin manipule le temps, le ralentissant, l'arrêtant ou l'accélérant à son gré. Or, cette nuit-là, tu l'as ralenti, toi aussi. Pas de beaucoup, mais c'est ce qui a fait la différence.

Elle faisait référence à l'été dernier, quand elle m'avait rattrapé sur la colline du Pendu alors que je fuyais pour trouver refuge dans la chambre secrète de maman. Après l'avoir clouée à un arbre avec le bâton de l'Épouvanteur, j'avais détalé. Elle m'avait alors lancé son couteau à la tête. Je m'étais retourné juste à temps pour le voir filer vers moi, et je l'avais attrapé, en effet, comme au ralenti, ce qui m'avait sauvé la vie. Avais-je vraiment retenu un bref instant la course du temps ?

– Lève-toi, m'ordonna alors Grimalkin d'une voix dure. L'heure est venue, le danger est proche. Nos ennemies ne vont pas tarder.

---

1. Lire *Le combat de l'Épouvanteur*.

– Nos ennemies ? soufflai-je. Il n'y en a pas qu'une ?

– Bien sûr que non, petit ! La fille du Malin ne sera pas seule. Les sorcières d'eau convergent de tous côtés vers cette colline. Elles se sont mises en route dès le crépuscule. Le combat est imminent.

Nous allions affronter les sorcières. D'une façon ou d'une autre, tout serait bientôt accompli.

28

Le combat dans les marais

Nous avançâmes un peu dans la pente.

– Cette nuit-là, reprit Grimalkin, tu m'as manquée avec ta chaîne. Manqueras-tu encore ta cible, aujourd'hui ?

– Je ferai de mon mieux...

– Alors, espérons que ton mieux sera suffisant ! Maintenant, écoute-moi bien ! Les sorcières d'eau vont surgir du marécage, en contrebas. Fais usage de ton bâton et garde ta chaîne en réserve. Cela peut changer la donne. Nous allons faire face à l'œil de sang de Morwène, mais elle ne peut l'utiliser que contre un seul ennemi à la fois. Si elle vient vers moi, utilise ta chaîne. En attendant, garde-la en réserve. Combats les autres sorcières avec ton bâton. Compris ?

Je fis signe que oui.

– Bien. Nous avons un second avantage : Morwène ne s'aventurera sur la colline, là où le sol est sec et ferme sous les pieds, qu'avec réticence. Espérons qu'elle restera en arrière.

J'acquiesçai de nouveau. Des frissons nerveux me parcouraient les membres, mes genoux tremblaient et une boule me pesait sur l'estomac. Je m'efforçai de contrôler ma respiration. Ma main devait rester ferme si je voulais lancer ma chaîne.

Le premier assaut me prit par surprise. À part le clappement de pieds palmés sur l'herbe, il fut aussi rapide que silencieux. Une sorcière d'eau jaillit de la brume et se jeta sur Grimalkin, les griffes en avant, une grimace de haine sur le visage.

Grimalkin fut la plus vive. Tirant un couteau de sa ceinture, elle le jeta vers son adversaire. Il s'enfonça avec un bruit mou dans la poitrine de la sorcière. Elle tomba en arrière, glissa le long de la pente et fut engloutie par le brouillard.

Les autres attaquèrent alors en force. J'aurais eu bien du mal à résister à une seule tant elles étaient véloces et farouches. Elles étaient sept, hurlantes, les griffes tendues, l'œil flamboyant, armées pour certaines de courtes épées. La première n'était plus qu'à cinq pas quand je pensai à faire sortir la lame rétractable de mon bâton. J'entendis avec satisfaction le petit *clic* m'annonçant qu'elle était en place.

Je me fendais, parais, pivotais sur moi-même pour les tenir à distance, utilisant toutes les figures de combat qu'Arkwright m'avait enseignées. La sueur me coulait dans les yeux. En dépit de mes efforts, j'aurais vite été submergé sans l'appui de Grimalkin. Je comprenais pourquoi elle était la plus crainte de toutes les sorcières de Pendle.

Chacun de ses gestes était mortel. Chaque lame sortie d'un fourreau de cuir pénétrait dans un fourreau de chair. Griffe contre griffe, lame contre lame, elle semblait invincible. Elle tourbillonnait telle une roue meurtrière, laminant ses adversaires, jusqu'à ce que sept cadavres restent étendus sur l'herbe de la colline.

Elle inspira alors longuement et demeura parfaitement immobile, comme si elle écoutait. Puis elle posa la main sur mon épaule et se pencha pour me murmurer à l'oreille :

– Il y en a d'autres qui émergent du marais. La fille du Diable est avec elles. Souviens-toi de ce que je t'ai dit. Sers-toi de ta chaîne contre elle. Tout dépend de ton habileté. Si tu la manques, nous sommes fichus.

Une sorcière surgit. Grimalkin lança deux lames, qui atteignirent chacune leur but. Puis les deux adversaires se jetèrent l'une sur l'autre dans une furie de bras emmêlés, de griffes tranchantes et de crocs acérés. Elles n'émirent pas un son quand elles roulèrent ensemble le long de la pente pour disparaître dans le brouillard.

Je me retrouvai seul sur la colline, écoutant le martèlement affolé de mon propre cœur. Devais-je descendre et venir en aide à Grimalkin ? S'en sortirait-elle encore contre plusieurs ? Je n'eus pas le temps de prendre une décision, une autre sorcière s'avançait. Sa bouche s'ouvrit, révélant quatre énormes crocs verdâtres. Elle ressemblait beaucoup à Morwène. L'os décharné qui lui servait de nez lui donnait l'air d'un cadavre vivant. Malgré la lenteur de son approche, je devinais qu'elle était capable d'une vivacité surnaturelle. Je savais qu'elle se préparait à enfoncer une de ses griffes dans ma chair. Je craignais plus que tout qu'elle tente de percer ma mâchoire et de refermer son doigt autour de mes dents, une prise dont il était impossible de se libérer.

Elle attaqua brusquement. Je la stoppai d'un revers de bâton, manquant sa joue d'un cheveu. Un grondement de colère roula dans sa gorge. Je me fendis, et elle recula d'un pas. À présent, c'était moi l'attaquant, et chacun de mes coups la repoussait vers la pente.

Puis – trop tard –, je compris sa stratégie : m'attirer dans le brouillard, vers le marais, où elle aurait l'avantage. Elle jouait avec moi. Sa main droite me menaçait à la manière d'un serpent, deux griffes tendues vers ma gorge. Je frappai, mais elle fit un écart et je perdis l'équilibre. Je tombai, roulai sur la pente, mon bâton m'échappa. La sorcière roula avec moi. Mais, quand notre chute s'arrêta, je ne sentis aucune douleur dans la gorge ou dans la mâchoire. Elle m'avait manqué, sa griffe s'était accrochée à mon col, qui s'était déchiré.

Je me redressai sur les genoux et regardai autour de moi. J'étais au milieu de la pente, mais mon adversaire avait roulé plus bas. La brume s'éclaircissait, à présent, et je repérai mon bâton. Quatre pas, et je serais de nouveau armé. Or, un coup d'œil sur ma droite me glaça les sangs : Grimalkin, le pied posé sur le corps d'une sorcière morte, était figée sur place, le regard fixé sur Morwène, qui s'avançait lentement, les griffes en avant. Je me relevai, sortis ma chaîne de ma poche et l'enroulai autour de mon poignet.

Grimalkin était sous le pouvoir de l'œil sanglant. Si je manquais mon coup, Morwène la tuerait et se retournerait contre moi.

C'était l'instant ou jamais. Tous ces mois d'entraînement dans le jardin de l'Épouvanteur allaient-ils porter leur fruit ? Mais je n'avais pas devant moi un poteau de bois immobile. La peur me vrillait les nerfs. J'avais déjà lancé ma chaîne avec succès contre des sorcières ; j'en avais aussi raté beaucoup. L'énormité de l'enjeu m'emplissait de doute. Que je la manque, et tout serait fini. Je n'aurais qu'une seule chance !

Je devais d'abord y *croire*. Je pouvais le faire. L'Épouvanteur me l'avait maintes fois répété : pour contrôler son corps, il faut contrôler son esprit. Je levai le bras, inspirai longuement et bloquai ma respiration.

Je me concentrai sur ma cible : Morwène. Elle n'était plus qu'à une longueur de bras de Grimalkin. Le temps me parut ralentir. Un profond silence s'installa. Morwène était immobile. Je ne respirais pas. Mon cœur lui-même semblait avoir cessé de battre.

Je lançai la chaîne. Elle se déroula dans les airs en une spirale parfaite, scintillant à la lumière de la lune. Rien d'autre ne bougeait. Elle vint s'enrouler autour de la sorcière, lui fermant la bouche, lui ligotant les bras. Elle tituba et tomba sur les genoux. Les bruits se ruèrent d'un coup dans mes oreilles, celui de ma respiration, et le soupir de soulagement de Grimalkin. Sortant d'un fourreau une longue épée, elle s'avança vers son ennemie.

Entièrement occupé à réussir mon lancer, j'avais oublié d'assurer ma propre sécurité. Une sorcière d'eau fut soudain à mes côtés, une griffe tendue vers ma mâchoire. D'un geste instinctif, je parai le coup. Mais nous tombâmes ensemble, roulant plus bas sur la pente.

Les sorcières sont douées d'une grande force physique ; en combat rapproché, même un homme dans la force de l'âge n'est pas forcément capable de tenir le choc. J'eus beau déployer toute mon énergie, elle me saisit par les bras et m'entraîna vers le marécage. J'avais tenu mon engagement envers Grimalkin et utilisé ma chaîne d'argent contre Morwène. Ce faisant, j'avais perdu tout espoir de récupérer mon bâton, qui m'aurait donné une petite chance contre une telle adversaire. Il ne me restait que le sel et la limaille de fer au fond de mes poches, et j'avais les bras immobilisés.

Nous roulâmes dans l'eau. Je n'eus que le temps de fermer la bouche et de retenir ma respiration avant d'être submergé. En me débattant désespérément, je réussis à sortir la tête une seconde pour reprendre mon souffle. Puis je me sentis entraîné vers le fond. Mes nouveaux talents de nageur ne m'étaient d'aucun secours, l'étreinte de la sorcière était trop forte. Je sombrai dans une totale obscurité ; les poumons me brûlaient. Combien de temps résistais-je encore, je ne saurais le dire, mais je m'affaiblissais peu à peu. L'eau m'entra dans la bouche, dans les narines ; je me noyais. La dernière chose dont je me souvienne, c'est le sentiment de résignation qui m'envahit alors. J'avais fait de mon mieux et j'avais échoué. C'était fini, j'allais mourir. Puis tout devint noir et je cessai de lutter.

Or, mon combat en ce monde n'était pas achevé. Je repris conscience, allongé sur l'herbe à mi-hauteur de la colline, tandis que quelqu'un m'appuyait violemment sur le thorax, m'obligeant à vomir des jets d'eau boueuse.

On cessa enfin de me comprimer les côtes, tandis que l'air m'emplissait les poumons. Le cœur me battait à en exploser. Deux mains puissantes me retournèrent sur le dos, et je reconnus, penché sur moi, le visage de Grimalkin.

– Tu vivras, petit, me dit-elle en m'aidant à m'asseoir. Mais il s'en est fallu d'un cheveu. Je t'ai rattrapé juste avant que tu ne disparaisses en eau profonde.

Je devais mon salut à une sorcière, et une des plus maléfiques. Quoi qu'eût pu en penser l'Épouvanteur, elle et moi étions du même bord. Je la remerciai ; c'est ce que mon père aurait attendu de moi.

Je remarquai alors que, parmi les cadavres gisant au bord du marécage, il y avait celui de la fille du Diable, toujours ligotée par ma chaîne d'argent.

– Désolé de ne pas avoir pu faire davantage, commençai-je, avant d'être secoué par une quinte de toux.

Grimalkin attendit que j'aie repris mon souffle avant de déclarer :

– Tu as fait ce qu'il fallait, petit. En lançant ta chaîne sur Morwène, tu nous as assuré la victoire. Va la récupérer, moi, je ne peux pas toucher l'argent.

Elle me tendit la main pour me remettre sur pied. J'étais si faible que je tremblais de partout. Avec mes vêtements trempés, je me sentais gelé jusqu'aux os. En m'approchant des corps inertes, je fus pris de nausée : le cœur de chaque sorcière morte avait été arraché et placé près de sa tête. Voyant ma répugnance, Grimalkin posa une main sur mon épaule :

– Je devais le faire, petit, afin qu'aucune d'elles ne revienne jamais. Ton maître ne t'a-t-il pas enseigné ces pratiques ?

Je hochai la tête en signe d'assentiment. Des sorcières aussi puissantes étaient capables de renaître ou, même mortes, d'exercer encore leurs maléfices. Pour les en empêcher, il fallait leur arracher le cœur, et qu'il soit ensuite mangé.

Grimalkin empoigna les cheveux de Morwène pour la soulever pendant que j'ôtais la chaîne. Elle était poisseuse de sang. Un son s'éleva au loin, un aboiement. Griffe courait sur mes traces. Si le Malin avait tenu parole, le temps devait avoir repris son cours normal au moulin.

– Je n'ai plus le goût pour ça, dit Grimalkin en désignant les organes sanguinolents. Aussi, assure-toi que le chien les dévore tous. Je vais m'en aller, maintenant, avant que tes compagnons n'arrivent. Une dernière chose : quel âge as-tu, mon garçon ?

– Quatorze ans. J'aurai mes quinze ans en août prochain, le 3.

Elle sourit :

– La vie est rude, à Pendle, les enfants y grandissent plus vite. Là-bas, à partir de la nuit de Walpurgis suivant son quatorzième anniversaire, un garçon d'un clan de sorcières est considéré comme un homme. Viens me trouver à Pendle après cette fête. Je t'offrirai un cadeau, quelque chose qu'il est bon de posséder.

Voilà qui était étrange, venant d'elle ! J'avais du mal à m'imaginer me rendant à Pendle, la dernière nuit d'avril, pour recevoir un présent de Grimalkin. Je ne savais que trop ce que l'Épouvanteur en penserait !

Sur ces mots, la sorcière tourna les talons, franchit le muret d'un bond et disparut.

Griffe fut là quelques minutes plus tard. Je la regardai dévorer les cœurs avec voracité. Lorsque

Alice, Arkwright et l'Épouvanteur surgirent à leur tour, elle avait presque fini.

La dernière image qui me reste est celle d'Alice proposant de laver ma chaîne d'argent. Puis tout devint noir autour de moi. C'est l'Épouvanteur qui m'aida à me relever ; j'étais secoué de frissons incontrôlables. On me ramena au moulin pour me mettre au lit. Était-ce d'avoir avalé l'eau stagnante du marécage ou d'avoir été griffé par les sorcières ? Je fus pris d'une fièvre si violente qu'elle mit mes jours en danger.

29

À qui j'appartiens

J'appris par la suite qu'Alice avait proposé de me traiter avec ses plantes, mais l'Épouvanteur s'y était opposé. Il fit venir de nouveau le médecin local, qui me donna des médicaments pour me faire vomir à en avoir l'estomac déchiré. Cinq jours s'écoulèrent avant que je me sente capable de me lever. Si j'avais su, alors, qu'Alice n'avait pas eu le droit de me soigner, j'aurais vigoureusement protesté.

Pourtant, mon maître reconnaissait son talent pour les potions. Ce ne fut qu'après m'être remis que je compris pourquoi il l'avait éloignée de mon chevet. J'eus un vrai choc ; c'était la pire nouvelle possible.

Dès que je fus sur pied, nous eûmes une longue conversation dans la chambre du haut. Les cercueils n'y étaient plus, ils avaient été enterrés dans un cimetière voisin, où Arkwright pouvait aller se recueillir. Le Malin avait tenu parole : les âmes de ses parents étaient entrées dans la lumière. À présent qu'aucun défunt en souffrance ne hantait plus la maison, il y régnait une atmosphère de paix.

Arkwright se montrait très reconnaissant envers moi. Il entama la discussion en me remerciant avec tant d'insistance que j'en fus embarrassé. Puis ce fut mon tour de m'exprimer. Mais je n'eus à leur conter que le déroulement de la bataille dans les marais. Le reste, ils le connaissaient déjà. L'Épouvanteur en savait même beaucoup trop.

Le visage sévère, les sourcils froncés de colère, il m'expliqua que, si leurs corps avaient été figés hors du temps, leurs esprits étaient restés libres. Ils avaient entendu le dialogue entre le Malin et moi. Ils avaient eu connaissance du marché que j'avais passé pour sauver leur vie et obtenir la libération des parents d'Arkwright. Conscients de l'épreuve qui m'attendait et de l'imminence de leur mort, ils avaient connu des moments terribles. Mais le Malin, ce tricheur, leur avait ensuite révélé d'autres faits, cherchant à fausser ma relation avec l'Épouvanteur et – pire encore – à creuser un fossé infranchissable entre Alice et nous.

– Que tu aies utilisé un miroir pour communiquer avec la fille m'avait déjà profondément inquiété et attristé, se lamenta mon maître. C'est la preuve de la mauvaise influence qu'elle exerce sur toi.

J'ouvris la bouche pour protester. Il m'imposa le silence d'un geste agacé :

– Il y a pire. Cette petite sournoise était en relation avec Grimalkin depuis près d'un mois.

Je coulai un regard vers Alice. Les larmes ruisselaient sur ses joues. Je soupçonnais l'Épouvanteur de lui avoir déjà appris quelles représailles elle encourait.

– Et n'essaye pas de me faire croire que du mal est sorti un bien ! continua-t-il. Je sais que Grimalkin t'a sauvé la vie – qu'elle nous a tous sauvés – en combattant à tes côtés. Mais c'est une pernicieuse, petit ! Elle appartient à l'obscur, et nous ne devons en aucun cas nous compromettre avec elle, sous peine de devenir ses semblables. Plutôt mourir ! La place d'Alice est au fond d'une fosse, et c'est là qu'elle ira dès notre retour à Chipenden.

– Elle ne mérite pas d'être traitée ainsi ! protestai-je. Rappelez-vous toutes les occasions où elle nous a aidés ! Elle vous a soigné quand vous avez été gravement blessé par un gobelin, près d'Anglezarke [1]. Sans elle, vous seriez mort !

_____

1. Lire *Le secret de l'Épouvanteur.*

Il fixait sur moi un regard inflexible, et je fus incapable de me contenir :

– Si vous faites ça, m'écriai-je, si vous mettez Alice au fond d'une fosse, je partirai. Je ne serai plus votre apprenti. Je ne travaillerai plus jamais avec vous.

Une part de moi en pensait chaque mot. L'autre était horrifiée. Qu'aurait dit maman en entendant les menaces que je proférais ?

– Tu en as le droit, petit, soupira l'Épouvanteur avec tristesse. Aucun apprenti n'est tenu de terminer son temps. Tu ne serais pas le premier à me quitter, mais certainement le dernier. Si tu pars, je ne prendrai personne d'autre.

Je tentai un autre argument :

– Vous savez bien que le Malin vous a dit ça exprès ! Il *veut* que vous emprisonniez Alice dans une fosse. Il y a tout avantage, car, sans elle, nous serons affaiblis.

– Crois-tu que je n'ai pas envisagé tout cela ? Je ne prends pas cette décision de gaieté de cœur. Et je me souviens que ta mère accordait sa confiance à cette fille, inutile de me le rappeler ! Tout le monde peut se tromper ; mais ma conscience m'ordonne d'agir et je lui obéis.

Je compris que rien ne le ferait changer d'avis.

– Vous pourriez bien commettre une grosse erreur, dis-je amèrement, la pire erreur de votre vie.

Le silence retomba, seulement troublé par les sanglots d'Alice. Puis Arkwright intervint.

— Il y a peut-être une alternative, suggéra-t-il d'une voix calme. Le lien entre Tom Ward et la fille est puissant. Je vous le déclare tout net, monsieur Gregory, si vous mettez cette menace à exécution, vous perdrez votre apprenti. Peut-être le meilleur que vous ayez jamais eu. Nous perdrons tous quelqu'un qui peut se révéler un puissant adversaire du Malin. Car, sans votre enseignement et votre protection, Tom sera dangereusement vulnérable ; il ne réalisera pas pleinement son potentiel. Quelque chose d'autre me tient à cœur. Le marché que le garçon a passé avec le Malin a permis aux âmes de mes parents de trouver la paix après quinze années de souffrance. Mais, sans le secours de Grimalkin, il ne serait pas sorti vainqueur. Et sans l'intervention d'Alice, la sorcière aux ciseaux n'aurait pas combattu aux côtés de Tom Ward. Je dois donc une grande reconnaissance à cette fille.

Qu'Arkwright s'érige ainsi en défenseur d'Alice me stupéfia. Je ne l'avais jamais entendu parler avec autant d'éloquence et de passion. Soudain, je reprenais espoir.

Il insista :

— D'après ce que je sais, cette fille a reçu une triste éducation, à laquelle peu de personnes, aussi courageuses soient-elles, auraient pu résister. Qu'elle y ait réussi et qu'elle ait tant fait pour vous prouve sa force de caractère. Je ne crois pas que nous ayons affaire à une sorcière, et encore moins à une pernicieuse. Comme pour chacun d'entre nous, il y a en elle du bon et du mauvais. Vous connaissez trop bien cette lutte perpétuelle, dans nos cœurs, entre l'ombre et la lumière. J'en parle en connaissance de cause : j'ai eu parfois les pensées les plus noires. Et j'ai dû combattre longuement et péniblement mon penchant pour la boisson. Laissez Alice en liberté. Ce faisant, vous ne lâcherez pas une sorcière dans le monde, mais une jeune fille qui va devenir une femme forte et hardie. Quelles que soient les méthodes dont elle usera, elle sera toujours à vos côtés. Comme je vous le disais, il existe une alternative. Ne l'enfermez pas au fond d'une fosse. Pourquoi ne pas la laisser tracer sa propre route ? Contentez-vous de la renvoyer. Faites-le pour nous tous. C'est peut-être la meilleure façon de nous tirer d'affaire.

Au bout d'un long silence, l'Épouvanteur se tourna vers moi :

– Cette solution te paraît-elle assez clémente, petit ? L'accepteras-tu ? Si j'agis ainsi, resteras-tu mon apprenti ?

L'idée de ne plus revoir Alice m'était insupportable, mais l'imaginer au fond d'un trou pour le reste de ses jours l'était plus encore. Et je désirais continuer mon apprentissage auprès de mon maître. Mon devoir m'obligeait à combattre l'obscur. Maman n'aurait pas voulu me voir abandonner la lutte.

— Oui, dis-je à voix basse.

Alice cessa de pleurer, mais je me sentais si mal que je n'osais même pas la regarder.

— Très bien, jeune fille, reprit l'Épouvanteur. Rassemble tes affaires et va-t'en. Reste à distance de Tom, et ne t'approche pas à moins de cinq miles de Chipenden ! Sinon, tu sais à quoi tu t'exposes !

Elle ne répliqua rien, et je remarquai soudain qu'elle n'avait pas prononcé un mot pour sa défense. Cela ne lui ressemblait pas. Muette, la mine lugubre, elle quitta la pièce.

Je m'adressai à l'Épouvanteur :

— Laissez-moi au moins lui dire au revoir. Je le lui dois.

Il opina du menton :

— Si tu le dois... Mais sois bref, ne t'attarde pas.

J'attendis Alice à la sortie du jardin. Elle me sourit tristement en approchant entre les branches des saules, chargée du baluchon contenant ses quelques affaires. Il pleuvait, le genre de bruine glacée qui vous transperce jusqu'à la moelle.

— Merci de venir me dire au revoir, dit-elle en pataugeant dans le fossé.

Une fois de l'autre côté, elle me saisit la main et la serra si fort que je crus sentir mes os se briser en même temps que mon cœur.

– Je ne sais que te dire..., balbutiai-je.

Elle me fit taire d'un geste :

– Il n'y a rien à dire. Nous avons tous deux fait le choix que nous estimions le meilleur. Et j'ai toujours su comment le vieux Gregory jugeait mes rapports avec l'obscur. C'était un risque à courir si je voulais te protéger. Je ne regrette rien, sauf que j'ai le cœur lourd ; ça me navre de penser qu'on ne se reverra plus.

Nous marchâmes en silence jusqu'au bord du canal. Là, elle lâcha ma main, fouilla dans la poche de son manteau et me tendit un objet. C'était la fiole de sang.

– Prends-la, Tom. Elle contient du sang de Morwène. Le Malin ne te touchera pas tant que tu l'auras près de toi.

– Comment l'as-tu eu ? Je ne comprends pas...

– J'ai nettoyé ta chaîne, souviens-toi. J'en ai mis un peu dans le flacon, pas beaucoup. Tu n'auras qu'à ajouter quelques gouttes de ton propre sang, et le tour sera joué.

Je secouai la tête :

– Non, Alice. Je ne peux pas la prendre...

– Prends-la, Tom, je t'en prie ! Fais-le pour moi. Je ne veux pas t'effrayer, mais, sans elle, tu seras mort avant longtemps. Qui te protégera si je ne suis plus là ? Pas le vieux Gregory, tu peux en être sûr ! Alors, prends la fiole, je dormirai plus tranquille.

– Non, Alice. Je ne veux plus utiliser l'obscur. S'il te plaît, ne me demande plus ça ! Je sais que ton intention est bonne, mais je ne peux pas accepter, c'est tout. Plus jamais.

Tête basse, elle replaça la fiole dans sa poche et se mit à pleurer sans bruit. Je regardai les larmes rouler sur ses joues et goutter à la pointe de son menton. J'avais envie de la prendre dans mes bras et je n'osais pas. Si je faisais ça, je ne pourrais plus la laisser partir. Je devais me montrer fort, garder mes distances.

– Où vas-tu aller, Alice ?

Elle leva vers moi un visage dur :

– Je vais rentrer chez moi, à Pendle. Auprès de ceux à qui j'appartiens. Je suis née pour être sorcière, et je vais le devenir. C'est la seule vie qui me reste, à présent...

Elle jeta alors ses bras autour de mon cou et me serra si fort que j'en perdis le souffle. Avant que j'aie pu me dégager, elle pressa ses lèvres sur les miennes. Cela ne dura qu'une seconde. L'instant d'après, elle courait sur le chemin de halage.

Les clans de Pendle étaient divisés, désormais, certains soutenant le Malin, d'autres le combattant. Mais à cause du sang qui coulait dans ses veines

– moitié Deane, moitié Malkin – Alice avait beaucoup d'ennemis à Pendle. Dès qu'elle y aurait mis un pied, sa vie serait en danger.

Ce qui me faisait le plus mal, c'était de penser qu'elle ne voulait pas vraiment devenir sorcière. Ça, j'en étais certain. Elle n'avait dit ça que parce qu'elle était bouleversée. Avant notre dernier voyage à Pendle, l'idée d'y retourner l'effrayait. Ce devait être encore le cas aujourd'hui.

C'était aux gens de Pendle qu'elle appartenait, avait-elle dit. C'était faux. Mais, sous l'influence des forces du mal, elle pourrait devenir une pernicieuse. À la longue, quoi qu'en pense Arkwright, elle appartiendrait à l'obscur.

30

La barge noire

L'Épouvanteur passa encore une semaine au moulin avant de partir pour Chipenden, sans moi. Je n'avais, semblait-il, pas d'autre choix que de rester pour terminer mes six mois d'apprentissage avec Arkwright.

Ce fut très dur, car les souffrances physiques s'ajoutaient à mon chagrin. Nos combats au bâton étaient brutaux ; Arkwright ne me ménageait pas. En un rien de temps, je fus couvert de bleus. Cependant, je gagnais en habileté, et malgré nos différences de taille et de poids, je finis par rendre coup pour coup à mon maître d'armes. En plusieurs occasions, je me montrais même assez vif pour avoir le dessus. Quand le docteur revint au moulin, ce ne fut pas seulement pour soigner mes blessures...

Arkwright avait changé. À présent que les âmes de ses parents avaient trouvé la paix, il se montrait moins coléreux, plus serein. Il ne buvait plus, et son humeur s'améliorait. Je continuais de préférer l'Épouvanteur, mais Arkwright se montrait bon pédagogue. Malgré la rudesse de ses manières, j'appris à le respecter. Il nous arriva à plusieurs reprises d'affronter l'obscur ensemble, au nord, à l'extrême limite du Comté.

Les jours passaient. Le froid hiver fit peu à peu place au printemps, et il fut enfin temps pour moi de retourner à Chipenden. Griffe avait eu deux petits, qu'Arkwright avait appelés Sang et Os. Le matin de mon départ, ils batifolaient dans le jardin, sous l'œil vigilant de leur mère.

– Eh bien, Tom Ward, fit remarquer Arkwright, j'ai pensé un temps que la chienne t'accompagnerait à Chipenden, mais bien qu'elle te soit très attachée, elle l'est davantage encore à ses rejetons.

– Je ne crois pas que M. Gregory serait ravi de me voir revenir avec Griffe, dis-je en souriant. D'autant que les chiens et les gobelins font rarement bon ménage.

– En ce cas, mieux vaut qu'elle reste ici, si tu veux du bacon à point pour ton petit déjeuner, plaisanta-t-il.

Reprenant son sérieux, il ajouta :

– Nous avons eu des hauts et des bas, tous les deux, mais les choses ont bien tourné, au bout du compte. Le moulin est un endroit beaucoup plus agréable depuis ton passage, et j'espère t'avoir enseigné des choses utiles.

– Certainement. Mes bleus et mes bosses le prouvent !

– Sache que tu seras toujours le bienvenu. Si tu en ressens le besoin, tu pourras venir compléter ta formation ici.

Je compris l'allusion : rien ne serait plus jamais pareil entre l'Épouvanteur et moi. S'il était persuadé d'avoir agi pour le mieux, je continuais de penser qu'il avait commis une erreur en chassant Alice. Depuis, un mur d'incompréhension s'élevait entre nous.

Remerciant une dernière fois Arkwright, je me mis en route. Je franchis le premier pont au-dessus du canal et marchai vers Caster, le sac sur l'épaule et le bâton à la main. Combien de fois avais-je désiré cet instant, au début de mon séjour ! Mais trop de choses avaient changé. Alice ne serait pas là pour m'accueillir à Chipenden ; le chaud soleil printanier et le chant des oiseaux n'arrivaient pas à m'égayer.

J'avais l'intention de quitter la rive du canal bien avant Caster, de contourner la ville et de prendre la route des collines. Étais-je plongé dans mes pensées ou tourmenté par mon avenir ? Toujours est-il que, lorsque je pris conscience de ce qui se passait, il était trop tard.

Un frisson soudain me courut dans le dos. Levant les yeux, je remarquai que le crépuscule tombait, et que l'obscurité se faisait plus dense à chaque minute. L'air devenait glacé et, quand je jetai un regard derrière moi, je vis qu'une brume épaisse s'était formée sur le canal.

Il en sortit une barge noire qui approchait lente-ment. Aucun cheval ne la tirait ; elle avançait sans un bruit. Je compris vite que ce n'était pas une barge ordinaire. Elle était faite d'un bois brillant. Des chandelles noires brûlaient à la proue, plus nombreuses que sur un autel un jour de grande fête, et leurs hautes flammes ne vacillaient pas.

Des marches descendaient droit vers une cale ténébreuse, d'une façon qui n'était pas naturelle. La façon même dont ce bateau glissait sur l'eau avait quelque chose d'anormal, et j'eus l'impression d'entrer dans un rêve, où les règles habituelles de la vie ne s'appliquaient plus.

L'embarcation s'arrêta à ma hauteur. Scrutant les profondeurs de cette cale impossible, je distinguai une silhouette assise, environnée de chandelles. Bien qu'aucun ordre n'ait été proféré, je sus ce que je devais faire. Laissant mon sac et mon bâton sur le sentier, je montai à bord et descendis les marches une à une, l'estomac tordu par la peur, obéissant aux lois de quelque étrange cauchemar.

Au fond, sous l'apparence du marinier, le Malin était assis sur un trône fait du même bois poli que l'embarcation. Il était décoré de motifs entrelacés représentant des créatures tout droit sorties d'un monstrueux bestiaire. La main gauche du Diable reposait sur le dos d'un dragon rampant, aux griffes tendues agressivement vers moi. Sa main droite caressait un serpent dont le corps sinueux descendait sur le côté du siège avant de s'enrouler autour des pieds en forme de serres.

Le sourire qu'il m'adressa était celui de Matthew Gilbert, mais l'éclat venimeux de ses yeux révélait sa véritable identité. J'avais aidé Grimalkin à tuer sa fille. Me convoquait-il pour se venger ?

– Assieds-toi, Tom. Assieds-toi à mes pieds, ordonna-t-il.

Et je ne pus qu'obéir, me posant en tailleur devant lui sur le sol. Il ne souriait plus ; je me sentis sans force, entièrement à sa merci, et troublé par une sensation bizarre : je n'avais pas l'impression d'être assis sur le plancher d'un bateau, mais de tomber comme une pierre entre les parois d'un puits.

– Je perçois ta peur, reprit le Malin. Calme-toi, je suis venu t'instruire, non te détruire. Si je voulais ta mort, bien des créatures se réjouiraient de me rendre ce service. J'ai d'autres enfants. Et beaucoup d'autres serviteurs qui m'ont juré allégeance. Tu ne pourrais leur échapper à tous. J'ai tenu parole, j'ai laissé la vie sauve à tes compagnons. Je n'y étais pas tenu, puisque tu n'as vaincu ma fille qu'avec l'aide de Grimalkin, la meurtrière. Néanmoins, je t'ai fait ce cadeau, Tom, parce que nous sommes appelés à travailler ensemble, toi et moi, en dépit de ta répugnance. Nous sommes bien plus proches que tu ne le penses. Mais, pour que tu saches exactement où tu en es, je vais te révéler un secret. Vois-tu, j'ai un enfant dont l'identité n'est connue que par une seule personne au monde. Un enfant très spécial, qui accomplira un jour de grandes choses à mon service. Je parle de ma fille bien-aimée, Alice Deane...

Je fus si abasourdi que le sens de ces paroles ne m'atteignit pas tout de suite. Les mots tournaient dans ma tête tel un vol de corbeaux dans un vent de tempête, avant de plonger pour me percer le cœur de leurs becs acérés. Alice ? Sa fille ? Avais-je bien entendu ? Alice, une autre Morwène ?

Des monstres ou des sorcières, tels étaient les rejetons du Diable. Et si l'un d'eux naissait humain et sans tache, il le tuait aussitôt, comme il l'avait fait pour le fils de Grimalkin. Or, il avait laissé vivre Alice. Comment était-ce possible ?

« Non, me dis-je, m'efforçant de retrouver mon calme. Il essaye seulement de nous diviser. » Je me rappelai les paroles de maman à propos d'Alice et de moi : « *L'étoile de John Gregory pâlit. Vous représentez l'avenir et l'espoir du Comté. Il aura besoin de vous à ses côtés.* » Maman avait-elle pu se tromper à ce point ? Mais peut-être ne s'était-elle pas trompée ! L'un des noms du Malin n'est-il pas le Père du Mensonge ?

– Vous mentez ! criai-je, ma peur refluant d'un coup, laissant place à la colère et à l'indignation.

Le Malin secoua lentement la tête :

– Les clans de Pendle eux-mêmes l'ignorent, pourtant, c'est la vérité. La véritable mère d'Alice est enfermée au fond d'un puits, dans le jardin de John Gregory. Je parle de Lizzie l'Osseuse. Lorsque son enfant naquit, il fut remis aux bons soins d'un couple sans enfant ; lui était un Deane, et elle une Malkin. Mais lorsque Alice ayant grandi fut mûre pour apprendre les arts obscurs, ils n'étaient plus d'aucune utilité. La nuit où ils moururent, Lizzie vint reprendre sa fille. Elle aurait continué à l'élever si vous n'étiez pas intervenus, ton maître et toi.

Lizzie l'Osseuse, la mère d'Alice ? Je me rappelai la première fois que j'avais vu Lizzie. J'avais été frappé par leur évident air de famille. Elles avaient les mêmes traits, les mêmes cheveux noirs, les mêmes yeux bruns. On devinait que dans sa jeunesse, Lizzie avait été aussi jolie qu'Alice. Mais un pli amer marquait sa bouche, et elle ne vous regardait jamais en face.

– Ce n'est pas vrai. Ça ne peut pas être vrai...

– Pourtant ça l'est, Tom ! Ton maître a suivi son instinct, et il a eu raison. Il n'a jamais fait confiance à Alice. Cette fois, sans ton intervention et celle d'Arkwright, il l'aurait enfermée dans une fosse, auprès de sa mère. Mais je n'entreprends jamais rien sans de prudents calculs. C'est pourquoi j'ai libéré l'âme d'Amelia. William Arkwright m'en a été si reconnaissant ! Il a su me le prouver, il s'est montré merveilleusement éloquent. Alice est libre, à présent, elle a échappé à la surveillance de John Gregory. Elle peut retourner à Pendle, où elle occupera enfin la place qui lui revient : elle dirigera les clans et les unifiera une fois pour toutes.

Je demeurai un long moment silencieux, pris de nausée, avec l'impression de tomber encore et encore dans un trou sans fond. Puis une pensée fulgura dans mon esprit.

– Si elle est votre fille, dis-je, pourquoi a-t-elle tant lutté contre l'obscur ? Pourquoi a-t-elle combattu les clans de Pendle, risquant sa vie pour les empêcher de vous laisser franchir le portail ?

– Il m'est facile de te répondre, Tom. Elle l'a fait pour toi. Tu représentais tout ce qui comptait pour elle, elle est donc devenue ce que tu voulais qu'elle soit, et a mis de côté son entraînement dans l'art de la sorcellerie. Certes, elle ne peut l'écarter indéfiniment, elle a ça dans le sang. Vos familles vous font ce que vous êtes. Elles vous donnent chair, puis elles moulent vos esprits selon leurs croyances, on te l'a déjà dit, n'est-ce pas ? Tout est différent pour elle, maintenant. Vois-tu, jusqu'au soir où John Gregory l'a renvoyée, Alice ne savait pas vraiment qui elle était. Nous avons tenu son identité secrète jusqu'à ce que le moment soit venu. Cette nuit-là, elle a essayé de contacter Grimalkin, pour la remercier de t'avoir sauvé. Elle a utilisé une mare d'eau à minuit. Mais c'est mon visage qui lui est apparu. Puis je me suis matérialisé près d'elle en l'appelant « ma fille ». Elle ne l'a pas bien pris, c'est le moins que je puisse dire. Terreur, désespoir, puis résignation, tels furent les mouvements qui la traversèrent. J'avais déjà été témoin de ce genre de réaction. Sachant qui elle est, Alice n'espère plus conserver ton amitié. Sa vie à Chipenden n'est plus qu'un souvenir, et elle le sait. Elle ne peut plus se tenir à tes côtés. Sauf si je décide d'intervenir et de rendre la chose possible. Parfois, les changements se font en spirale, et nous retournons au même point, quoique à un niveau différent.

Fixant mon regard sur lui, je rétorquai sans même réfléchir :

— Au même point, mais à un autre niveau ? Pour vous, ça ne peut être que plus bas. Plus bas vers l'obscur.

— Serait-ce une si mauvaise chose ? Je suis le Seigneur de ce monde ; il m'appartient. Pourquoi ne pas travailler à mes côtés pour le rendre meilleur ? Et Alice serait avec nous. Nous serions ensemble tous les trois.

Je réussis à me remettre sur pied et me tournai vers les marches :

— Non. Je suis le serviteur de la lumière.

D'une voix autoritaire et pleine de colère il cracha :

— Reste ici ! Cette conversation n'est pas terminée.

Malgré mes jambes lourdes comme du plomb et cette impression de tomber qui me faisait perdre l'équilibre, je gravis une marche, une autre. Des forces invisibles me tiraient vers le bas, mais je continuai ma lutte pour monter. Quand je pus regarder par-dessus le bord de la barge, la terreur me submergea. Car, là où auraient dû se trouver les berges du canal, il n'y avait rien. Rien qu'une totale obscurité, rien que le néant. Pourtant, je franchis encore une marche, encore une, jusqu'à ce que le monde tel

que je l'avais toujours connu me réapparaisse.
D'un bond, je sautai sur le sentier.

Je ramassai mon sac et mon bâton et repris mon
chemin. Je n'eus pas besoin de regarder en arrière
pour savoir que la barge n'était plus là. La brume
s'était dissipée, et le ciel, au-dessus de ma tête, étincelait d'étoiles. Je marchai, marchai, l'esprit vide,
trop secoué pour penser.

31

Quel sang ?

Au petit matin, je franchis la colline dominant Caster et me dirigeai vers le sud, vers
Chipenden. J'atteignis la maison de l'Épouvanteur
tard dans la soirée. Je le trouvai assis sur le banc du
jardin ouest, les yeux fixés sur l'horizon, plongé
dans de profondes réflexions.

Je m'assis près de lui sans un mot. Il me tapota le
bras avant de se relever.

– Content de te revoir, petit, dit-il d'une voix
douce. Mais je vois que quelque chose t'affecte.
Allons, regarde-moi et crache le morceau ! Quoi
que ce soit, tu te sentiras mieux. Commence par le
commencement, et déroule le fil de ton histoire.

Aussi, à part la promesse de Grimalkin de m'offrir un cadeau, je ne lui cachai rien : ni l'apparition de la sinistre barge ; ni les paroles du Malin prétendant qu'Alice était sa fille ; ni ma lutte pour m'échapper. Je lui rapportai même qu'Alice avait voulu me protéger de l'obscur à l'aide d'une fiole de sang, comment elle avait pris du sang de Morwène dans l'intention de le mêler au mien pour tenir le Malin loin de moi, et que maman avait utilisé un miroir, ordonnant à Alice de *tout* faire pour me protéger. Je lui exposai mes sentiments, ma conviction que le Malin avait menti et qu'Alice n'était pas sa fille.

Quand j'eus terminé, mon maître soupira profondément. Il resta longtemps silencieux avant de reprendre enfin la parole :

– J'en ai la tête qui tourne ! J'ai beaucoup de mal à croire ce que tu me dis de ta mère. Quoi qu'elle ait pu être autrefois, elle était devenue, selon moi, une puissante servante de la lumière. Peut-être la fille a-t-elle menti ? Pour te sauver, elle est prête à payer n'importe quel prix. Elle savait que tu n'aimerais pas ses méthodes. Peut-être a-t-elle inventé cet accord avec ta mère pour que tu les acceptes. Qu'en penses-tu ?

Je haussai les épaules :

– C'est possible.

– Bien. Poursuivons ce raisonnement. Je te le demande à présent : pourquoi es-tu si sûr qu'Alice n'est pas ce que le Malin prétend ?

D'une voix aussi ferme que possible je déclarai :

– Parce que ça ne peut pas être vrai.

– Interroge ton cœur, petit. N'as-tu vraiment aucun doute ? Rien qui ne te cause ne serait-ce que l'ombre d'un trouble ?

Oui, quelque chose me troublait ; j'y avais pensé tout le long de mon retour à Chipenden. L'Épouvanteur me fixait, attendant ma réponse. Je pris donc une grande inspiration et avouai :

– Je ne vous l'ai jamais raconté, mais, quand Alice a terrifié ces recruteurs qui m'avaient enlevé, elle a utilisé un procédé qu'elle a appelé l'horrification. Sa tête m'est apparue couverte de serpents, et j'ai senti le froid à son approche. Je n'avais jamais rencontré de sorcière aussi effrayante. La lumière de la lune m'a-t-elle révélé la vérité des choses, cette nuit-là ? Ai-je vu la véritable apparence d'Alice ?

L'Épouvanteur ne répondit pas.

– Autre chose, continuai-je. Quand vous l'avez renvoyée, Alice n'a pas dit un mot pour sa défense. Ça ne lui ressemble pas. Le Malin prétend lui avoir fait ses révélations la nuit précédente, et il dit qu'elle s'est résignée. C'est ainsi qu'elle m'est apparue, résignée. Comme si elle avait abandonné la lutte. Elle savait qui elle était, et qu'elle n'y pouvait rien.

– Tu as peut-être raison. Mais le Malin n'hésite pas à mentir pour servir ses propres buts. Moi, ce qui me trouble, c'est qu'Alice ait obtenu du sang de Morwène. Ça a dû être difficile. Comment s'y est-elle prise ?

– En nettoyant ma chaîne, après la mort de la sorcière.

– Je l'ai vue laver ta chaîne, en effet, mais je ne pense pas qu'elle ait mis la moindre goutte de sang dans sa fiole. Je n'en jurerais pas, car elle était à quelques pas, à ce moment-là. En tout cas, elle croit au pouvoir de la fiole. Je n'aime pas cette idée, mais... Et si elle y avait mis son propre sang ? Prête à tout pour te protéger, et se sachant la fille du Diable, elle a pu penser que son sang ferait l'affaire...

Atterré, j'enfouis mon visage dans mes mains. L'Épouvanteur me saisit par l'épaule :

– Regarde-moi, petit !

Je plongeai dans ses yeux et y lus de la tristesse :

– Nous n'avons aucune preuve. Je peux me tromper. Peut-être a-t-elle vraiment pris du sang sur la chaîne. Je te l'avoue, je ne sais que décider. La seule personne qui connaisse la vérité, c'est Lizzie l'Osseuse. Or, les sorcières sont des menteuses. À ma place, Bill Arkwright tirerait Lizzie de sa fosse et l'obligerait à parler. Moi, je ne supporte pas ces procédés. D'ailleurs, les gens sont prêts à dire n'importe quoi pour éviter la souffrance. Il ne nous reste qu'à être patients. Le temps nous livrera la vérité. Si elle est vraiment la fille du Diable, j'ai commis la plus grosse erreur de ma vie. Non seulement, cédant à tes prières, je lui ai épargné la fosse, mais je lui ai offert un toit et lui ai permis de partager notre quotidien pendant trop longtemps. Elle aura eu toutes les occasions de te corrompre et de miner l'enseignement que je t'ai donné. Quoi qu'il en soit, fille du Diable ou pas, elle a une mauvaise influence sur toi, j'en reste convaincu. Elle va tenter de te contacter, en personne ou par l'intermédiaire d'un miroir. Tu ne dois pas le lui permettre. Promets-moi de n'avoir plus aucune relation avec elle. Fais cela pour moi ! Me le promets-tu ?

– Ce sera dur, soupirai-je. Mais je vous le promets.

– Tu es un bon garçon. Je sais à quel point cela te sera difficile, car vous êtes très proches. Beaucoup trop proches à mon goût. Cependant, le plus grand danger reste que le Malin va chercher à t'entraîner vers l'obscur. Cela se fera insensiblement, sans que tu y prennes garde. Et il utilisera probablement la fille pour y parvenir. Enfin, pour l'heure, la situation n'est pas si mauvaise. J'ai même une bonne nouvelle : une lettre est arrivée pour toi il y a deux jours.

– Une lettre ? De qui ? De mon frère Jack ?

– Viens à la maison, tu le sauras, répondit l'Épouvanteur sur un ton de mystère.

Que c'était bon d'être de retour ! Je mesurais soudain combien la vie à Chipenden m'avait manqué. John Gregory m'invita à m'asseoir devant la table de la cuisine. Il monta à l'étage et en redescendit bientôt, une enveloppe à la main. Il me la tendit avec un sourire, et quand je reconnus l'écriture, mon sourire fut encore plus large que le sien.

À mon plus jeune fils, Thomas Ward

Une lettre de maman ! D'un geste vif, je déchirai l'enveloppe et me mis à lire.

Cher Tom,

Le long et dur combat contre l'obscur dans mon propre pays approche de son paroxysme. Cependant, nous avons beaucoup à discuter, tous les deux ; j'ai plusieurs révélations à te faire et une requête à t'adresser. J'attends quelque chose de toi, en plus de ton aide. S'il y avait un moyen de l'éviter, je ne te le demanderais pas. Mais il y a des paroles qui doivent se dire face à face, pas dans une lettre.

J'ai l'intention de revenir à la maison pour un court séjour au moment du solstice d'été.

J'ai écrit à Jack pour l'informer de mon arrivée, j'espère donc te voir à la ferme à cette date. Travaille avec acharnement, mon fils, et garde espoir, même si l'avenir t'apparaît bien sombre. Tes forces sont plus grandes que tu ne le penses.

Je t'embrasse,

Ta maman

— Maman va revenir ! m'écriai-je, tout excité, en tendant la lettre à l'Épouvanteur.

Nous étions le 10 avril. Dans un peu plus de deux mois, je la reverrais. Que pouvait-elle bien avoir à me dire ?

Quand l'Épouvanteur eut fini de lire, il se gratta la barbe, l'air grave, et resta plongé dans ses pensées. Moi, je tournais ces phrases énigmatiques dans ma tête.

— Elle a besoin de mon aide, et elle attend quelque chose de moi. Qu'est-ce que ça peut être ? demandai-je enfin.

— Je n'en ai aucune idée. Nous ne pouvons que patienter pour le savoir, petit. On ne traverse pas un pont avant d'être arrivé au bord de la rivière ! Mais, quand tu iras chez toi, je t'accompagnerai.

Nous aurons bien des choses à nous dire, ta mère et moi. Jusque-là, le travail ne manquera pas. Depuis combien de temps es-tu mon apprenti ?

– Ça va faire deux ans.

– Oui, à une ou deux semaines près. La première année, je t'ai enseigné comment lutter contre les gobelins. La seconde, nous avons étudié les sorcières, étude que tu as poursuivie pendant tes six mois de formation auprès de Bill Arkwright, où tu t'es affronté aux créatures de l'eau. Nous allons commencer ta troisième année avec un nouveau sujet : l'Histoire de l'obscur.

Vois-tu, petit, sans les leçons que nous donne l'Histoire, nous serions condamnés à reproduire les erreurs de ceux qui nous ont précédés. Nous allons examiner les différentes manifestations de l'obscur au cours des siècles. Et nous ne nous cantonnerons pas à l'histoire du Comté. Nous élargirons notre horizon en étudiant les autres pays. Tu vas également entamer ton étude de l'Ancien Langage, celui des premiers habitants du Comté. Il est beaucoup plus difficile que le latin et le grec, aussi tu auras du pain sur la planche.

Ces perspectives me parurent fort intéressantes. J'avais du mal à croire que dans six mois, j'aurais accompli la moitié de mon apprentissage, qui devait durer cinq ans. Bien des événements étaient survenus, j'avais connu de bons et de mauvais moments, éprouvé de grandes peurs et de gros chagrins. Et, avec ou sans Alice, je devais persévérer.

Après cela, nous dînâmes, et ce fut un des meilleurs repas que le gobelin nous eût jamais cuisinés. Une journée chargée m'attendait le lendemain, la première de beaucoup d'autres.

Une fois encore, j'ai écrit ce récit de mémoire, ne me référant à mes notes qu'en cas de nécessité.

Voilà trois semaines que je suis revenu à Chipenden. Il fait de plus en plus chaud ; les brumes et les froidures que j'ai connues au moulin ne sont plus qu'un lointain souvenir.

J'ai reçu hier une lettre de mon frère Jack. Il est aussi excité que moi à l'idée de revoir bientôt notre mère. Tout va bien à la ferme, et mon autre frère, James, a beaucoup de travail en tant que forgeron.

Tout cela devrait me réjouir, mais je ne cesse de penser à Alice. Les révélations du Malin la concernant étaient-elles mensonge ou vérité ? Elle a tenté de me contacter à deux reprises, en utilisant le miroir de ma chambre. Chaque fois, à l'heure où je me couchais, j'ai remarqué un scintillement, et j'ai aperçu le visage d'Alice.

J'avais grande envie d'aller souffler sur la surface de verre et d'écrire sur la buée, de lui dire combien je me tourmentais pour elle, de lui demander comment elle allait. Ce fut très dur, mais, chaque fois, je me suis jeté sur mon lit et j'ai enfoui mon visage dans l'oreiller pour tenir ma promesse à John Gregory.

Il est l'Épouvanteur, je ne suis que son apprenti. Il reste mon maître, et il ne prend jamais de décision inconsidérée. Je serai tout de même bien content de revoir maman. J'attends ce moment avec autant d'impatience que de curiosité. Quelle est cette requête qu'elle veut m'adresser ? Cela m'intrigue. J'aimerais connaître aussi le fond de sa pensée à propos d'Alice. Il me faut absolument en avoir le cœur net.

Thomas J. Ward

Cet ouvrage a été mis en pages
par DV Arts Graphiques à La Rochelle

Impression réalisée par

La Flèche
en janvier 2012
pour le compte des Éditions Bayard

Imprime en France
N° d'impression : 67312